金庸武俠史記〈神鵰編〉

三版變遷全紀錄

書名：金庸武俠史記〈神鵰編〉三版變遷全紀錄
系列：心一堂　金庸學研究叢書　金庸版本的奇妙世界
作者：王怡仁
執行編輯：潘國森　陳劍聰
封面設計：陳劍聰

出版：心一堂有限公司
通訊地址：香港九龍旺角彌敦道610號荷李活商業中心十八樓05-06室
負一層008室
電話號碼：(852) 67150840
網址：publish.sunyata.cc
電郵：sunyatabook@gmail.com
網店：http：//book.sunyata.cc
淘宝店地址：https：//shop210782774.taobao.com
微店地址：https：//weidian.com/s/1212826297
臉書：https：//www.facebook.com/sunyatabook
讀者論壇：http：//bbs.sunyata.cc

香港發行：香港聯合書刊物流有限公司
香港新界大埔汀麗路36號中華商務印刷大廈3樓
電話號碼：（852）2150-2100　傳真號碼：（852）2407-3062
電郵：info@suplogistics.com.hk

台灣發行：秀威資訊科技股份有限公司
地址：台灣台北市內湖區瑞光路七十六巷六十五號一樓
電話號碼：+886-2-2796-3638　傳真號碼：+886-2-2796-1377
網絡書店：www.bodbooks.com.tw
台灣秀威讀者服務中心：
地址：台灣台北市中山區松江路二〇九號1樓
電話號碼：+886-2-2518-0207
傳真號碼：+886-2-2518-0778
網址：www.govbooks.com.tw

中國大陸發行 零售：深圳心一堂文化傳播有限公司
地址：深圳市羅湖區立新路六號羅湖商業大厦負一層008室
電話號碼：（86）0755-82224934

版次：二零二一年一月初版

平裝

定價：港幣　一百五十八元正
　　　新台幣　五百九十八元正

國際書號　978-988-8582-25-9

心一堂微店二維碼

心一堂淘寶店二維碼

台灣吉明版《神鵰俠侶》第七集封面，據鄺拾記舊版《神鵰俠侶》直接影印，內容完全一樣。

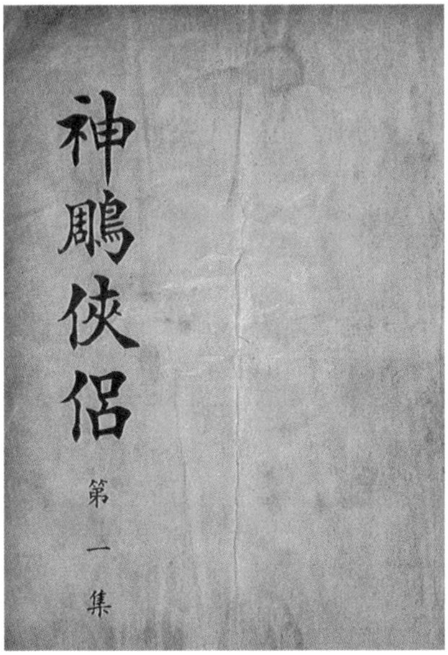

海風版《神鵰俠侶》，為未獲作者授權的版本。

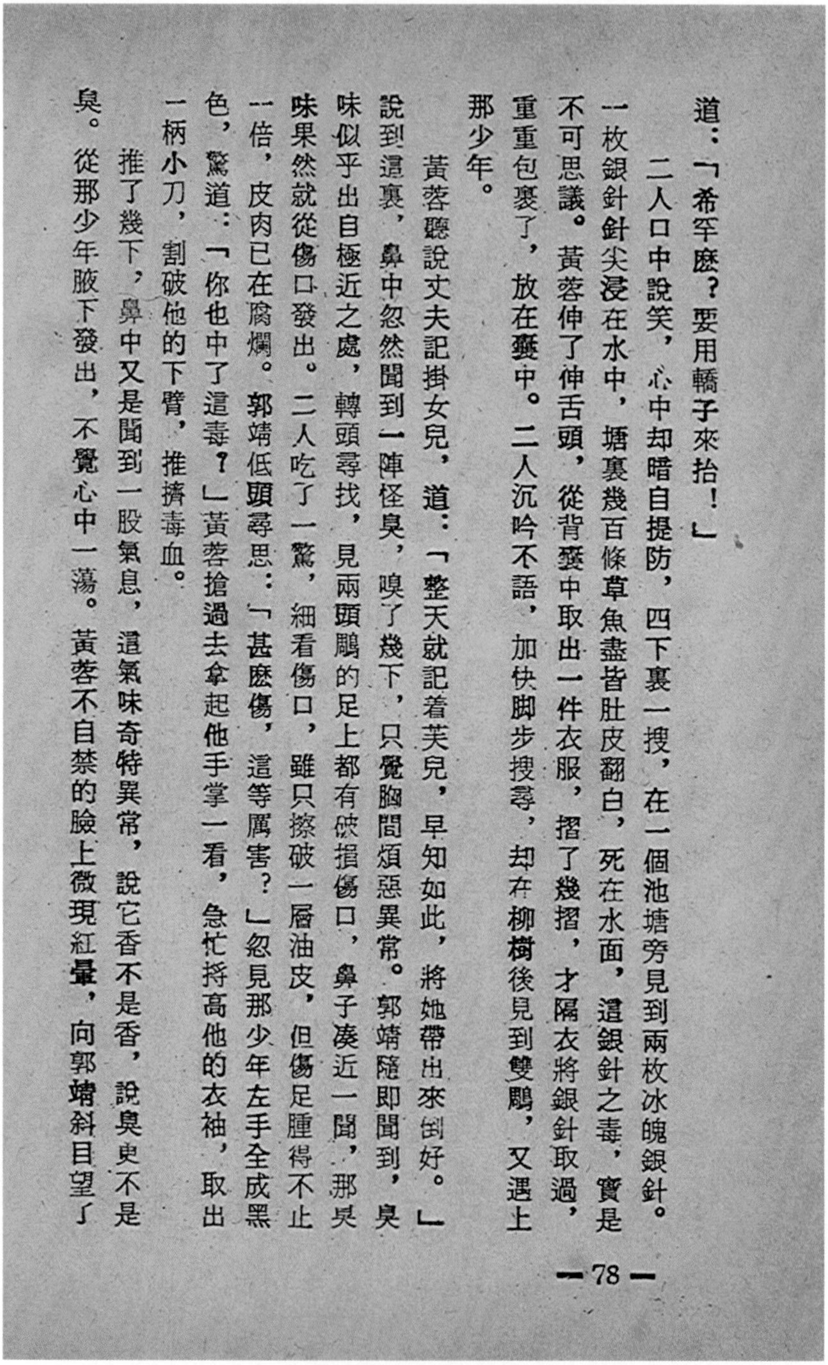
道：「希罕麽？要用轎子來抬！」

二人口中說笑，心中却暗自提防，四下裏一搜，在一個池塘旁見到兩枚冰魄銀針。一枚銀針針尖浸在水中，塘裏幾百條草魚盡皆肚皮翻白，死在水面，這銀針之毒，實是不可思議。黃蓉伸了伸舌頭，從背囊中取出一件衣服，摺了幾摺，才隔衣將銀針取過，重重包裹了，放在囊中。二人沉吟不語，加快脚步搜尋，却在柳樹後見到雙鵰，又遇上那少年。

黃蓉聽說丈夫記掛女兒，道：「整天就記着芙兒，早知如此，將她帶出來倒好。」說到這裏，鼻中忽然聞到一陣怪臭，嗅了幾下，只覺胸間煩惡異常。郭靖隨即聞到，臭味似乎出自極近之處，轉頭尋找，見兩頭鵰的足上都有破損傷口，鼻子湊近一聞，那臭味果然就從傷口發出。二人吃了一驚，細看傷口，雖只擦破一層油皮，但傷足腫得不止一倍，皮肉已在腐爛。郭靖低頭尋思：「甚麽傷，這等厲害？」忽見那少年左手全成黑色，驚道：「你也中了這毒？」黃蓉搶過去拿起他手掌一看，急忙捋高他的衣袖，取出一柄小刀，割破他的下臂，推擠毒血。

推了幾下，鼻中又是聞到一股氣息，這氣味奇特異常，說它香不是香，說臭更不是臭。從那少年腋下發出，不覺心中一蕩。黃蓉不自禁的臉上微現紅暈，向郭靖斜目望了

—78—

台灣吉明版舊版《神鵰俠侶》黃蓉聞楊過味道心生綺想的原文。

七

一行人回到桃花島上。郭靖在舟中潛運神功，傷勢早已痊愈了大半，在島上再養得了幾日，已與前時一般無異。夫婦倆說起那歐陽鋒十餘年不見，不但未見衰邁，武功猶勝往昔，不禁大為駭嘆。兩人又說到楊過的身世。郭靖出去一看，見他正與女兒郭芙在草叢中捉蟋蟀玩耍，當下將他叫進房來，詢問前事。

原來楊過與母親秦南琴在江西長嶺下相依為命，捕蛇渡日，過了十多年。楊過漸漸長大，南琴將當日郭靖傳她的內功心法，轉授了兒子。他自幼聰明精乖，機變百出，到得七八歲時，捉蛇的本事已勝過了母親。他聽母親說起，世上有人能驅蛇為陣，心下好生羨慕，閒日無事，捉了幾條青蛇來玩弄馴養，久而久之，果然熟知蛇兒習性，口哨一吹，羣蛇竟能依令列隊。須知白駝山驅蛇男子的役蛇之法乃世代相傳，楊過卻自悟而得，授受雖然不同，其理卻是一般。後來南琴捕蛇時不慎為一條異蛇所噬，身上所帶的蛇藥解救不得，終於毒發而死。楊過無依無靠，一個人流落江湖，只是那隻小紅鳥卻始終相隨不離，那知這日撞到赤練仙子李莫愁，小紅鳥竟死在她的手中。

黃蓉當初極愛這血鳥，聽楊過說到這裏，連聲可惜，對李莫愁惱恨不已。後來再問到武三通與歐陽鋒相鬥之時他在何處，又問與歐陽鋒是否相識，楊過不動聲色，反問歐陽鋒是誰。他搶個先着，要將此事遮掩得乾乾淨淨，那知黃蓉是天下第一等聰明伶機之

—107—

台灣吉明版舊版《神鵰俠侶》楊過母親為秦南琴的原文。

看到師父的一封遺書。原來她師父早料到她必定會來。遺書中寫道：某年某月某日，是她師妹滿二十歲的生辰，此後她要下山找尋生身父母，江湖上相逢，要她顧念師門之情，多多照顧，遺書中又囑她改過遷善，否則難獲善終。

「李莫愁很是生氣，再闖第三道門，卻中了她師父事先伏下的毒針，若非小龍女給她治傷療毒，當場就得送命。她知道厲害，只得出墓下山，但如此縮手，那肯甘心？後來又闖了幾次，每次都吃了虧。最後一次竟與師妹動手過招。那時小龍女不過十六七歲，武功卻已遠遠勝過師姊，如不是手下容讓，取她性命也非難事……」他說到這裏，郭靖插口道：「此事只怕江湖上傳聞失實。」丘處機道：「怎麼？」郭靖道：「弟子接過李莫愁的幾招，此人武功實有獨到之處，那小龍女若是未滿二十歲，功夫再好，終難勝她。」

丘處機道：「那是王師弟聽丐幫中一位朋友說的，到底小龍女勝過李莫愁之事，是眞是假，當時並無第三人在場，誰也不知，只是江湖上有人這麼說罷了。這一來，李莫愁更是心懷不忿，知道師父偏心，將最上乘的功夫留着授給師妹。於是她傳言出來，說道某年某月某日，活死人墓中的小龍女要比武招親……」郭靖聽到「比武招親」四字，立即想到楊康、穆念慈當年在北京之事，不禁輕輕「啊」了一聲。

— 174 —

台灣吉明版舊版《神鵰俠侶》小龍女滿二十歲時將下山尋生身父母的原文。

楊過道，「姑姑，這功夫很難練麼？」小龍女道：「我從前聽師父說道，這心經的內功須二人同練，只道與你合修，那知却不能夠。」楊過大急，忙問：「爲甚麼？」小龍女道：「你若是女子，那就能夠。」楊過急道：「那有甚麼分別？男女不是一樣麼？」小龍女搖頭道：「不一樣。你瞧這頂上刻着的是甚麼圖形？」

楊過順着她手指的所指處凝神一望，只見室頂的角落處用劍尖刻着一個個人形，瞧模樣似是女相，却均是裸體的人形，身上並無衣服。一共數十個女相，姿式各各不同，但均是裸體，楊過心中一轉，已明其意，道：「姑姑，練這玉女心經的內功時不能穿衣服，是不是？」

小龍女道：「是啊。這經上說，練功時全身熱氣蒸騰，須揀一空曠無人之處，不穿衣服，修習，使熱氣立時發散，無片刻阻滯，否則轉而鬱積體內，小則重病，大則喪身。」楊過道：「那咱們不穿衣服修習就是了。」小龍女臉上一紅道：「到後來二人互相以氣導引，你我男女有別，不穿衣服相對，成何體統？」

楊過此時已有十六歲，雖然生得高大，但男女之別，情愛牽纏等等，一竅不通，隱隱約約間只覺這位師父美貌無比，每見到她，就自然而然的心中喜悅，心想與師父不穿衣服的，對練功，確似不好，但到底有甚麼不好，却也說不上來。小龍女自幼生長古

— 263 —

台灣吉明版舊版《神鵰俠侶》練《玉女心經》必須全身脫光的原文。

兒，你又對我怎生？」

完顏萍當初見他容貌英俊，武功高強，本已有三分喜歡，後來聽了他訴說身世，更增了幾分憐惜之情，此時聽他說話有些不懷好意，却也並不動怒，祇嘆道：「若是我爹爹在世，你要怎麼便怎麼？現下我爹娘都不在了，一切還說甚麼？」楊過聽她語氣溫和，伸出手去搭在她的肩頭，在她耳邊低聲道：「妹子，我求求你一件事。」完顏萍芳心怦怦亂跳，已自料到三分，低聲道：「甚麼？」楊過道：「我要親親你的眼睛，你放心！我祇親你的眼睛，別的甚麼也不犯你。」

完顏萍初時祇道他要出口求婚，又怕他要肌膚之親，就在這荒野之地成了好事，自己如果拒却，他微一用強，怎能是他對手？何況她少女情懷，一隻手被他堅強粗厚的手掌握着，已自意亂情迷，別說他用強，縱然毫不動粗，實在也是難以拒却，那知他只說要親親自己的眼睛，不由得鬆了一口氣，可是心中却又微感失望，微感詫異，當眞是中栗六，其亂如絲了。

她妙目流波，怔怔的望着楊過，眼中微帶嬌羞。楊過凝視她的眼睛，忽然想起小龍女與自己最後一次分別之前，也曾這般又嬌羞又深情的望着自己，不禁大叫一聲，躍了起來。

— 472 —

台灣吉明版舊版《神鵰俠侶》完顏萍以為楊過想跟她在荒野之地成了好事的原文。

方當降冬，江南雖不如北方苦寒，却也是遍地風雪，楊過身披簑衣，頭戴斗笠，悄然往嘉興而來。

到得城中，已近黃昏，他找一家酒樓用了酒飯，問明王鐵槍廟的路徑，冒着漫天大雪，覓路而行。到得鐵槍廟時，已是二更時分，大雪未停，星月無光。他雙眼黑夜亦能視物，只見這鐵槍廟年久失修，已破敗不堪，山門腐朽，輕輕一推，竟爾倒在一邊。楊過走進廟去。只見到處都是蛛網灰塵，並無人居。楊過悄立殿上，想像三十年之前，父親在此殿上遭人毒手，以致自己終身未能得見父親一面，如此命乖，世所罕有，眼見神像斑爛毀破，半邊斜倒，當眞是滿目凄涼，傷心人臨傷心地，愈增苦悲。

他在廟中前前後後瞧了一遍，心想父親逝世已三十餘年，自不致再留下甚麽遺跡，於是走到廟後，只見兩株大樹之下，雙墳並立，墳前各立一碑，蓋滿了白雪。楊過大袖一揮，一股疾風飛出，碑上白雪四散濺開，只見左邊的墳碑上書：「楊門烈女穆氏之墓」。楊過心下嘀咕：「這楊門烈女穆氏，却又是誰？」再看右邊那墓碑時，不由得怒火攻心，難以抑制，原來那墓碑上一行大字寫道：「不肖弟子楊康之墓」，旁邊另一行小字寫道：「不才業師丘處機書碑」。

楊過大怒，心想：「丘處機這老道忒也無情，我父既已謝世，又何必立碑以彰其

— 1849 —

台灣吉明版舊版《神鵰俠侶》楊過不知道穆念慈是何人的原文。

目錄

楊過從蛇肚中撿到寶劍——第二十三回〈手足情仇〉版本回較

甄志丙的人格比尹志平高潔——第二十四回〈驚心動魄〉、第二十五回〈內憂外患〉版本回較

全真教要傾全教之力挑了古墓派——第二十六回〈神鵰重劍〉版本回較

郭靖要用降龍十八掌打郭芙小屁屁——第二十七回〈鬥智鬥力〉版本回較

李莫愁原來是被歐陽鋒帶壞的——第二十八回〈洞房花燭〉版本回較

黃蓉懷疑耶律齊是蒙古spy——第二十九回〈劫難重重〉版本回較

丐幫也要「隔江分治」，劃分「南北丐幫」——第三十回〈離合無常〉版本回較

楊過對公孫綠萼最致命的讚美——第三十一回〈半枚靈丹〉版本回較

小龍女不在，楊過與陸無雙練起了玉女心經——第三十二回〈情是何物〉版本回較

郭襄是很好拐騙的單純少女——第三十三回〈風陵夜話〉版本回較

楊過的色心似乎又對郭襄蠢蠢欲動了——第三十四回〈排難解紛〉版本回較

戰情吃緊，郭靖卻在前線襄陽大吃大喝——第三十五回〈三枚金珍〉、第三十六回〈生辰大禮〉版本回較

投胎恨晚，郭襄趕不及生為「大龍女」——第三十七回〈三世恩怨〉版本回較

聽殺人魔金輪國師高談佛法——第三十八回〈生死茫茫〉版本回較

迷人又好玩的金庸版本學（總序一）

打從中學時開始閱讀金庸小說，我就聽聞金庸小說還有修訂前的「舊版」，也非常渴望親睹「舊版」的廬山真面目，卻始終無緣得見。

就在二〇〇一年時，有位武俠小說藏書名家慨讓給我《射鵰》、《神鵰》、《倚天》與《天龍》等幾部一版金庸小說，從此激發出我蒐羅一版金庸小說的決心。在那一年中，只要有時間，我就走訪台灣的舊書肆與租書店，或是逛網路拍賣，慢慢地收集了近乎一整套的一版金庸小說。

二〇〇二年間，我在台灣金庸茶館發表了「台灣金庸小說版本考」一文，完整呈現台灣各式各樣一版金庸小說的版式與封面圖案，這也是我的第一篇金庸版本研究文章。

不過，比起版式與封面圖案，我更希望與金庸讀者們分享的，是不同版本的金庸小說，究竟有哪些差異，於是，在二〇〇六年遠流出版社出齊新三版金庸小說後，我一口氣將三種版本金庸小說讀完，並於二〇〇七年發表了「大俠的新袍舊衫──試論金庸小說的改版技巧」一文，粗略討論金庸小說三種版本的差異，此文獲得了金迷們的廣大迴響。

發表「大俠的新袍舊衫」一文後，我仍感覺意猶未盡，因為金庸改版的精彩之處實在太多，這篇文章實在無法包羅所有改版的妙趣，於是，從二〇〇七年八月起，我在遠流出版社官網「遠流博識網」架設了「金庸版本的奇妙世界」部落格。在這個部落格中，我以逐回逐字比對的方式，與金迷朋友們分享金庸小說的版本差異，並分析金庸的改版技巧。

這個部落格從二〇〇七年八月開張，直到二〇一〇年八月，我陸續完成了《射鵰》、《神鵰》、《倚天》、《天龍》、《笑傲》與《鹿鼎》六部金庸長篇小說的版本回較，部落格格友們始終熱情支持。二〇一〇年八月完成《鹿鼎》版本比較後，我就鮮少貼文，但一直到多年後的今天，這個部落格每天仍都有數百點閱率，可知喜好金庸版本學的同好著實不少。

二〇一三年在潘國森老師鼓勵下，我將「金庸版本的奇妙世界」的《射鵰》、《神鵰》版本回較文章整理後付梓，出版了《彩筆金庸改射鵰》、《金庸妙手改神鵰》兩書。出版後讀者的反應極好，但而後因瑣事繁忙，另幾部金庸小說的版本回較並未出版。

一眨眼過了四年，在二〇一七年時，潘老師向我提起出齊六部小說版本回較的計劃。幾經思慮後，我決定將部落格文章再一次細心整理修改，成為好看的金庸版本專著，於是，經過一段時日的重新整編、校定、改寫之後，《射鵰》、《神鵰》、《倚天》、《天龍》、《笑傲》與《鹿鼎》六部金庸長篇小說版本回較的「書本版」陸續完成，並將逐部出版。

我相信這套書一定會是好看又好讀的「金庸版本學」著作，也相信經過我的穿針引線，讀者們都將全面認識不同版本的金庸小說，也能品味金庸改版時所用的技巧，並體會金庸修訂著作時的用心。

於我而言，閱讀金庸小說真的是很快樂的事，然而，比之閱讀金庸小說，更深的快樂是投入金庸版本的比較，因此，即使這些版本回較文章已經完成，我依然喜歡一再品味同一段故事，不同版本的不同說法。徜徉在版本變革的妙趣中，常常讓我對金庸的巧思會心一笑。

經由改版修改作品的作家很多，但像金庸這樣，大刀闊斧修訂自己成名數十年經典名著的作家則是絕無僅有。我相信「金庸版本學」一定會成為金庸研究中的一門有趣學問，這門學問不只不枯燥，還迷人又好玩。

經由這套書《金庸武俠史記──三版變遷全紀錄》的出版，希望吸引更多朋友們都來閱讀不同版本的金庸小說，大家一起來「玩」金庸版本學，發現更多金庸改版時的巧思！

王怡仁

二零一八年五月

喜見金庸學考證派發揚光大（總序二）

金庸小說毫無疑問是二十世紀最偉大的中文小說，金庸也毫無疑問是二十世紀最偉大的中國文學作家，這裡沒有所謂「之一」而是「唯一」、「獨一」。而且二十世紀已經完滿落幕近二十年，這兩個「最偉大」可以作為定論。

金庸武俠小說自上世紀五十年代在香港面世不久已經甚受讀者重視，最早較具規模的論述始自八十年代初的「金學研究」。在此之前，倒不是未出現過有份量的評論文字，但是以數萬字長文刊行的單行本，則始由曾為金庸代筆的作家倪匡開先河。

後來因為金庸本人謙光，認為「金學研究」的提法不好，於是大家就改稱為「金庸小說研究」。這個叫法還是不夠全面，此所以我們決定用涵蓋面更廣的「金庸學研究」，為在二十一世紀重新推廣研究金庸其人及其小說這樣的學術活動給一個新的定義。

文學研究可以分為內部研究和外部研究。

內部研究以作品本身為主，作者本人為輕。在於金庸學當然以武俠小說為主，至於研究金庸寫武俠小說時的同期作品，如政論、劇本、雜文等都可以作為點綴。

外部研究則可以旁及作者的生平，他所處時空的歷史背景和社會面貌，以及他交遊的人物等等。雖然與作品本身未必有實質的因果關係，但是也不失為全面了解金庸武俠小說的助談資料。

金庸兩番增刪潤飾全套武俠小說作品的原意，其實可以概括為貪新厭舊四字。早在七十年代重刊修訂二版之前，金庸就靜悄悄地在香港市面上搜購所有流通在外的初版單行本，然後拿去銷毀。可是事與願違，金庸無法回收香港所有舊版，而海外讀者見到二版的改動之後，更把手上的舊版視如珍寶。

到了二十一世紀新三版面世時，金庸曾經公開聲稱原來風行多時的二版全面作廢！但是許多老讀者對新三版頗有微詞，後來金庸見群情洶湧，便改口說讓二版、三版並行，隨讀者喜好自便。不過，可以預期三版出而後二版不重印，在金庸的心目中，還是以三版為優。按照現時的情況，我們可以肯定不會再有第四版的金庸小說問世了。

著名學者、教育家吳宏一教授總結過去數十年讀者對金庸小說的討論，將眾多研究者粗略分為「點評派」、「詳析派」和「考證派」三大流派。[1]並分別以倪匡、陳墨和潘國森等人，作為三

① 「隨着金庸小說研討會在港台、美國以及中國南北各地的陸續召開，讀者的熱情仍然不減，討論的風氣似乎更盛。從早期倪匡的點評，中期陳墨的詳析，到最近潘國森等人的考證，在在顯示出金庸小說的魅力。金庸的武俠小說，真的如世所稱，已成一種中國文化的特殊現象。」見吳宏一，〈金庸印象記〉，《明月》（《明報月刊》附刊），二零一五年一月號，頁42-47。

派的代表人物。

從字面理解，點評派的特色是見點而隨緣說法。代表人物倪匡打從金庸小說初刊就亦步亦趨，據說他是金庸四大好友之一，並且曾經代筆《天龍八部》連載數萬字。因為倪匡非常接近金庸本人，所以同時是金庸學外部研究的一部活字典。

詳析派則是將一部小說從頭到尾細加分析討論，代表人物陳墨也是截止今天，刊行金庸小說評論專注最多的論者。

至於考證派，可以說是比較貼近傳統中國文哲研究的舊規矩、老辦法。研究《紅樓夢》的紅學，當中亦有考證一派。因為金庸不願意與紅學爭勝，所以我們今天也沒有金學而只有金庸學。

我們金庸學考證派，較多用上中國文史哲研究的利器——「普查法」。潘國森在上世紀八十年代就是先從查找《金庸作品集》（二版）所有個人能夠看得見的錯誤入手，不過那是一個小讀者希望心愛的小說免除所有可以避免的小瑕疵，而不是打算要拿小說的疏漏去江湖上四處炫耀。

吳教授說「潘國森等人的考證」，這「等人」二字落得真是精確。我們或可以說倪匡的點評派和陳墨的詳析派都要後繼無人。

金庸學考證派，至少還有專注金庸版本學研究的王怡仁大夫和開展金庸商管學（Jingyong

Business Administration, JBA）的歐懷琳等人在二十一世紀之後加入研究的行列。

王大夫既屬考證派，亦帶有詳析派的研究心法。他既用普查法同時地氈式的搜索遍了三版小說；也有跨部排比，即是將不止一部小說串連在一起評論。現在王大夫只願意整理修訂金庸武俠六大部超過百萬字的回較，即《射鵰英雄傳》（約九萬字）、《神鵰俠侶》（約十七萬字）、《倚天屠龍記》（約二十萬字）、《天龍八部》（約三十三萬字）、《笑傲江湖》（約二十二萬字）和《鹿鼎記》（約四萬餘字）。餘下八部中短篇（《書劍恩仇錄》、《碧血劍》、《雪山飛狐》、《飛狐外傳》、《鴛鴦刀》、《白馬嘯西風》和《俠客行》）和不重要的《越女劍》的回較就不打算再最後定稿和發表了。這樣就為考證派的後來者，留下了可持續發展的空間。其實金庸小說其他領域需要好好考證的地方還多著呢！

這鉅細無遺的六大部三版回較——《金庸武俠史記——三版變遷全紀錄》，等同於其他學術領域入面最扎實的基礎研究，為金庸學更細緻的進階考證準備好最詳盡的三版演變紀錄。筆者認為是今後所有立志於金庸學研究的後來者必備的參考工具書，那怕是學院入面嚴肅的博士論文、碩士論文，還是一般讀者輕輕鬆鬆的看書消閒，都宜以小說原著與王怡仁回較並讀。

願金庸學考證派從此發揚光大！

是為序。

潘國森

序於香港心一堂

二零一八年戊戌歲仲夏

序《金庸妙手改神鵰》

金庸武俠小說共有十五部，除了最後一部《越女劍》之外，作者將其餘十四部的首字編成兩個七言句，即是人盡皆知的：

飛雪連天射白鹿

笑書神俠倚碧鴛

心一堂《金庸學研究叢書》封皮的圖畫，就是按「飛雪連天射白鹿」的意境構思而成，用那位虛擬射者的視角去看飛雪連天之下的白鹿。至於這箭要不要真射出去則是後話。

金庸將他頭三部長篇合稱為「射鵰三部曲」，即是《射鵰英雄傳》、《神鵰俠侶》和《倚天屠龍記》，為了這個緣故王怡仁大夫的「金庸小說版本回較」系列刊行了《彩筆金庸改射鵰》之後，理所當然輪到《金庸妙手改神鵰》上場。

《神鵰俠侶》向來號稱「金庸小說情書第一」，銷量最廣、讀者最多。因此，「神鵰學」實是「金庸學」最重要的一個分支。《金庸妙手改神鵰》刊行之後，也就正式宣佈「金庸比較學」之獨立成科。

一位文化界前輩曾經指點，他說文學研究要做得出可以傳世的成果，或退而求其次能夠在行內佔一席位，都離不開以下兩個條件之一。一是有創意，一是有材料。

如果涉足已有許多前行者用功努力過的領域，要突圍而出，就必須有獨特的創意，「言人所未言」。

若沒有這份創意，就要靠「見人所未見」，即是擁有研究領域的海內外善本、孤本文獻，這樣就只你才有講話的權力，沒有他人置喙的餘地。

所謂有創意，就如大英雄喬幫主使「太祖長拳」。這套拳法在《天龍八部》時代的江湖，實是人盡皆知。只不過到了喬幫主的手上，就能與少林高僧的七十二門絕技周旋而毫不失色。

所謂有材料，就如《射鵰》、《神鵰》裡面的《九陰真經》。陳玄風、梅超風夫婦管有海內外孤本，雖然二人資質笨鈍，仍然能夠練就一身足以教江湖上二三流人物聞風喪膽的本事。

王大夫這個「版本回較」系列正正是創意與材料兼具。

舊版金庸小說非常難得，潘國森只擁有三數種，曾經一讀的稍多。但是亦未算不可得，海內外擁有全套舊版金庸小說的藏家就不知凡幾。只不過有這樣大創意和大毅力去拿三版逐字研究，而且造出成果的，世上數以億計的金庸小說讀者當中，至今就只有王大夫一人而已矣！

讀金庸小說而有大創意的讀者，不見得有王大夫掌握的材料；手上有全套金學秘笈的讀者，不見得有王大夫的創意和毅力。再加上王大夫早著先鞭，一雙慧眼偏觀三版，再以白天用作維護病人的兩隻妙手寫成本書（寫字單手，電腦打字用雙手）。本書已經為「神鵰學」數十年來的最重要爭議一錘定音，即是金庸自始至終都沒有想過不讓楊龍二人有情人終成眷屬，更不要說受當年《明報》讀者的反對而讓小龍女死裡逃生。

日後縱有其他研究人員具備王大夫所有的創意與材料，仍是我們廣府俗語所講的「執輸行頭、慘過敗家」，就算終於寫出者如《射鵰版本學》之類的書，終究有被後世譏評為「拾王怡仁牙後慧」的風險。可不慎哉？

現在可以預言，本書作者必在金庸學研究的領域裡面，穩佔一席崇高的地位。是為序。

潘國森

二〇一三年二月於香港

唯美的愛情神話

在我中學的某一年，孟飛、潘迎紫主演的電視劇「神鵰俠侶」風靡了台灣的大街小巷，楊過與小龍女的故事成了大家茶餘飯後最好的話題，同學朋友們也總是隨口就哼起「神鵰俠侶」的主題曲：「躍馬江湖道，志節比天高……」。

那個年紀的我還沒談過戀愛，對「愛情」的想法也是懵懵懂懂的，然而，當我看到楊過在絕情谷苦候小龍女不至，絕望之極地吶喊：「小龍女啊小龍女！是你親手刻下的字，怎地你不守信約？」而後深情無悔地躍下絕情谷，我受到了極大的震撼。

那一天晚上，我在床上翻來覆去，腦袋裡不斷盤旋著楊過跳下絕情谷的畫面。沒有經歷過愛情的我，第一次感受到愛情的深刻與激烈。

就因為楊過與小龍女的愛情如此動人心魄，從《神鵰俠侶》問世至今，「楊過與小龍女」一直都代表著「兩情相悅」的情侶，我也常聽情人們互以「姑姑」與「過兒」相稱。在楊過與小龍女的身上，我們見到的是真正的「情比金堅」。

《神鵰俠侶》是以「武俠故事」包裝的「愛情小說」，也是金庸系列小說裡刻畫愛情最深刻的一部「情書」，又因為江湖世界可以無邊無際地想像，《神鵰》裡的愛情遠較現實生活的愛情更加讓人驚心動魄。

然而，楊過與小龍女的愛情雖然在讀者心中歷久彌堅，但在金庸的改版過程裡，楊龍的感情從一版、二版到新三版卻呈現了三種不同的風貌。為了讓讀者們也能見到楊龍愛情的版本演變，接續著《射鵰英雄傳》的版本評較，我們將在這一本書裡，繼續逐回逐字評較三種版本的《神鵰俠侶》。

在新三版《神鵰俠侶》面世之前，媒體已大幅報導金庸將在新三版《神鵰》中對楊龍愛情大為加料的訊息。根據媒體的披露，新三版楊過在古墓中隨小龍女練功後，曾在夢中以小龍女所授的捕麻雀手法抓住一隻蝴蝶，猛然驚醒後，才發現手中握住的竟是小龍女的玉足。

媒體還提到，金庸在新三版新創了一招名為「亭亭如蓋」的《玉女心經》招式，楊過練習此功時，必須雙手緊緊抱住小龍女，而看到小龍女嬌艷欲滴的櫻唇時，楊過竟忍不住低頭欲吻。

出版社主編甚至還對媒體透露說，金庸修寫新三版的第七稿時，的確安排楊龍二人在古墓中有了「初吻」。但後來稿子被大陸作家陳墨看見，向金庸反映，說兩人在古墓中的相處應該「純情」點，金庸才將楊過的吻改為「心動沒有行動」。

這些訊息都讓身為《神鵰》迷的我，在新三版還沒出版前，就已經引領期盼，並在甫上市之時即馬上請回詳讀。

而相較起新三版楊過與小龍女愛情的恣意奔放，在最原始的一版中，楊過對小龍女可是禮敬恭謹，小龍女對楊過也是冷若冰霜的。一版楊龍二人修習《玉女心經》內功，必須全身脫光，裸裎相見，然而，照理應該會血脈賁張的楊龍二人，一版卻說：「楊過對男女之別，情愛牽纏等等，一竅不通，小龍女則由於勤修苦練，將情慾練得半點也無，因此，他們雖朝夕相處，卻一個冷淡，一個恭誠。」

可見從一版到新三版，楊過與小龍女雖然深情不變，但兩人之間的愛情，卻有著完全不同的心境與歷程。

在這本書裡，我會繼續發揮「左眼舊《神鵰》，右眼新《神鵰》」的精神，給讀者最完整的《神鵰》的評較，讓讀者們也能仔細品味楊過與小龍女的故事流變。

現在，就讓我們一起翻開這本書，進入楊過與小龍女不同版本的愛情世界吧！

凡例

一、關於金庸小說的版本定義

一版：最初的報紙連載及結集的版本。

香港：三育版及鄺拾記版等授權版本，以及光榮版、宇光版等多種未授權版本。

台灣：時時版、吉明版、南琪版等多種版本，均為未授權版本。

二版：一九八〇年代十年修訂成書的版本。

中國：三聯版

香港：明河版

臺灣：遠景白皮版，遠流黃皮版、遠流花皮版

新三版：即一九九九至二〇〇六年的七年跨世紀新修版本。

中國：廣州花城版

香港：明河版

臺灣：遠流新修金皮版

二、一版，讀者通稱「舊版」。二版，讀者通稱「新版」。新三版，讀者通稱「新修版」。

三、本系列的回目，是以二版的劃分法為準，一版內容以對應二版分回作比較，一版回目則從略。

李莫愁從半老徐娘變成了輕熟女——第一回〈風月無情〉版本回較

甫翻開《神鵰俠侶》，肅殺之氣就迎面撲來，原來《神鵰》是以李莫愁血洗陸家莊來開場的。

且來看這段故事的版本差異。

說起李莫愁，一版說李莫愁外號「赤練仙子」，是名震江湖幾十年的女魔頭，平日與女弟子洪凌波住在「赤練島」。

可知金庸在寫一版此回時，理當還未將李莫仇設定為古墓派首徒，因為李莫愁若名震江湖數十年，年紀應大於林朝英的丫鬟，也就是後來所說的李莫愁師父。而由一版此回的描述推測，金庸或許是要把李莫愁塑造成「赤練派」的女魔頭。

關於陸家莊血案，一版是這麼說的：話說某日安遠鏢局的龍、蘇、朱三名鏢頭於揚州某涼亭暫歇，朱姓鏢頭見涼亭中有一名中年道姑，竟起而調戲，結果，三人招惹上李莫愁，一一中了「赤練神掌」。李莫愁告訴他們：「你們趕到湖州府菱湖鎮，去求陸展元陸老英雄，當世之間，只有他一人能治此傷。」

三人趕到菱湖時，肩頭中掌之處已呈殷紅掌印，因此緊急求訪陸展元老英雄，不料陸老英雄早已仙逝，三名鏢頭遂求治於陸展元之子陸立鼎。

此時李莫愁已在陸家留下九個血手印，這九個血手印表明她要殺九個人，分別是陸展元與何沅君夫妻、陸展元之子陸立鼎夫妻、陸展元孫陸無雙及外孫程英，再加上僕人阿根與兩名婢女，共九人。

緊接著，李莫愁展開了瘋狂殺戮，在殺人之前，李莫愁先屠殺陸家的家禽家畜，陸立鼎見到「地上狗貓雞鴨排了一列，隻隻肚腹朝天，直僵僵的動也不動。」李莫愁表明是要將他陸家殺得「雞犬不留」。

接著，李莫愁將陸家的大門釘上兩個鐵條，並在鐵條上懸了一塊喪家用的麻布，布上斑斑點點，盡是血跡，陸家上下因此全都精神緊繃，心情戰慄。

此時的李莫愁得知陸展元已然往生，而後，李莫愁大開殺戒，他先將陸立鼎為安遠鏢局三鏢頭治病的金針大移位，除掉了三人，再出手殺害僕婢，最後終於殺了陸立鼎夫妻。

而為什麼李莫愁如此仇恨陸家一門呢?因為「陸展元老英雄年輕之時，號稱武林中第一風流瀟洒的美少年。」李莫愁數十年前初見陸展元，即愛上了他，但最後陸展元娶了何沅君，李莫愁因此由愛生恨，非殺陸展元全家不可。

話頭一轉，再說先前陸立鼎苦思如何對抗李莫愁時，有一婦人攜其二子前來，此婦人在陸無雙意外斷腿時，使出「一陽指」為陸無雙療傷，陸立鼎探知，原來此婦人乃是一燈大師座下武三通之妻武三娘。

據武三娘描述，武三通與何沅君從小就是鄰居，兩人青梅竹馬，雖然性格不投，武三通仍對何沅君一往情深。陸展元跟何沅君成婚後，武三通心情大為失落，並因此憤而遠走大理，出任段皇爺手下的帶兵官。

而後，武三通曾與陸展元有過一次交手，卻因心情激憤，情緒失常而落敗。從此以後，武三通就變得瘋瘋癲癲。

比武失敗後，武三通曾與陸展元訂下十五年後的比武之約。陸武兩人的十五年約期所到之時，恰好也是李莫愁準備血洗陸家之日。

武三通出現時，程英姊妹看到的武三通是「上身穿著一隻千穿百孔的麻袋，下身卻穿了一條九成新的錦緞女褲，褲腳邊兒上還繡著一對對的蝴蝶。他右手拿著一個小孩兒玩的搖鼓，不住價咚咚的搖著，雙眼向前直呆呆直視。」因為看起來顯然就是精神異常，陸無雙叫他「瘋子」。

陸無雙頑皮地拿蓮蓬丟武三通，武三通即以頭頂來接，還竟在頭上疊了十多個蓮蓬，堆成二尺來高，碰到了垂下來的柳枝；此外，有一些頑童拿磚瓦丟擲武三通，武三通既不惱怒，亦不趨避，磚瓦中身，竟似不覺。

而後，武三通拉著程陸二女奔走，程英告訴武三通何沅君已逝數月，陸家目前仍闔家戴孝，武三通見程陸二女孩果真小辮兒上都縛著白頭繩，自言自語說：「他逼我穿了四十年的女人褲子，就這麼撒手一走，甚麼都不管了。哼哼，我這四十年的潛心苦學，原來都是白費。」

在程英帶路下，武三通見到陸立鼎所立「先考陸公展元之墓」與「先妣陸母何夫人之墓」，氣得猛打墓碑，打到第九掌時，說：「你給我打死了，我還穿女人褲子幹嘛？」於是將繡花女褲撕得粉碎，丟到墳上，露出女褲下的粗麻布短褲。

一版的故事略說至此，這段情節有幾處破綻，分述如下：

一、武三通四十年前就因情傷而發瘋，在精神異常期間竟還擔任大理國高階武官，大理國豈能讓精神病人帶兵衛國？

二、武三通精神失常後才至大理任官，在未赴大理之前，他已經因為武功不如陸展元而長期穿女人褲子以誌恥辱，且前後穿著女褲長達四十年，大理國怎能忍受男性將領身著女裝？

三、至少從四、五十年前開始，陸展元就號稱武林中第一風流瀟洒美少年，可知其顏值勝於黃藥師等人，而若陸展元如此亮眼，為何在《射鵰》武林中，竟無人知曉此人？

四、李莫愁是名震江湖幾十年的女魔頭，為什麼天下五絕從來不曾提過她？

五、李莫愁的毒掌，自稱只有陸展元能救，那麼，在天下五絕之中可稱第一名醫的一燈大師，莫非醫術也不如陸展元？

六、武三娘竟也會「一陽指」，「一陽指」是一燈大師的獨門武功，他可曾准許弟子回家向老婆私相授受？

七、天下能有這麼巧的事嗎？李莫愁跟武三通的復仇，竟能不約而同，同年同月同日前來？

因為破綻真的太多，這一回從一版到二版進行了徹頭徹尾的修訂，二版的故事如下：

二版陸家莊從一版的湖州府菱湖改為嘉興南湖，二版李莫愁是古墓派首徒，因此刪掉了一版所說，「赤練島」是李莫愁的門戶所在之事。二版李莫愁仍至陸家莊進行大屠殺，但她沒有掌拍安遠鏢局三鏢頭、沒有傷人再求陸展元救治、沒有在陸家大門釘鐵條、也沒有在殺人前先宰殺貓狗雞鴨。

二版的陸家莊血案刪改為，李莫愁在陸家莊留下血手印後，因陸展元已逝，她殺了僕婢與陸立鼎夫妻。

而為什麼李莫愁會如此痛恨陸家，非滅他滿門不可呢？二版的故事是：「十多年前」李莫愁在大理見到陸展元，從此情根深種，而後陸展元娶何沅君，李莫愁因此恨之欲其死。

與這段情殺事件相關的男女，從一版修訂為二版，全部下拉了一輩。一版陸展元是陸立鼎的「父親」，二版改為是陸立鼎「兄長」。李莫愁則與陸展元、何沅君一起下拉一個輩份，因此二版李莫愁比一版減少了約三十歲。

李莫愁三人的年齡全都減了一輩，然而，《射鵰》舊人物武三通的年齡與輩份並無法隨著李莫愁等人一起更動。二版因此改說，武三通夫妻本就是大理人，何沅君為其義女。何沅君長到十七、八歲時，亭亭玉立，嬌美可愛，武三通對她的感情已經逾越了義父義女，後來何沅君愛上江南少年陸展元後，武三通內心鬱結，因此導致精神異常。

二版武三通出場時，並不是像一版身著女褲，而是身穿「藍布直綴，頸中掛著個嬰兒用的錦緞圍涎，圍涎上繡著幅花貓撲蝶圖，已然陳舊破爛。」二版武三通雖也嚼吃陸無雙丟來的蓮蓬，但他不再將蓮蓬堆疊在頭上，二版也刪去了一版頑童拿磚瓦丟武三通的情節。後來武三通見到了陸展元墓碑，碑上所題的乃是「陸公展元之墓」與「陸門何夫人之墓」。

二版還增寫說，陸何二人當年成親之日，李莫愁與武三通原本就要出手為難，但因喜宴中有一大理天龍寺的高僧出面制止，並要求兩人十年之內不得傷害新婚夫婦，兩人才因此無奈罷手。而李莫愁與武三通之所以同日出現，正是因為當天就是滿十年之日。

因為二版陸展元已由一版的陸立鼎父親改為陸立鼎的哥哥，因此，程英與陸無雙的關係，也由一版陸展元的外孫女與孫女，改成「中表之親」的表姊妹。

二版刪去了武三娘學得「一陽指」之事，此外，一版陸立鼎妻陸大娘（二版改為陸二娘）會使「蜻蜓三抄水」，二版亦刪除了。

經過二版的改寫，一版的破綻全都解決，故事也就變得周延了。改寫之後，李莫愁從一版年過半百的半老婦人，變成年輕了數十歲美貌輕熟女。說來新三版王語嫣若想學「不老長春功」，她最該找的「逆齡大師」就是金庸，只要金庸大筆一揮，就能立馬回春三十年，半老徐娘也就變成荳蔻佳人了。

【王二指間話】

談起傳統小說，古來有句俗諺：「少不讀紅樓，老不讀三國。」又有諺說：「紅樓誨淫，水滸誨盜。」所謂「紅樓誨淫」，用現代一點的意思說，就是「《紅樓夢》是一本愛情小說，它會使看它的少年少女想談戀愛，萌生春心。」

這部「誨淫」的《紅樓夢》，書中的主角賈寶玉、林黛玉、薛寶釵等等，全都是面貌姣好，肌膚勝雪的美少年美少女，而「戀愛故事」圍繞著俊男美女而生，似乎本來就是一種「天經地義」。

雖說戀愛並不是少男少女的特權，任何年齡層都可能發生，然而，愛情若要以「故事」、「電視」、「電影」來呈現，俊男美女無疑最能吸引讀者或觀眾的目光。從臺灣早期電影的「雙秦雙林」，到現在中台韓日流行的偶像劇，無不是俊男美女當家，如此基礎的影視觀念，曾經擔任「長城」電影公司編導的金庸當然很清楚。

小說雖然沒有電視電影般的影像，但讀者閱讀小說，仍是順隨作者的文字編織腦海中的影像，因此，小說中的愛情故事當然與影視相彷，「年輕貌美」的男女主角仍是不二準則，我們試想想就明白，關心郭靖、黄蓉愛情的讀者，定然比關心周伯通、瑛姑的讀者多，除了因為靖蓉是男女主角外，當然也因為他們年輕。

以一版塑造的李莫愁來說，若她在四十年前就因陸展元與何沅君的婚姻而情場失意，據此推算，當年能談戀愛的李莫愁，即使只是剛滿青春期的十五至二十歲，四十年後，她在《神鵰》正式出場時，也早已過了更年期，變成中老年婦人了，一位四十年前嫁不成愛人的變態老婦人，怎麼能引起讀者的強烈同情心呢？

於是，就像金庸在《射鵰》改版中為梅超風做的，「年齡降低，殘忍度減少，當讀者能同理的反派。」這幾招改版技巧又在李莫愁身上使用了一回，從一版到二版，李莫愁年輕了三十歲，在陸家莊做的惡事也被大幅刪減，讓她從「變態老婦人」搖身一變，變成「情場失意後，情緒失控的美女。」

一版的情節有幾大破綻，但以金庸的文學技巧來說，那些都是可以修補的疏漏，不過，金庸確實發揮了他修訂改版的功力，改寫成二版時，他將李莫愁的年齡減少了約三十歲，李莫愁減齡後，陸展元、何沅君也隨之減少了約三十歲，武三通與何沅君的情感即由一版的青梅竹馬戀情，變成了更具話題性的父女戀，比起一般男女的戀情，父女戀顯然更挑戰傳統的道德觀，也更吸引讀者關注。

年輕貌美的美女李莫愁出任《神鵰》大反派，相信會比遲慕美人李莫愁更令讀者在想像中賞心悅目，這絕對無干老人歧視，而純粹是創作技巧。

第一回還有一些修改：

一．一版武修文初遇郭芙，是在山坳中迷路，一隻頭上有「王」字的大老虎追著要吃他，後來武修文上樹，郭家的雙鵰發現後，先將武修文與老虎都抓住，飛到空中，摔死老虎，再將武修文抓到郭芙面前。二版刪去了老虎的情節，改為武修文在樹林中迷路，邂逅了帶著雙鵰的郭芙。

二．一版柯鎮惡至桃花島投靠郭靖夫妻，是因為「想起愛徒」，二版改說柯鎮惡與市井之徒賭博，欠下一屁股債，這才躲到桃花島避債。知道實情後，黃蓉私下將他的賭債還了。

三．一版郭芙離開桃花島，是因為郭靖夫妻出門尋訪黃藥師，留柯鎮惡與郭芙在島上，靖蓉二人一離開，郭芙馬上任意胡來，自己跳入大海，說要游水去找黃藥師，柯鎮惡實在沒辦法管住這丫頭，只好帶他乘舟西來，這才遇到武修文，二版改成是因黃蓉記掛黃藥師，黃蓉、郭靖、郭芙、柯鎮惡四人才一起西來嘉興。

四．二版武修文在森林中迷路，想起貓頭鷹會數人眉毛的謠傳，據說若是被貓頭鷹將眉毛數清楚，就會立即斃命，他嚇得趕緊用唾液將眉毛沾濕，教貓頭鷹難以計數，這段傳說在《射鵰》第三十一回與《笑傲》第十一回都有完全一樣的敘述。改寫為新三版後，《射鵰》、《神鵰》與《笑傲》關於「貓頭鷹數眉毛」的說法，全都刪除了。

黃蓉聞到楊過的味道，竟萌生性慾——第二回〈故人之子〉版本回較

因為想將陸展元一家滅門，陸展元、何沅君死後，李莫愁繼續追殺程英、陸無雙，追到程陸二女藏身的窯洞，就在此時，《神鵰》的男主角楊過於這窯洞前面首次登場。

二版初登場的楊過年約十三四歲，衣衫襤褸，左手提著一隻公雞，口中唱著俚曲，臉上賊忒嘻嘻，說話油腔滑調。

甫出場的楊過即因為頑皮而中了李莫愁冰魄銀針之毒，而後，因楊過求歐陽鋒教他治毒，才認歐陽鋒當「爸爸」。

黃蓉見到楊過時，看他外貌頗像楊康，遂出力按他後頸，勁力鬆開後，楊過仰天跌倒，黃蓉認出其武功與穆念慈一路，因此確定他就是楊過。

郭靖問楊過叫什麼名字，楊過原本自稱：「我姓倪，名字叫做牢子。」以諧音「你老子」討郭靖嘴上便宜，後來也就自承是楊過了。

二版說穆念慈在楊過十一歲那年染病身亡，楊過遵照穆念慈遺囑，將骨灰葬在嘉興鐵槍廟外，而後就住在窯洞中，偷雞摸狗過日子。

新三版楊過的登場方式一樣，但楊過減了一歲，是十二三歲。新三版黃蓉試楊過武功，是按住楊過右肩，鬆勁後，楊過往前跌，黃蓉認出楊過武功與洪七公傳授穆念慈的乃是同一路，這才確定他就是楊過。

新三版顯然是較為合理的，二版黃蓉按楊過後頸後，楊過仰天跌倒，應是人人均如此，怎能以此認出楊過？新三版改為黃蓉按楊過右肩後，楊過往前跌，較能顯出其武功特色。

至於楊過為何會在嘉興呢？新三版增寫說，楊過為將穆念慈葬到鐵槍廟，因此才從長興遠來嘉興。

而在穆念慈辭世之後，楊過為何沒有到桃花島，依附郭靖黃蓉夫妻呢？新三版增寫說，穆念慈遺命要楊過到桃花島投奔師父郭靖，但楊過「生來倔強，頗有傲氣，不願去桃花島投奔於人。」

楊過與郭靖相認後，他告訴郭靖，穆念慈去世前「一連咳嗽了幾個月，抓了藥吃了，也不見好。」聽聞穆念慈生前舊事，郭靖想到自己不願出島重闖江湖，故而桃花島與長興相距甚近，他卻沒去看過穆念慈母子，心中頗為內疚。黃蓉又問楊過為什麼不上桃花島，楊過告訴她，因母親要他：「到了桃花島要事事小心，聽管聽教，不可得罪人。」楊過不想受管教於人，才未上桃花島。

經過新三版的增寫，二版郭靖長年對義弟妻兒不聞不問，即有了周延的解釋，故事也就圓融多了。

一版楊過的出場則與二版、新三版迥異，因為一版楊過的媽媽是秦南琴。「秦南琴的兒子」與「穆念慈的兒子」是天差地別的。

一版楊過是秦南琴的兒子，從小與蛇共舞，因秦南琴曾告訴楊過，世上有人能驅蛇為陣，楊過就抓了幾條青蛇來玩弄馴養，還竟無師自通，摸出蛇兒習性，口哨一吹，群蛇就可依令排隊。

一版初登場的楊過年紀是十四五歲，他口唱山歌，拍手踏步，驅趕成千上百隻青竹蛇兒。李莫愁前來時，蛇一列列至李莫愁身前，楊過則盤膝而坐，瞧他家的血鳥攻擊李莫愁。因為指揮蛇的行為太詭異，李莫愁誤以為楊過是白駝山歐陽鋒傳人。

血鳥很快就被李莫愁抓住，青蛇見到李莫愁，則紛紛逃竄，李莫愁後來將血鳥抓而復放。而後，李莫愁抓住程英、陸無雙，楊過張臂抱住李莫愁，李莫愁被楊過的男子氣息所蕩而如痴似呆，血鳥於此時將李莫愁左目啄瞎，李莫愁遂出手打死血鳥。

郭靖、黃蓉見到楊過後，郭靖問楊過姓名，楊過說：「我姓秦，名叫蛇兒。」而黃蓉之所以會認出楊過，是因為聽聞郭芙說及楊過帶來的小紅鳥如何與李莫愁惡鬥，才由小紅鳥聯想到楊過。

一版的小紅鳥（血鳥）在《射鵰》改版時，已隨著秦南琴被刪除，二版《神鵰》也就隨之沒有小紅鳥了。而黃蓉之所以能認出楊過，二版改說是因黃蓉試過楊過的武功。

此時楊過已中冰魄銀針之毒，也見過歐陽鋒。談及楊過的童年與性格時，一版說楊過五歲時秦南琴就被毒蛇咬死，他在江湖上流落了八九年，到處遭人白眼。因為稟受父母遺傳，楊過性格趨於極端，對人好起來可以甩出了自己性命不要，但只要別人對他稍有輕慢侮蔑，他也會終生記恨，千方百計報之而後快。因為楊過性格如此，歐陽鋒疼愛於他，他亦會以孺慕之心，對歐陽鋒真情相待。

一版楊過最特別的是，他對女人有「致命的吸引力」，中冰魄銀針之毒後，黃蓉要為他療傷，於是割破他的下臂，推擠毒血，此時，黃蓉聞到一股特殊氣息。這氣味奇特異常，說它香不是香，說臭更不是臭。從少年腋下發出，不覺心中一蕩。黃蓉不自禁的臉上微現紅暈，向郭靖斜目望了一眼，心想：「這時候竟會想起咱們新婚之情，當真好笑。」

這還當真令人匪夷所思！楊過身上散發出來「特殊味道」，既能讓李莫愁春心蕩漾，也能讓黃蓉想起與郭靖新婚之夜的魚水之歡，亦即瞬間萌生性慾，看來楊過真的是名副其實的「師奶殺手」！

【王二指問話】

金庸小說中，有四位真正命帶桃花的「桃花島主」，分別是《天龍》段正淳、《神鵰》楊過、《倚天》張無忌、及《鹿鼎》韋小寶。這四人的「桃花」還各有千秋，韋小寶是千方百計要美女們當他老婆，即使像阿珂不願意，他也會用計親近，更將她迷姦成孕，迫使阿珂不得不相隨於他。至於段正淳與張無忌的愛情關係，則是愛慕他們的女子，多的是把「佔有慾」擺在第一位的悍女，因此諸女爭夫的情節不斷上演，秦紅棉、王夫人等人共同的目標是嫁給段正淳，趙敏、周芷若的夢想則是成為張無忌的妻子，他們的愛情都在爭奪摯愛的男人，為了擁有這個男人，無所不用其極。

楊過跟另外三位「桃花島主」不同，想跟他在一起的女孩，大多不曾期待自己會跟楊過修成正果，楊過也都明白告訴過她們，他未來的伴侶是小龍女，但女孩們依然迷戀和楊過在一起的感覺。縱觀《神鵰》全書，所有年輕女性的芳心幾乎全被楊過通吃了，除了耶律燕之外，從小龍女、程英、陸無雙、完顏萍、公孫綠萼、郭芙、到郭襄，無一人能敵楊過魅力，若再加上一版被楊過身體觸碰，就春心蕩漾的李莫愁，以及聞到楊過身上的味道，就萌生性慾的黃蓉，楊過可說不只是「桃花島主」，而是「通吃島主」。

那麼，為什麼楊過會有這麼大的魅力呢？其實原因也就是那句俗話「男人不壞，女人不愛」，再說明白點，即「喜歡離經叛道、冒險嘗試、不會一板一眼的男人，女人最喜歡。」楊過是佔了外貌俊俏，以及武功高強的條件優勢，但若看他跟陸無雙假扮小夫妻躲避李莫愁追殺，或者在李莫愁殺到面前時，摟著程英、陸無雙，願意跟她倆黃泉路上說說笑笑的種種情節，我們就知道楊過最迷人的地方，除了「長相英俊，功夫高明」外，更讓異性癡迷的，是他「愛冒險、喜歡遊戲、嘴巴甜、個性體貼。」因為楊過有著這樣的性格，所以總是吸引渴望在生命中探險的女孩，不論是乖乖女程英、叛逆的陸無雙、驕憨的郭芙、拘謹的公孫綠萼、或是正在摸索生命的郭襄，都期盼可以在楊過的陪伴下，做精彩的生命歷險。

與某些男人相伴一生，數十年如一日，味同嚼蠟，而與楊過在一起，一天就能用數十年來回味，這怎能不教程陸諸女都想與他一同探索生命的精彩刺激呢？

楊過能讓武林眾美女拜倒在他的魅力之下，在一版故事裡，或許金庸原本設想的原因是楊過會散發迷惑女性的「男性費洛蒙」（Male pheromones），因此，不只李莫愁被她一抱就如痴似呆，連黃蓉一碰觸他的身體，也會想起她和郭靖魚水之歡的情景，身體也因性慾而有異樣的感覺。

二版刪掉了楊過散發「男性費洛蒙」的相關情節，畢竟以楊過本身的魅力，若想吸引美女的愛慕，即使沒有「男性費洛蒙」，又有什麼困難？迷人的性格本來就遠勝於身體散發的化學物質。

而刪掉這些描寫，也能為黃蓉保留形象，如果黃蓉真如一版所說，聞到楊過的「男性味道」，就春心蕩漾、性慾萌生，讀者難免會遐想，若是有朝一日，楊過與黃蓉獨處，兩人會不會無法剋制情慾，即瞬間天雷勾動地火，到床第間翻雲覆雨了？

第二回還有一些修改：

一・歐陽鋒晚間由客店帶楊過離開，知曉有人發現他，二版說是因「西邊房裡有人呼的一聲吹滅燭火」，但吹熄蠋火的聲音也太細微了，新三版改為是因「西邊房裡窗格子喀的一聲輕響」。

二・二版靖蓉採集不全治傷草藥，將採到的幾味藥搗爛給楊過吃，新三版增寫他倆亦餵了中毒的雄鵰幾匙。

三·二版楊過原本稱黃蓉「阿姨」，新三版因靖蓉一開始就表明自己是穆念慈的朋友，因此楊過對黃蓉的稱呼也改為「郭伯母」。

四·關於桃花島，新三版較二版增說，黃藥師離島後，靖蓉住在島上，不再胡亂傷人，船夫也不再視桃花島為龍潭虎穴。

五·一版李莫愁送給陸展元的定情錦帕，花樣是「一角上繡著一朵紅花」，二版將花樣改為：除四角各一朵紅花外，每朵花旁還都襯著翠綠的葉子，紅花是李莫愁自況，「綠」葉則暗示著「陸」展元。

六·因姓氏為「何」而為李莫愁遷怒胡殺者，一版是「何氏鏢局」十多名鏢客，二版改為何老拳師一家二十餘口。

七·武三通對李莫愁提到何沅君，一版李莫愁說：「我在赤練祖師爺前立過重誓，誰在我面前提起這個人的名字，不是他死就是我亡。」一版亦曾提到「雲南赤練仙子李莫愁」，可知在金庸的原始構想中，李莫愁並不是出身「古墓派」，而是師出雲南「赤練派」，「赤練派」以「赤練島」為門戶，奉「赤練祖師爺」為祖師。二版則將李莫愁改為「古墓派」首徒，因此「赤練派」、「赤練祖師爺」及「赤練島」全數刪除。二版李莫愁說的話也改為：「我曾立過重誓，誰在我面前提起這賤人的名字，不是他死就是我亡」。

八・黃藥師使出彈指神通，導致李莫愁手臂抬不起來後，一版說程英憤怒地為陸展元等家人報仇，打了李莫愁四個耳光，二版改為程英被黃藥師丟出，撞在李莫愁胸口，才順勢打了李莫愁一耳光。

九・李莫愁因武功不敵黃藥師而逃離時，一版說李莫愁在程英胸口射了兩枚並排的冰魄銀針，二版改為在程英肩頭射了一針。

十・一版楊過初見歐陽鋒時，歐陽鋒「以頭為足，倒轉了身子向前躍行」。二版改為歐陽鋒「以手為足，雙手各持一塊石頭，倒轉身子而行」。

十一・《神鵰》郭靖、黃蓉出場時，一版說郭靖約三十四五歲，黃蓉約三十歲，二版改為郭靖三十來歲，黃蓉二十六七歲。

十二・雙鵰為冰魄銀針所傷後，一版黃蓉各餵雙鵰兩顆「九花玉露丸」，二版改為各餵雙鵰一顆「九花玉露丸」。

十三・一版郭芙因是自己威脅柯鎮惡帶她離開桃花島，所以見到郭靖、黃蓉前來，非常害怕被責罰，嚇得請柯鎮惡瞞騙靖蓉，說是柯鎮惡非要帶她出來不可。二版改為四人同行，一版的描寫自然刪去了。

十四・一版郭靖與歐陽鋒過招後，歐陽鋒也抓了黃蓉一掌，而且他指力驚人，竟把金絲細織，利刃不入的軟蝟甲硬生生的扯下一塊。當天晚上，黃蓉見到軟蝟甲上裂下了一大塊，正中肩頭，心下覺得可惜，因為這件軟蝟甲是桃花島鎮島之寶，曾救過她多次性命，不意今日竟毀在歐陽鋒手裡。二版將這段改寫了，因日後黃蓉、郭芙等人仍需穿著軟蝟甲，因此軟蝟甲不能毀，二版改為歐陽鋒一抓，在黃蓉肩頭硬生生扯下一塊肉來。

十五・柯鎮惡尋歐陽鋒報仇之所在，一版的「破廟」，二版正名為「鐵槍廟」。

十六・一版歐陽鋒在楊過幫助下，藏身大鐘下。二版增寫歐陽峰藏入大鐘前，還先準備饅頭、清水及挖開鐘緣青磚，以保持空氣流通。增寫是為了避免歐陽鋒餓死、渴死、悶死。

十七・一版李莫愁所使的「混元太極式」，二版改為「混元式」。

楊過在桃花島殺了人——第三回〈投師終南〉版本回較

郭靖認出楊過是義弟遺孤，歡歡喜喜地帶著楊過回桃花島。想不到回到桃花島後，黃蓉很快地又找出理由，將楊過趕出了桃花島。

關於這段故事，一版是這麼說的：楊過上桃花島後，本想與郭芙及武氏兄弟一起拜郭靖為師，不料卻被黃蓉收為弟子，黃蓉只教他以《論語》、《孟子》等聖言賢語，從不傳授他武功。每天讀聖賢之書，楊過感覺無聊又厭倦。

這一天，楊過讀過《左傳》，信步到海灘，在石頭後面睡著了。睡夢中，忽然聽到一聲鐵索聲響，原來是有條帆船下錨停船，接著，船上走下兩人，自海灘上爬行入島。

恰在這時，郭芙也在海灘邊的柳樹下，那兩人趕緊抱住郭芙，將她縛牢，並將手帕塞入她嘴裡，放她在草叢中，再繼續往前爬行。兩人爬到進莊之路，拿出炭條在白紙上繪圖，想將桃花島地形圖畫下，以做日後進襲桃花島之用。

楊過本想乘機進到船艙中，駛船離島，但這時船上又鑽出另一人，此人下船後躲在沙丘之後，先前那兩人聽到聲響，回頭查看，卻先後為那人持匕首所殺。

楊過趁那人行兇之際，溜上帆船，本要起錨將船駛離，但鐵索發出聲音後，殺人者瞬間奔回船上。楊過情急之下，推出蛤蟆功，將那人推往船下水中，就此了結了他。

此時黃蓉突然現身，還發現死者竟是丐幫中人。

得知楊過殺人後，黃蓉決定將楊過趕出桃花島，送他到全真教。

這段故事二版完全改寫，改為楊過在海灘巨石後練歐陽鋒所授內功，郭芙與武氏兄弟恰好也到此玩耍，武氏兄弟見到楊過後，出言挑釁楊過。

因郭武三人由郭靖傳功，楊過則由黃蓉授藝，武修文提議說，何不比武一較高下，看師父、師娘的弟子誰更高明？這段話讓從未曾被黃蓉教過武功的楊過，深深感覺被刺傷，但即使未從黃蓉身上學得任何武功，楊過仍出手亂打，決不認輸。

楊過亂打之時，武敦儒將他臉孔按入沙灘，還威脅他：「你不服，就悶死了你。」因口鼻被悶，楊過的內力就此爆了開來，雙掌「蛤蟆功」自然推出，竟將武修文打到幾乎斃命。

黃蓉見狀，推測楊過的武功必然得自歐陽鋒親授，遂嚴詞逼問他歐陽鋒身在何處。此外，柯鎮惡因與歐陽鋒有殺義弟妹之仇，堅持不願與歐陽鋒傳人同住在一個桃花島上。萬般無奈下，郭靖只好將楊過送到重陽宮。

從一版修訂為二版，一版楊過的桃花島殺人事件被刪除了，二版改成是楊過被武敦儒兄弟霸凌，忍無可忍，才使出「蛤蟆功」反擊。豈知「蛤蟆功」竟挑動了黃蓉的敏感神經，與柯鎮惡的仇恨之情。在老婆與師父夾攻下，郭靖也顧不得義兄弟之情了，只好將楊過送往全真教。

霸凌他人的孩子沒事，被霸凌的孩子卻被送走，看來郭家的教育著重的是武功，而不是俠氣與道義。難怪武敦儒、武修文兄弟長成後，武功沒學好，俠氣也乏善可陳，郭靖黃蓉二人調教出來的徒兒，想來也就是這副樣子了。

【王二指閒話】

《射鵰英雄傳》、《神鵰俠侶》、《倚天屠龍記》三部金庸武俠小說，合稱「射鵰三部曲」。然而，這三部書雖然號稱「三部曲」，卻不是緊密相扣的故事，《神鵰》與《倚天》也不完全是《射鵰》與《神鵰》的「續集」。這三部書順著看固然可以，倒著看也無妨，每一部書都是獨立而完整的故事。

不過，對於某些沒看過《射鵰》，就逕看二版《神鵰》的讀者來說，讀到楊過被驅逐出桃花島的情節時，會為楊過心生不平：「這位郭伯母是不是得了『迫害妄想症』？為什麼孩子們打架，有個孩子被打傷，就非得把打人的『壞孩子』趕出桃花島不可？」

如果是一版的故事，讀者們的疑惑就比較少，畢竟一版的楊過是真正的殺人犯，而且殺的還是大人。放任一個殺人犯在女兒身邊，黃蓉有著母親的焦慮是很容易理解的。二版為了扭轉楊過的形象，不讓楊過從小就有著殺戾之氣，因此將一版楊過打死丐幫弟子，改成楊過是遭武修文兄弟霸凌，一時氣憤，才誤傷武敦儒。然而，楊過被黃蓉送走，仍是不變的結果。經二版改寫之後，楊過被送走的理由，就只是因為孩子們打架，打人的是自家孩子，被打的是別人家孩子，兩相權衡之後，就把別人家孩子趕走，這樣的處理明顯偏心。

不過，黃蓉的思維也不是沒有脈絡可循的，二版的讀者若想明白黃蓉為什麼會做出這樣的決定，可以由《射鵰》找答案。《射鵰》一書花了許多功夫雕琢黃蓉，《神鵰》卻不可能向沒看過《射鵰》的讀者細細解釋黃蓉的性格。

《射鵰》中黃蓉的行為模式是把「消滅假想敵人」當作「正當防衛」，她常常假想某些江湖人物將來可能會侵犯自己，因此她會在對方尚未發動攻擊之前，就先予以反制。

譬如甫認識郭靖時，黃蓉假想郭靖可能會被「黃河四鬼」所害，因此先行出手，將黃河四鬼吊在樹上；而後與郭靖在牛家村密室療傷，黃蓉假想傻姑會洩露她倆藏身之處，因而差點殺傻姑滅口；後來在鐵槍廟中，黃蓉向歐陽鋒揭破歐陽鋒與楊康聯手佈局的桃花島江南五怪血案疑陣後，為防楊康日後報復，黃蓉順勢說出楊康殺害歐陽克的經過，企圖藉歐陽鋒之手殺掉楊康；此外，歐陽鋒逆練《九陰真經》，腦筋已經錯亂，黃蓉為免歐陽鋒再為禍武林，遂趁機發出致命一擊，她告訴歐陽鋒，有個「歐陽鋒」比他還強，將歐陽鋒逼入瘋狂絕境。

然而，消滅假想敵，卻未必能讓黃蓉心安，攻擊他人之後，黃蓉也怕再招致報復。當黃蓉見到楊過時，即不由自主地想，楊康是死在自己的軟蝟甲蛇毒之下，楊過則是楊康的兒子。雖說黃蓉初見楊過時，楊過還只是個少年，但父仇不共戴天，將來楊過若是知道她害死了楊康，怎能不報父仇？於是她就將楊過預設成了假想敵，並開始發動攻擊，將他趕出了桃花島。

於武功層次而言，黃蓉並不算武林中的強者，但黃蓉卻可以其聰明不斷消除她假想中可能會攻擊她的人。然而，黃蓉也明白，被攻擊的人，或是他們的師徒親友，仍可能會再伺機報仇，黃蓉因此總是惴惴不安。以解決楊過的問題來說，在此回的故事中，黃蓉的確是說服郭靖，將楊過趕出了桃花島，然而，黃蓉的擔心與疑慮並未隨著楊過的離開而盡去，因為楊過仍然活著，也依然會長大，更遲早會知道是誰害死了他父親。

少女時期計殺楊康，黃蓉確實聰明慧黠，但在知道楊康還有個兒子活在世間後，黃蓉的防衛心再度萌生，她將從此生活在楊過會前來報復的陰影中。

第三回還有一些修改：

一．靖蓉二人聊起未將楊過母子接到桃花島，新三版較二版增寫郭靖說：「我常想將穆世妹接來家裡，讓她母子好好過活，又怕妳多心，想不到穆世妹這麼早便去世了。」黃蓉說：「好捨不得罷？你自己不懷好意，卻來賴我多心，真不要臉！」郭靖說：「我……我怎麼不懷好意了？」原來郭靖未將穆念慈母子接來桃花島照顧，原因之一竟是郭靖擔心桃花島多了個美貌寡婦，無端引來黃蓉吃醋。

二．二版介紹蟋蟀的種類，有「蜈蚣蟀」與「蛇蟀」，新三版再加一種「蠍子蟀」。

三．楊過、武氏兄弟、及郭芙拜郭靖為師時，新三版較二版增寫郭靖說：「十多年前，過兒的母親尚未過世，過兒曾向我拜過師，今天正式再拜。」這是要與新三版《射鵰》第四時回的增寫相呼應。

四．新三版較二版增寫黃蓉教楊過讀《論語》、《孟子》後，頗有感觸：「這孩子讀聖賢書，有些想法跟我爹爹十分相似，如我爹爹教他，二人談起來倒必投機。」

五・一版黃蓉問楊過與歐陽鋒是否相識，楊過反問黃蓉歐陽鋒是誰，因而引起黃蓉疑心。這段情節二版刪了，或許楊過確實不知「歐陽鋒」是誰。

六・楊過推巨石由山腰滾下來，差點壓死武氏兄弟，一版說雙鵰將武氏兄弟抓到空中，因而逃過巨石，二版改為武氏兄弟縮在路旁，巨石滾入大海，但武氏兄弟稍後又因沒站穩而滾下山坡，幸而被大樹擋住。

七・一版說楊過在桃花島見到一條三尺來長花蛇，與一隻蛤蟆相對峙，花蛇竄起，欲咬蛤蟆，蛤蟆則噴出毒霧，避開花蛇，楊過見花蛇一撲一攻，蛤蟆總有法子反擊，越看對蛤蟆越有親近之感。二版將這段故事刪除了。

八・一版介紹白駝山的武功說：「白駝山武功走的是極邪極怪的路子，任誰只要一練上手，那武功就如附骨之蛆，在身子中極難驅除得出，越練越深，教你神魂顛倒，不能自已。大凡世上引人迷惑沉溺之物，如聲色犬馬，賭博射獵之類，均有此種特性。」二版將這段描述刪除了。

九・一版楊過傷害武修文前，是與黃蓉在讀《左傳》，二版改為讀《孟子》。

十・郭靖帶楊過上重陽宮，被全真教徒當淫賊阻攔，全真教徒擺出「天罡北斗陣」，一版說「搖光」之位以前由清淨散人孫不二承堂，此時仍由一位道姑接充，二版刪去這段敘述。

小龍女要下山尋找龍爸爸龍媽媽——第四回〈全真門下〉版本回較

郭靖帶楊過上重陽宮拜師，因為被誤認為淫賊，一路橫遭阻攔。郭靖摧枯拉朽，沿途擺平眾多全真教弟子，最後終於上得終南山。上終南山後，又幫忙擊退了真正的淫賊霍都王子，這才見到了丘處機。

見到丘處機後，丘道長說起淫賊之所以上終南山，乃是為向長居古墓的小龍女求親。

小龍女何許人也？

丘處機初見小龍女時，小龍女是重陽宮外的一個棄嬰，經林朝英的丫鬟暨徒弟收留，並且納入門下，成為古墓派弟子。古墓派有兩位弟子，大弟子就是女魔頭李莫愁，她早已出山，還鬧得江湖上一片血雨腥風，二弟子即是小龍女。

丘處機再次得見小龍女，是在她的師父林朝英丫鬟仙逝，全真六子前往致祭，小龍女出古墓來答禮時。此時的小龍女，一版說是十歲左右，二版改為十三四歲，她告訴全真六子，師父已有制李莫愁之法，請大家無須對她門中的李莫愁操心。

而霍都等人此番上山，乃是因為李莫愁在武林中大放風聲，說某年某月某日，小龍女要比武招親，只要誰能勝小龍女，不僅小龍女委身相嫁，古墓中的奇珍異寶、武功秘笈，也全都當嫁粧歸於夫家。至於比武招親這日，一版說是小龍女二十歲生辰，二版改為十八歲生辰。

而小龍女的師父留下能制李莫愁的妙計又是什麼呢？丘處機又說起一段相關往事，原來小龍女的師父曾在古墓中留下一封遺書。遺書的內容，一版是：「某年某月某日，是小龍女滿二十歲的生辰，此後她要下山找尋生身父母，江湖上相逢，要李莫愁顧念師門之情，多多照顧。」遺書中又囑咐李莫愁改過遷善，否則難獲善終。

一版這「妙計」當真滑稽之極，原來古墓派所謂制李莫愁之法，竟是向她溫情喊話，要她照顧小龍女，以及改過遷善。如果這樣的溫情喊話有用，李莫愁還能是女魔頭嗎？

二版刪掉了小龍女將下山找尋生身父母之事，改為師父立小龍女為掌門，而制李莫愁之法，則是李莫愁若不痛改前非，掌門人便將出手，擒殺李莫愁，清理門戶。

二版所說的制李莫愁之法，顯然比一版那份不痛不癢、充滿溫情的遺書切實多了。李莫愁看完遺書後，極為憤恨，不過，小龍女此時的武功，確實已經足可制住李莫愁。

這年的小龍女，一版說是十六七歲，二版減了一歲，改為十五六歲。

若依一版所說，小龍女年滿二十歲後，將下山尋找生身父母，可知在金庸原本的構想中，小龍女應有一對頗具來頭的父母。然而，終一版《神鵰》全書，龍爸龍媽都未登場。而既然龍爸龍媽始終神龍見首不見尾，此回提到他倆，也就成了未解開的伏筆，因此修訂成二版時，自是刪之為宜了。

【王二指閒話】

關於金庸新舊版本的優劣，林保淳在《解構金庸》一書中提到：「大體上，天機流行，情感自然充沛，為舊本所長；而精密謹嚴，妥貼穩重，則修訂本為優勝。」寥寥數語即歸納出新舊版本不同的特色。

一版小說確實是「天機流行」，金庸本人也確實是文采豐沛，但在一版小說中，有些金庸靈感一來，埋下的伏筆，後來因寫作方向改變，原本的伏筆也就不再得解，這樣的伏筆就成了書中的「冗情節」。改版修訂時，金庸會將這些未解開的伏筆悉數刪除。

而為什麼一版金庸小說會有一些「未解開的伏筆」呢？這是因為一版金庸小說是在報紙上逐日刊載完成的，這是現代作家幾乎不可能使用的創作方式。

當年的報紙連載，並不是先完成整部作品，再分段刊載，而是逐日交稿，逐日刊載。這種當年流行的創作方式，作家隨著每天的思緒與接收到的資訊不同，對小說的構思也會有不斷改變，因此整部作品難以環環相扣、前後呼應，結構也無法嚴緊。

一版金庸小說就是因為以這樣的方式創作，才會產生有伏筆，卻沒有解開伏筆的狀況。《神鵰》此回的「小龍女下山尋找生身父母」就是未解的伏筆，未解的伏筆在金庸每一部一版小說中幾乎都有。

從這些未解的伏筆，可以揣測金庸在一版小說中原本預設的故事發展方向，但修訂成二版時，一定得將未解的伏筆刪除，因為未解的伏筆若存留到二版，就會破壞全書的謹嚴與完整，因此非刪不可。

不過，單是從想像這些伏筆蘊藏的可能性，就能獲得許多閱讀的樂趣，比如龍爸爸與龍媽媽究竟是誰？是書中已然出現的高手嗎？如果是，又是哪一位？這樣的自由聯想讓閱讀一版金庸小說多了另一層想像的快樂。

第四回還有一些修改：

一．一版此回說達爾巴是密宗掌教達爾巴，據此推測，金庸在撰寫此回時，可能還沒構思出「金輪法王」這角色，二版刪去「掌教」之說，改為「藏僧」達爾巴，新三版再改為「蒙僧」達爾巴。新三版將二版出身西藏的反面人物，一律改籍他處。

二．郭靖與霍都首次交手時，一版說霍都的摺扇白紙上畫著一朵嬌豔欲滴的牡丹，二版刪去此說，而郭霍二人的過招，二版說郭靖將勁力由摺扇傳到對方手上，將霍都的奪勁盡數化解，新三版改為郭靖將掌力由摺扇傳到對方手上，轉為推勁，使得霍都站立不定。

三．楊過綁縛鹿清篤之處，二版是第三代弟子修習內功的靜室，此處應是誤寫，因為鹿清篤是第四代弟子，新三版因此改為第四代弟子修習內功的靜室。

四．二版鹿清篤稱趙志敬為「師叔」，新三版改為「師父」。

五．二版說楊過對全真教有偏見，是因為郭靖沒有對楊過解釋全真派武功乃武學正宗，當年王重陽武功天下第一，各方各派高手無一能敵，而郭靖之所以能勝諸道，是因眾道士未練到絕頂，卻非全真派武功不濟。新三版改說上述之事，郭靖都已對楊過詳加說明。

六．新三版較二版增寫，趙志敬不教楊過武功，楊過的心態是：「這些膿包功夫，學會了也只有個屁用，老子越不學，功夫越加強些！」顯然楊過的心態十足阿Q。

七．郭靖奔向重陽宮救難時，一版說馬鈺在蒙古懸崖上傳郭靖輕身功夫，想不到數十年後，這功夫竟用以解救本教的危難。二版刪去這說法。

八．一版郭靖見郝大通受傷，以「一陽指」幫他療傷，二版郭靖並未學會「一陽指」，因此刪去此說。

九．一版「淨光」，二版改名「鹿清篤」，以符合全真教「清」字輩敘輩。

十．一版楊過初見鹿清篤，除拉屎讓他跌倒外，還咬他咽喉，最後更將他反綁。或許是因為咬咽喉可能會致命，二版因此將「咬咽喉」刪了。

十一．一版丘處機提到王重陽相貌時，郭靖想起穆念慈出家的道觀，有一「活死人」畫像，像上之人應是王重陽。二版《射鵰》已刪此情節，《神鵰》因此隨之刪除。

十二．林朝英向王重陽叫陣，王重陽問她勝了要什麼，林朝英說要「活死人墓」，一版說王重陽覺得他自己已在活死人墓住了八年，留下好多心血，平白被她佔去，卻是心有未平；一版的描述顯得王重陽極為太小家子氣，二版刪掉了這段王重陽心思。

十三．丘處機說到李莫愁是絕色美女，郭靖內心覺得黃蓉比李莫愁美麗，一版還解釋說，此乃郭靖情人眼裡出西施的想法，以言端麗秀雅，自是黃蓉遠勝，但論嬌媚冶態，卻又不及李莫愁了。二版刪去這段黃李二女的比較。

十四．一版說霍都是成吉思汗的嫡系子孫，二版改為近系子孫。

十五．趙志敬教楊過全真教口訣，楊過比武時唸的幾句，一版是「手腳齊進橫豎找，掌中亂環落不空。」「生剋二法隨著用，閃進全在動中求。」二版改為「修真活計有何憑？心死群情念不生；精氣充盈功行具，靈光照耀滿神京。」「秘語師傳悟本初，來時無欠去無餘；歷年塵垢揩磨盡，遍體靈明耀太虛。」

十六．與楊過過招的小道士，一版使的招式有「天紳倒懸」一招，二版將此招改為「揩磨塵垢」。

十七．崔志方測試楊過內功，發覺他已有功力，一版說郭靖曾親授秦南琴馬鈺的內功之道，秦南琴從小教楊過練氣，因而楊過已有十年的全真教內功根基；二版將楊過的母親由秦南琴改為穆念慈，故而無秦南琴教楊過全真派內功之事，這段改為楊過練白駝山內功，又因白駝山內功上手甚易，進展極速，因而崔志方感覺楊過已頗有內力。

十八．楊過打傷鹿清篤後，逃入重陽宮附近的密林中，一版說，在趙志敬前來追捕楊過前，尹志平先來勸楊過逃下山去，但還未逃離，就遇到趙志敬，二版將尹志平一段故事刪了。

孫婆婆要楊過與小龍女照顧彼此一生一世
——第五回〈活死人墓〉版本回較

孫婆婆將楊過帶回古墓，因古墓不得留宿男人，孫婆婆只好再將楊過帶回重陽宮。此時全真教擺開了大陣仗，準備接回孽徒楊過。孫婆婆與全真教道士們言語齟齬後，隨即出手相鬥，結果，拳腳無眼，郝大通錯手打死了孫婆婆。

一版孫婆婆逝世前，交代小龍女的遺言是：「你要照料他（楊過）一生一世，別讓他吃旁人半點虧，你答不答應？」

聽聞孫婆婆這一席懇摯的最後囑託，小龍女上齒咬著下唇，答應了。而對於一見面就讓孫婆婆生出慈母般疼愛之心的楊過，孫婆婆送給他最後的遺物，是她身上的一件棉襖。而後，孫婆婆就溘然長逝了。

二版孫婆婆也在過世前向小龍女出言相求：「我求你照料他一生一世，別讓他吃旁人半點虧，你答不答允？」小龍女答允了。但二版孫婆婆並沒有留下棉襖給楊過，而是囑付他一句遺言：「你龍姑姑無依無靠，你……你……也……」話未說完，人已仙去。

一、二版的孫婆婆對楊過可說寵愛有加，相識不過幾個時辰，已然視他如親，即使自己即將駕鶴西歸，仍盡力將楊過安排到小龍女的保護傘下，讓他能在安全的環境中長大。

新三版則與前兩版不同，新三版孫婆婆人之將死，告訴小龍女：「我求你照料他一生一世，別讓他吃旁人半點虧，你答不答允？」小龍女答允後，孫婆婆轉而交代楊過的，也是完整的一句：「你龍姑姑無依無靠，你……你……也……照料她……一生一世……」而後在楊過的痛哭聲中，孫婆婆傷重逝去。

因為孫婆婆的臨終囑託不同，楊過接下來與小龍女的相處，應答、表現與心情也完全兩樣，比如小龍女告訴楊過，他倆一生一世都會永居古墓中，楊過本還頑皮地告訴小龍女：「等你死了，我就出去了。」小龍女則告訴楊過，她要照料他一生一世，因此「我死之前，自然先殺了你。」面對小龍女的冷酷，二版楊過心想：「那也未必。腳生在我身上，我不會逃走嗎？」新三版則改為楊過告訴小龍女：「孫婆婆叫我也要照料你一生一世的……。」

新三版楊過確實非常信守這句照料小龍女一生一世的承諾，小龍女要他睡寒玉床，楊過想到的報答方式，就是照孫婆婆所託，照料小龍女一生一世；而後楊過拜小龍女為師，他的拜師誓言亦是：「弟子楊過今日拜小龍女姑姑為師，自今而後，楊過永遠聽姑姑的話，要一生一世照料姑姑周全。」

就這般你也一生一世，我也一生一世，新三版孫婆婆的臨終遺言，看來只差沒將兩人的雙手拉過來交疊在一起，並直接告訴他們：「你們要白頭偕老，互相照顧一生一世。」或乾脆為他倆辦個婚禮，讓他倆花開並蒂，永結同心。

但無論如何，孫婆婆真的成了「孫媒婆」，楊過與小龍女最後真的如孫婆婆所願，成了一對「神鵰俠侶」，天南地北，永遠愛相隨，照顧彼此一生一世。

【王二指閒話】

孫婆婆的左心房與右心房，一邊裝的是從小照料她吃飯喝湯、睡覺拉尿，一手拉拔大，彷彿親生女兒一般的小龍女；另一邊裝的是相識數個時辰，卻視之如親，能對孫婆婆盡吐心事、盡洩情緒的楊過。孫婆婆究竟哪一邊的心房裝得多一點？或者是說，她到底疼愛誰多一點？

一、二版的孫婆婆，顯然在生命的最後一天，是用慈母之心全意疼愛著楊過，甚至願意奉獻出自己性命的，即使這小男孩來路不明，還可能給小龍女帶來麻煩困擾，她依然決定將楊過交託給小龍女。

但這樣的孫婆婆，豈不是頗像《天龍》年少不懂事的阿朱，只因一時興起，就在死前把阿紫託給蕭峰，害得蕭峰屢屢被拖累而犯險。

孫婆婆並不是阿朱這般的天真少女，已經在古墓照顧小龍女十多年的她，怎麼可能為了相識一天的少年，就戕害自己女兒般的小龍女呢？這樣的孫婆婆對小龍女豈非不負責又不厚道？

金庸在此發揮了他深厚的文學功力，新三版加寫了幾句話，就將孫婆婆的最愛翻轉了過來。原來孫婆婆認識楊過後，細品楊過的言行舉止，直覺認為楊過是一位熱情、聰明、坦誠的少年。在孫婆婆受郝大通一掌而重傷時，楊過竟能張開雙手護住孫婆婆，願意以身相代。這麼有情有義的楊過，當然成了孫婆婆心中最理想的「女婿」人選。

在華人社會中，老一輩身處病苦，發覺生命所剩無幾時，常會希望見到自己的子女成婚。「成婚」之目的無他，就是期盼自己不在子女身邊時，子女能有理想的對象彼此相愛、彼此照顧。孫婆婆認識楊過時，小龍女已經芳齡十八，以南宋的時代背景來說，小龍女早就到了適婚年齡，而孫婆婆在離開人世前，因為疼愛女兒，為她做出最好的安排，就是讓楊過這個好男人來疼愛她。

孫婆婆的眼光與直覺果然是準確的，他幫女兒物色的夫君楊過既熱情又活潑，於內向又冷酷的小龍女而言，楊過最能打開她封閉的心，讓她成為更快樂、更自在的她。

世界上最了解小龍女的人，莫過於孫婆婆，當孫婆婆認識楊過後，她必然也相信，楊過就是最能給小龍女帶來幸福與快樂的男人。

從小龍女與楊過後來的愛情發展來看，孫婆婆確實眼光獨到，她既懂得小龍女，也明白什麼樣的男人最適合小龍女，可知孫婆婆確實心細如織。

經過新三版的修改，孫婆婆雖也還疼楊過，但相較之下，她打從心底更疼愛的人，應該還是如同她女兒一般的小龍女。

第五回還有一些修改：

一．二版對小龍女傾倒的全真教道士是「尹志平」，新三版將「尹志平」改為「甄志丙」。新三版解釋改名的原因是：「尹志平真有其人，道號『清和真人』，乃丘處機之徒，後曾任全真教掌教，將其寫得品行不堪，有損先賢形象。」

二．張志光向孫婆婆索要玉蜂之毒解藥，新三版較二版增寫，張志光對孫婆婆說：「我不信解藥就只一瓶，小道這就跟著你去取罷。」說著擠眉弄眼，嘻嘻一笑。孫婆婆討厭他油嘴滑舌，舉止輕挑。

三．小龍女以綢帶及金球與郝大通相鬥，郝大通以巧招避過，新三版較二版增寫，小龍女倘若乘勢再行擊落，郝大通萬難更避，她並不追擊，顯是手下容情。如此描述顯得小龍女更寬容。

四．全真教第三代武功最強的既然是趙志敬，為什麼趙志敬沒有擔任首座弟子呢？新三版增寫說，原來是因趙志敬指揮北斗大陣阻截群邪來犯終南山時生了大錯，加上對楊過極為小氣粗暴，因而才由全真六子改立甄志丙為首座弟子。

五．孫婆婆帶楊過回古墓，一版小龍女問孫婆婆：「婆婆，你怎麼把人家孩子欺侮成這個樣子？」二版改為小龍女問：「孫婆婆，這孩子哭個不停，幹什麼呀？」

六．一版楊過初入古墓，小龍女告訴他：「小兄弟，非是我不肯留你過宿，實是此處向有嚴規，不容旁人來，請勿見怪。」二版這句話改由孫婆婆來說。小龍女個性冷酷，理當不會如一版這麼多話。

七．孫婆婆攻擊張志光，一版是以「緊背低頭弩」釘張志光左肩，二版改為用裝玉蜂漿的空瓷瓶打張志光左眼角。

八．小龍女以綢帶金球與郝大通過招，一版是打郝大通臉上「四白」、「下關」、「地倉」三穴，二版改為「迎香」、「承泣」、「人中」三穴；此外，小龍女以金球攻擊四名挺劍來刺的道士，一版是點他們的「太淵」穴，二版改為「靈道」穴。

九．孫婆婆死後，楊過悲傷哭泣，一版小龍女告訴楊過：「今日你這般哭她，他日你死的時候，也不知有沒有人哭你呢？」此話太傷感，不像小龍女的言語，二版改為小龍女對楊過說：「你這般哭她，她也不會知道了。」

十．一版楊過睡寒玉床練功，是使用歐陽鋒所教內功禦寒。一版小龍女也太霸道了，她要求楊過睡寒玉床，卻未教他禦寒的內功，若非楊過有歐陽鋒所授的武功底子，豈不凍死了他？二版改為小龍女傳了楊過幾句口訣與修習內功的法門，楊過依法練功禦寒後，才睡寒玉床。

楊過與小龍女一起脫光光，裸體練功——第六回〈玉女心經〉版本回較

新三版此回增寫了偌長篇幅，增說古墓派的武功，以及楊過、小龍女在古墓中的旖旎風光。這段增寫使得古墓不只不冰冷，還春意盎然。且來看看此回的版本差異。

先談楊過最早學習的古墓派武功，也就是捕麻雀功夫的版本演變。

關於捕麻雀的武功，一版說這是一套一百單八招「天羅地網勢」掌法，二版改為八十一招「天羅地網勢」掌法。

新三版則將捕麻雀的掌法改寫為循序漸進的三套掌法，其入門掌法為「柔網勢」，即楊過所練將八十一隻麻雀手到擒來的功法。練成「柔網勢」後，接著再練「夭矯空碧」，這招是要讓麻雀飛不走。小龍女試演此招給楊過觀看，即把八十一隻麻雀放走，在麻雀紛紛沖天飛去時，小龍女長袖一揮，兩股袖風撲出，群雀又盡數跌落。最後再練「天羅地網勢」，這招是必須練成眼明手快的身法，比麻雀還快，才能一見麻雀上飛，手指輕輕一撥，手掌輕輕一擋，麻雀便飛不動。

一、二版的捕雀功夫只是輕功與捕鳥手技，說是武功可能不太切實，新三版增寫之後，捕雀功夫即融合了內功、掌法、指法、輕功，也就成為一套高明的武功了。

再說到林朝英的武功，一版說「南林北王，陰勝於陽」，意思是說，廣西人林朝英的功夫較山東人王重陽高明，二版刪去了這說法。

除了捕麻雀功夫外，古墓派武功的修練法，一版、二版與新三版也各有不同。

古墓派武功的修練須先習練古墓派功夫，再練全真派功夫，最後再練剋制全真派的《玉女心經》。

一版說習練《玉女心經》時，必須全身脫光，不能穿衣服，因此楊過、小龍女二人練功時，真的是除去衣物、裸裎對練。

趙志敬與尹志平看到的小龍女，即是一絲不掛、全身赤裸的小龍女。楊過一發覺趙尹二人在左近，趕緊幫小龍女著衣。

一版的故事讀來令人血脈噴張，但也因為這樣的描述太過引人遐思，二版改為《玉女心經》是「解開衣服」對練，這就比較不會讓讀者在閱讀時有所綺想。

但從這樣的情節可推知，一版《神鵰》或許是為了在報紙連載時吸睛，金庸刻意加了一些令人想入非非的情節，比如一版第二回黃蓉聞到楊過身上氣味，即萌生性慾，以及此回楊過、小龍女練《玉女心經》時是脫光光，裸體對練，都很容易引起讀者的遐思。

一版改寫為二版時，金庸應是考慮到，這些令人想入非非的情節，可能會引起不必要的非議，因此盡數改寫了。

二版改寫為新三版時，金庸對古墓派的武功大為加料，新三版增寫說，林朝英所創武功，與一般武術大異其趣，一般武術是內功練得越強，使出掌力，往往就越能傷敵至嘔血或死亡，但古墓派功夫是內功練得漸高後，也只是身輕足健，出手快捷。

這是因為林朝英創此武功，只求以匪夷所思的方位發招，能出王重陽之意料，在他後頸或背心輕輕一拍，卻又不能使之痛楚或受傷，但求王重陽束手認輸，便得償所願。

新三版古墓派的練功方法與一、二版一樣，也是先習練古墓派功夫，再練全真派功夫，最後再練剋制全真派的《玉女心經》。關於《玉女心經》，新三版較二版增說，《玉女心經》由淺而深，共有十篇，其傳功唯有口授，並無書本祕笈。李莫愁誤以為有筆錄《玉女心經》，實是大謬。

《玉女心經》中的劍法為「玉女無鋒劍」，練劍時需折去長劍劍尖，而為什麼必須是不傷人的「無鋒劍」呢?因為林朝英與王重陽對劍，七分當真，三分戲耍，只求一勝，不願真傷對方，故此無鋒。

此外，關於小龍女的暗器，一版說是「玉蜂砂」。所謂「玉蜂砂」，乃是六角形金屑，並用玉蜂尾刺上的毒液鍊過。二版將「玉蜂砂」改為「玉蜂針」。「玉蜂針」細如毛髮，六成黃金、四成精鋼，煉以玉蜂毒。新三版再改說，「玉蜂針」乃內以精鋼製成，外鍍黃金數層，再煉以玉蜂之毒。

談過古墓派武功三種版本的異同後，接著再談楊過、小龍女在古墓中的生活，各種版本的差異。

楊過與小龍女這對正值青春年華的少男少女，在古墓中朝夕相處，一版說楊過對男女之別，情愛牽纏等等，一竅不通，小龍女則由於勤修苦練，將情慾練得半點也無，因此，他們雖朝夕相處，卻一個冷淡，一個恭誠，竟無半點越禮。

而小龍女為何後來心中會生情慾呢？一版解釋說，因為在小龍女受傷時，體內輸入大量楊過的熱血，與小龍女冷淡恬靜的性兒大不相符，這才大為轉性。

一版的說法還真不可思議，原來被輸血者，竟會轉變成供血者的性格，那麼，若是小龍女體內輸了霍都的血，豈不變成了好色女淫賊？

二版改說楊過是未想到與師父男女有別，小龍女則是因修練而克制七情六慾，故而各自冷淡與恭誠。

一、二版的楊過、小龍女二人，之所以會由從師徒之情轉為愛情，是因小龍女要楊過離開古墓獨活。在放下「斷龍石」時，兩人面臨生離死別，這才察覺情苗已深種，無法割捨對方，因而決定同生共死。

一版說，楊過離去前望了小龍女一眼：「這一眼若是不瞧，他一衝而出，日後不知要減卻多少煩惱，要免了多少波折，但他生來是個至性至情之人，縱在極危急的時候，也要向小龍女再瞧一眼，但就這麼一望，楊過這一生終於永遠變了樣子。」

二版刪去這段解釋。

新三版楊龍二人的古墓生活又與一、二版完全不同，新三版將楊龍二人改寫為情竇初開的少男少女，兩人的情感與互動與一、二版迥異。

新三版較二版增寫說，楊過與小龍女同居一室，楊過睡寒玉床，小龍女則睡在長繩上，楊過睡前看著小龍女白玉般的腳兒，胡思亂想了一番，夜間即夢見一對白蝴蝶在眼前飛舞，楊過於是使出「天羅地網勢」，將蝴蝶輕輕抓住。

結果驚醒了小龍女，原來楊過抓住的是小龍女的雙足。楊過認錯後，小龍女也覺得男女同居一室似乎不妥，於是將長繩解下，睡到隔壁房去。

除了這段楊過的春夢外，新三版還增寫說，因林朝英的《玉女心經》是想像與王重陽合練，故而楊龍二人所練「古墓派」招式亦相當曖昧，十足挑情。

新三版增寫了「亭亭如蓋」與「願為鐵甲」兩招，「亭亭如蓋」的練法是假設小龍女受擊倒地，楊過撲將過來，願意代為再次受擊。楊過撲在小龍女身上時，須雙腿分開，撐在地下，腰背出力挺住，才不會當真壓到小龍女身上，此時小龍女再由楊過兩腿間出劍，刺入來攻敵人的小腹。「願為鐵甲」則是楊過須雙臂虛抱小龍女，將她周身護得不受敵傷，小龍女則束手受護，自行調勻真氣。

這樣的姿勢與做愛雷同，兩人極為肌膚相親，也因此產生了「催情」的效果。練久了之後，楊過只覺小龍女是個依賴自己保護的小妹子，小龍女則不自禁生出依賴順從之情。練「願為鐵甲」時，楊過虛抱小龍女，眼光脈脈含情，小龍女也當下紅暈上臉，眼露羞怯，說道：「過兒，不好！」而練「亭亭如蓋」時，楊過撲到小龍女身上，見她眼波盈盈，滿臉紅暈，嘴角邊似笑非笑，嬌媚百態，不禁全身滾熱，再也難以克制，雙臂抱住了小龍女身子，伸嘴欲在她臉頰上一吻，小龍女雖也生出情慾，卻強迫自己不可動情，於是脫出楊過懷抱，在他臀部打了一掌，喝道：「你不乖，不練啦！」

新三版的古墓著實春光旖旎，青春年華、情竇初開的楊過、小龍女練習「亭亭如蓋」、「願為鐵甲」，竟還能克制得必然會隨之而生的性慾，看來楊龍二人真正的神功應是「忍術」。不知後來成為「神鵰俠侶」、恩愛夫妻的兩人，若回想起當年，會不會覺得當年之「忍」，全都白忍了？

【王二指間話】

楊過、小龍女這對「一位是翩翩美少年，一位是溫柔美嬋娟」的俊美少年男女，在古墓中同居數年，以文學的角度來看，要怎麼寫這對男女的同居關係才好看呢？

若將兩人寫成「異人而有異行」，一經古墓派修鍊，彷彿變色龍融入石頭般，跟古墓完全合為一體，楊過變成海公公，沒了男性荷爾蒙，小龍女則成為滅絕師太，動情激素完全停止分泌，兩人完全化身為郭襄那對少林機括鐵娃娃，白天拆招練招，晚上則各自將自己擺回自己的床上，這般情節好看嗎？

不然，如果這麼寫，楊過因在黃蓉那兒讀過本聖賢書，故而師法柳下惠，美女在身畔，絕無亂性之想，或是每晚到了夜深人靜之時，楊過為保全小龍女的名節，乾脆點一支燭火，坐到古墓墓門前閱讀《春秋》，更甚至對偷窺的甄志丙等人闡說《關聖帝君戒淫真經》，這樣的情節好不好看？

一、二版楊龍的「同居生活」就是這般水泥顏色，合理是合理，但太也乏味。

《神鵰》是金庸筆下的「情書」，《紅樓夢》則是曹雪芹寫的「情書」，那麼，曹雪芹是怎麼描述賈寶玉少年情竇的呢？曹雪芹既沒寫賈寶玉被魯男子、柳下惠上身，也沒寫賈寶玉如何用《論語》、《春秋》中的聖人之言來疏導自己的情慾。

曹雪芹寫的是，一天，賈寶玉到秦可卿房間睡覺，竟然大作春夢，夢中警幻仙姑對賈寶玉秘授「雲雨之事」，起床後，賈寶玉的丫鬟襲人要幫賈寶玉繫褲帶，伸手至大腿處，發現「一片沾濕」，問他：「你夢見什麼故事了？是那裡流出來的那些髒東西？」賈寶玉於是告訴襲人夢中的雲雨之事，並當下跟襲人偷試了一番。

《紅樓夢》把少年少女之事，寫得既露骨又含蓄，卻字字都白描出少年的真性情。曹雪芹筆下的賈寶玉跟你我一樣，少年時都是血氣方剛的凡人，沒有任何做作。這樣的文學創作因為與讀者的認知相契，因而更能引人入勝。

金庸改版的原則之一，就是如果前一個版本把「俠」寫成了「神」，新的一版就盡量再將「俠」回歸成「人」。以一、二版的《神鵰》來說，楊過夜夜與小龍女同居一室，血氣方剛的少年楊過竟能在絕世美女小龍女身邊不生綺想，安住於無情無慾的聖境，這樣的楊過未免太過於「神」，而不是「人」。

新三版改版時，金庸做了增寫，將楊過轉「神」為「人」，成為真正有青春情慾的少年。每晚瞧著小龍女美腿的楊過，生理衝動與性幻想自是難免，但他又不能說出對於小龍女身體的渴望，性的渴望於是就化成了夢境。

在改版的增寫裡，金庸道出楊過、小龍女都是人，也都會對異性萌生情慾。然而，雖然他們也有情慾，卻依然知書尊禮，所以他們都算是行為超脫於凡人的「異人」。練「亭亭如蓋」、「願為鐵甲」時，他們明明都已經身體相貼了，卻還能克制自己陡生的情慾，不會就此乾柴烈火，練完武功即「大功告成，親個嘴兒」，或甚至成為一雙真正的小夫妻。

然而，白天或許還可以克制自己，性幻想卻會在入睡後形成夢境，楊過因此會做春夢。不過，春夢醒來後，楊過仍謹守師徒之禮，他可不敢越軌，像賈寶玉一般，引誘小龍女跟自己「偷試」一番。

經過新三版的改寫，金庸深刻描繪出楊過、小龍女的感情，以及對性的好奇與渴望，卻也道出了兩人的互敬之禮。而古墓原本灰撲撲的顏色，經過新三版一修改，就冒出了許多粉紅泡泡，讀者閱讀起來，也更能感受到青春的氣息。

第六回還有一些修改：

一．小龍女囑楊過將治玉蜂毒的蜜漿送交全真教，甄志丙問小龍女全真弟子楊過被小龍女強行收去，此事該如何了斷，二版小龍女答：「我不愛聽人囉唆。」新三版改為小龍女並不答理。

二．關於古墓建築的特異結構，二版說西角是王重陽用來練鏢之用，新三版改為西角用來修新三版更符合小龍女的冷酷性格。習內功。

三．甄志丙（即二版的尹志平）暗戀小龍女，二版說他晚上說夢話唸著小龍女，又一遍一遍在紙上寫著小龍女的名字，這張紙後來成為趙志敬威脅尹志平的把柄。但尹志平在全真教一遍又一遍寫小龍女的名字，怎可能不出事？新三版改為甄志丙常到古墓外的林子中踱來踱去。新三版另還增說，在小龍女二十歲生辰那天，甄志丙送了一盒蜜餞蟠桃、兩罐蜜棗，另加上一張書有「恭祝龍姑娘芳辰　重陽宮小道甄志丙謹具」的禮箋，這張禮箋為鹿清篤收下，成為趙志敬手上的甄志丙把柄。

四．新三版將二版尹志平故事全改為甄志丙之事，並較二版增寫：「尹志平潛心內丹煉氣之道，武功上不免生疏了。」尹志平就此從《神鵰》中出局。

五．甄志丙（即二版的尹志平）與趙志敬二人撞破楊過、小龍女解衣練功之事，甄志丙立誓絕不說出去，二版尹志平是斬下左手的小指與無名指為誓。然而，斬手指將造成明顯的肢體缺損，全真教長輩如何能不追問緣由？新三版改為甄志丙口頭立誓，若說出此事：「死得慘不堪言，死後身入十八層地獄，來世做狗做豬，永為畜生。」

六．洪凌波威脅楊過帶她上古墓，二版楊過裝傻，說古墓中有「白衣女鬼」。但此時小龍女已身受重傷，楊過焉能出言咒她？新三版刪掉了「白衣女鬼」之說。

七．二版洪凌波見小龍女受傷，連忙問孫婆婆在哪裡，但孫婆婆的武功理當威脅不得洪凌波，洪凌波何須在乎她？新三版因此刪去洪凌波的問話。

八・李莫愁使出的古墓派功夫，二版的「三燕投林」，新三版改為「三雀投林」，已與新三版增寫的捕麻雀功法相呼應。

九・小龍女欲練全真教功夫而不得其門，一版楊過想起趙志敬曾教他背「小易筋經」，功法曰：「力不是由彼而來，方是活力。用力而心動，一攢一放，自然而施，不覺其出而自出。如潮水，如雷發地，此其急也。若浪之乘舟，此其緩也。」又曰：「其法在易，易者換也。換者，氣實內而外助也，故曰銅筋，言至堅也。」二版改為楊過想起的是「全真大道歌」：「大道初修通九竅，九竅原在尾閭穴。先從湧泉腳底衝，湧泉衝起漸至膝。過膝徐徐至尾閭，泥丸頂上迴旋急。金鎖關穿下鵲橋，重樓十二降宮室。」

十・楊過將趙志敬推出的招式，一版的「獅子拋球」，二版改為「綵樓拋球」。

十一・楊過偷襲趙志敬的招式，一版的「李廣迴射」，二版改為「木蘭迴射」。

十二・楊過對洪凌波裝傻，一版自稱「傻張」，二版改為「傻蛋」。

十三・一版洪凌波要楊過帶他上終南山，說是要向他借他媽媽的衣裳來穿穿。但洪凌波此時衣衫潔美，何須借衣？二版改為洪凌波向楊過說的是要借他爹的斧頭。

十四・洪凌波使出的古墓派劍法招式，一版的「錦筆點主」，二版改為「錦筆生花」。

十五・一版楊過在古墓中制住洪凌波，防她傷害小龍女，是點她「肩貞」、「笑腰」、「巨骨」三穴，二版改為點她「肩貞」、「京門」、「巨骨」三穴。

十六・一版李莫愁在古墓中，一見楊過就認得是當年以血鳥啄瞎她的少年，二版改為李莫愁認不出長大後的楊過，因而問小龍女：「這小賊是誰？」

十七・一版楊龍二人離開石室前，各被李莫愁抓了一爪，因而流血不止，楊過靈機一動，使出歐陽鋒所教經脈逆轉之法，將自己與小龍女的傷口相貼，以自己的血幫小龍女「輸血」。一版的寫法太也沒有科學常識，兩人即使血管對血管，血液怎可能流進對方血管？二版改為李莫愁未傷二人，但楊過擔心小龍女「血行不足」，因而咬破自己的血管，以鮮血餵食小龍女。

孫婆婆擁有《九陰真經》獨家內幕——第七回〈重陽遺篇〉版本回較

李莫愁師徒闖進古墓中，想要搶奪《玉女心經》，重傷之餘的小龍女打了李莫愁兩個耳光，卻因此傷上加傷。因為認為自己活不成，小龍女請楊過將她抱進石棺待死。

躺進石棺後，楊龍二人竟無意中獲得武林中人垂涎三尺的《九陰真經》。

關於這段故事，二版是這麼說的：楊龍二人躺進入石棺後，小龍女見到棺蓋內側有十六個大字，這十六個字是「玉女心經，技壓全真。重陽一生，不弱於人。」原來這是王重陽刻意在棺蓋上留下的字跡。大字旁還有一些小字，內容是王重陽告訴古墓派後人，她們古墓派祖師爺林朝英雖說能破他全真派武功，但所破的武功只不過是粗淺的部份罷了，若與全真教最上乘的武功相較，《玉女心經》又何足道哉？

王重陽會在棺蓋上留字，原由是因林朝英仙去後，王重陽獨回古墓傷懷痛哭，之後見到林朝英所刻，用以破解全真功夫的《玉女心經》，果真招招皆能克制全真武功，王重陽當下驚訝得面如死灰。

十餘年後，王重陽在華山論劍中勝出，贏得並熟讀《九陰真經》，於是在不甘示弱的心情下回到古墓，並於石棺之下的石室頂上刻下《九陰真經》，再回石棺蓋上留下十六個大字。

王重陽的用意是要讓垂死的古墓派後人知道，他全真派武功自有勝她們古墓派之處。

楊龍二人依王重陽指示，到石棺下的石室，真的見到了《九陰真經》。

不料李莫愁師徒隨楊龍二人之後，也來到此石室。李莫愁偷襲楊龍二人，點了兩人的「中樞穴」，隨後又點了兩人的「天突穴」與「五樞穴」，並強迫她倆帶她師徒出古墓。在動彈不得的狀態下，小龍女先習得《九陰真經》中的「解穴秘訣」，將穴道自行解開，而後又學了「閉氣秘訣」。

二版的故事略述至此。

這段故事從二版修訂成新三版時，將二版王重陽留在棺木上的「玉女心經，技壓全真。重陽一生，不弱於人。」四句話，改為「玉女心經，欲勝全真。重陽一生，不弱於人。」以顯示出王重陽並不認為林朝英武功真勝過了他。

此外，二版小龍女學過「解穴秘訣」後，又學了「閉氣秘訣」，這是要為小龍女而後泅水出古墓預留伏筆。新三版則除了「解穴秘訣」與「閉氣秘訣」外，增寫小龍女又學了「移魂大法」，這是要為楊過日後以「移魂大法」心攝達爾巴先埋伏筆。

一版的這段故事則與二版、新三版大異其趣。

一版是這麼說的：小龍女掌括李莫愁後，體傷身寒，楊過於是取出孫婆婆送他的那件遺物棉襖供小龍女保暖，卻一不小心扯破了棉襖，露出一大塊白布，上面寫著：「重陽先師，功傳後世，觀其畫像，究其手指。」

楊龍二人連忙取下屢遭古墓派後人吐以唾沫的王重陽畫像。遵照孫婆婆的遺言，兩人按「究其手指」這四字指引，猛參王重陽右手手指，卻看不出個所以然來。而後小龍女不小心碰倒燭台，燭油瀉倒畫上，楊過遂以指甲將燭油刮去，竟意外發現畫像手指上王重陽以髮絲小字寫及，林朝英所能破的，只是粗淺的全真派武功，若較之全真教的最上乘武功，《玉女心經》能算得了什麼？

楊龍二人而後得知王重陽是將《九陰真經》刻在林朝英石棺底下的石室。他倆原本心想，打開林朝英石棺，移開遺體，再下石室，恐有辱祖師婆婆，楊過另還擔心，一開棺，遺體惡臭將迎面撲來。但兩人為求高明武功，真的打開了林朝英石棺，卻發現石棺只是一副空棺，而後兩人下棺底石室，即見到了《九陰真經》。

而後兩人遭李莫愁偷襲而被點「笑腰穴」，李莫愁還將「冰魄銀針」擦過楊過的「將台穴」

與小龍女胸口的「玄機穴」，威脅他們說出離開古墓的秘徑。小龍女在穴位被閉時，學得《九陰真經》中的「解穴秘訣」與「閉氣秘訣」。

至於孫婆婆的棉襖中為什麼會有《九陰真經》的藏寶指引呢？原來是王重陽見到林朝英所創武功足能克制全真功夫，心下大為不服，於是在他華山論劍勝出而擁有《九陰真經》後，回到古墓，將強於《玉女心經》的《九陰真經》刻在石室之頂，再在自己的肖像手指上留言，待古墓派的有緣人依其指示找出《九陰真經》。

《九陰真經》是刻了，線索也寫了，但王重陽還是覺得這般隱密，怎可能有人知道？唯恐後人不知的王重陽，某天聽到一名女子在哭泣，一問之下，知她姓孫。原來林朝英行俠江湖，救過孫姓女子性命。孫姓女子上山叩拜，得知林朝英已然逝去，想要進墓祭弔卻不可得。

王重陽於是指點她進墓之法，並將「重陽先師，功傳後世，觀其畫像，究其手指。」一句話告訴她，要她「天年告終之時，再告知於古墓主人。」後來孫姓女子為林朝英的丫鬟收留，長居古墓，並成為小龍女的褓母孫婆婆。孫婆婆將王重陽告訴她的十六字寫在白布上，縫入棉襖，臨終時又將棉襖送給了楊過。

想不到天下五絕在華山上爭得鼻青臉腫，而後還讓王重陽裝死、歐陽鋒挺身為盜，黃藥師化身金光黨的這部《九陰真經》，孫婆婆竟然這般簡單就可獨家擁有它藏經所在的秘密。獨家擁有王重陽藏寶內幕的孫婆婆，倘然心念一偏，取得《九陰真經》，抄寫秘錄，再重金轉賣武林高手，包準她會成為武林首富！

【王二指閒話】

《神鵰》是承繼《射鵰》的小說，在《神鵰》故事前段中，東邪、西毒、南帝、北丐依然左青龍、右白虎、前朱雀、後玄武，佔據武林百年不凋的四方王座，而小他們一輩與兩輩的郭靖與楊過，也仍必須得到他們的澆灌。

金庸準備在《神鵰》中培育出跟郭靖分庭抗禮的新俠士。在「射鵰實驗室」的「郭靖量杯」裡，金庸倒入了「洪七公」、「周伯通」、「九陰真經」等三種「化學試劑」，調配出一代大俠郭靖。「神鵰實驗室」若要創造更新更強的英雄，三種試劑顯然是不夠的，於是在「楊過量杯」中，金庸倒進了更多樣化的「王重陽」、「林朝英」、「歐陽鋒」、「洪七公」、「黃藥師」等「化學試劑」，準備讓他精心配製的楊過，透過武功上的大躍進，跟長他一輩的郭靖成為武林中並駕齊驅的雙雄。

因為有這樣的設想，《射鵰》裡如謎般的王重陽，在《神鵰》中又再次現身。

武俠小說的創作跟現實世界的學武並不一樣，現實世界中武功是人創造的，因此武功之所以能源遠流長，乃是透過人的教導與學習，讓武功一代一代傳遞下去。

這個「武功因人而流傳」的道理，在武俠小說的創作邏輯裡可能剛好相反，在虛擬的武俠世界中，往往有著「人因武功而流傳」的規則。小說創作的原則經常是人物需要某種武功，才使得擁有該武功的人出現在書中。《神鵰》中楊過學全真派武功與《九陰真經》就是一例，為了讓楊過與大他一輩的郭靖快速並駕齊驅，楊過必須得到五絕之首王重陽的授業，也正因為如此，王重陽才帶著《九陰真經》與全真派功夫，在《神鵰》中還魂。

王重陽在《神鵰》中的主要任務，是將《九陰真經》交棒給楊過，然而，這樣的「隔代教導」因為無法面授，就必須有王重陽「藏寶」與楊過「尋寶」的情節，讓楊過透過特殊管道覓得絕世武功秘笈。而小說創作「尋寶」故事時，「尋寶」固然是智慧，「藏寶」更是一種藝術，高明的藏寶人知道怎麼引導真正的有緣人發掘寶藏。

一版說王重陽將《九陰真經》的秘密交託給僅有一面之緣的孫婆婆，這樣的安排顯然是粗糙的，王重陽可不像周伯通這般天真，以他老江湖的經歷，理當猜測孫婆婆弔唁林朝英也有可能只是貓哭耗子，就好似朱長齡哭張翠山，因此王重陽若如一版隨意就將《九陰真經》的秘密拋出，除非是他的腦袋進水了。二版改寫後就嚴謹得多，二版王重陽的藏寶秘密不再藉由不可信的第三者傳遞，而是親刻在石棺蓋上，然而，二版還是同樣令人起疑，因為放進石棺中的古墓派弟子，如果不是像小龍女這般還可起死回生，而是已然重傷昏迷，或者重病彌留，王重陽豈非白費心機？

當然，珍寶有緣者得之，《九陰真經》確實是到楊過手裡了，然而，我們還是得為王重陽抱一點屈，因為在《射鵰》中，王重陽原本既是抗金為民的民族英雄，也是武林高手眼中「無固無我」的老大哥，但到了《神鵰》的故事裡，為了讓楊過擁有「中神通」的絕藝，因此安排王重陽再度出場，但《神鵰》的王重陽顯然人格遠不如《射鵰》的王重陽，在《神鵰》書中，王重陽圖求虛名，是個渴望後人都認為他比林朝英高明的俗漢。以王重陽的一失換楊過的一得，可知金庸為厚楊過，竟不惜貶低《射鵰》已雕塑出的「中神通」王重陽！

第七回還有一些修改：

一．這一回的回目，二版是「重陽遺篇」，新三版改為「重陽遺刻」。「重陽遺刻」一詞較「重陽遺篇」精確。

二．拋下斷龍石後，楊過不捨小龍女，決定回古墓與她同生共死，小龍女驚喜交集，險些暈去，二版的小龍女倚靠石壁，新三版改為小龍女撲在楊過身上。新三版的描述與小龍女富有感情的新形象相契合。

三．小龍女與李莫愁同被關在古墓中，小龍女告訴李莫愁「師父的玉女真經就在那裡。」二版中這句話並無下文。新三版增寫原來小龍女是隨意拿本道家經典《參同契》唬弄李莫愁。

四．李莫愁威脅楊龍二人，要在他二人中擇一而殺，她逼問楊過：「你死還是她死？」二版楊過不答，只朝小龍女一笑。新三版改為楊過大聲道：「自然是我死！」

五．小龍女問楊過若世上另有女子待楊過如小龍女之好，楊過會不會也對她好？楊過說：「誰待我好，我也待她好。」二版小龍女醋意大發，要楊過立誓：「我要你說，你今後心中就只有我一個兒，若是有了別個女子，就得給我殺死。」但小龍女若真這麼說，豈不是跟李莫愁成了同一型的醋缸女魔頭？新三版改為楊過認真解釋：「我如不能在你身邊，我還是死了的好。世上如果另外有個女子，像你這樣待我好，我也當她是好人，只是好朋友就是了，但我決不能為她而死。」新三版小龍女回楊過說：「那很好，我對你也一樣。」

六．新三版較二版增寫，李莫愁教小龍女如何發覺男人變心，李莫愁的說法是：「那一天你男人對你的神情如果突然之間變了，本來十分親熱，愛得你要死要活，忽然間他對你生疏了、客氣了，那便是他變了心。」

七．小龍女以《玉女心經》的功夫打了李莫愁兩耳光，但並未使勁，李莫愁覺得這兩掌若使勁，她已經沒命了。二版說未使勁是因小龍女功夫尚未練成，掌力不能傷人，新三版改說《玉女心經》功夫求快求奇不求狠，掌力並不傷人。

八．小龍女受傷後躺進石棺，盼望楊過伸臂來摟抱自己。二版楊過將手臂伸直，規規矩矩放在自己大腿上。新三版改為楊過將她緊緊抱住。新三版楊龍二人遠較二版親密。

九．二版說林朝英與王重陽的武功互不相下，新三版改為林朝英稍勝。

十．楊過帶李莫愁師徒出古墓時，二版楊過故意對李莫愁說：「洪師姊相貌比你美得多。」惹得李莫愁惱怒。新三版改為楊過對李莫愁說的是：「洪師姊不及你美貌。」

十一．小龍女問楊過，他倆的功夫比之郭靖夫妻如何？二版楊過說「那自然遠遠及不上。」新三版改為楊過說：「我自然還遠遠及不上，但你跟他們大概各有所長。」

十二．楊過與歐陽鋒重逢後，歐陽鋒仍為其不知自己是誰所苦，新三版較二版增寫，楊過告訴歐陽鋒：「爸爸，你叫歐陽鋒，記得了嗎？」

十三．小龍女為甄志丙玷污，新三版較二版增寫解釋說：「她是處女之身，全無經歷，當時更無他人在旁，只道必是楊過。」又說兩人從此結為夫婦，小龍女不知他是要叫自己「龍姊」呢？還是比較粗俗的「媳婦兒」？自己又是不是該改叫他「郎君」呢？這段增寫是要解釋小龍女與楊過如此親密，為何會分辨不出與她發生肌膚之親的不是楊過？

十四．小龍女錯以為楊過破了她的身子，但楊過仍喚她「姑姑」，小龍女因此憤而離去，二版此處有一段歐陽鋒因為想不起「我是誰？」而神智錯亂的情節，新三版將之刪除了。

楊過幻想小龍女的胸脯——第八回〈白衣少女〉版本回較

姬清虛、皮清玄看陸無雙的跛腳，引起陸無雙不快，因而割去了姬皮二人的耳朵。為姬皮二人報仇的幫手，隨後陸續前來。陸無雙在與其中一名猛漢過招時，被一掌打斷了胸口兩根肋骨。

楊過欲幫陸無雙接骨，先裝傻向陸無雙開玩笑，說他家的癩皮狗與隔壁的大黃狗打架，被咬斷了腿，是他接的骨，此外，王家伯伯的母豬斷了肋骨，也是他接好的。陸無雙被逗得與楊過鬥口，說楊過自己才是癩皮狗跟母豬，但陸無雙也漸漸真的相信楊過能接斷骨。

楊過說武術可以「隔山打牛」，醫術卻沒法「隔山治牛」，要接斷骨，當然得解衣。但楊過是青春少年，要解去陸無雙衣衫，為其接續肋骨，不只陸無雙羞怯，楊過也是小鹿亂撞。

然而，斷骨終須接治，經陸無雙同意後，楊過依次解開陸無雙的月白色內衣與杏黃色肚兜。此時楊過鼻聞少女體香，眼下卻是陸無雙乳酪般的胸脯。

接著，二版楊過痴痴瞪視陸無雙的雙峰，因而被陸無雙怒罵：「你……你瞧……瞧……甚麼？」

而後，為了不再讓彼此尷尬，楊過即閉上眼睛，為陸無雙接斷骨。

新三版則在楊過解去陸無雙肚兜，酥胸盡收眼底時，較二版增寫，楊過把陸無雙的美胸想像成是小龍女的胸脯，並在心底說：「倘若她是姑姑，這般暢開了衣衫，露出胸脯，叫我接骨，我敢不敢瞧她胸脯?呸，姑姑的胸脯比這個美上一百倍，她只要不惱，我自然要瞧。」

新三版楊過果真是青春少年，一邊看著陸無雙的玉峰，一邊還幻想著小龍女的美胸。看來楊過閉眼接陸無雙的斷骨之時，腦袋裡只怕是忙著游騁著小龍女的玉體，或許還陶醉在對小龍女的性幻想之中。

【王二指間話】

林保淳在《解構金庸》書中說到，版本研究可以見到「歷時性」所呈現的差異。所謂「歷時性」是指在文本的發展過程中，會受到當代文化思潮或政經因素等對語言的干擾，另也包涵了作者個人運用語言的不同階段特色。

小說是寫給讀者看的，所謂的「讀者」，既不是過去的讀者，也不是未來的讀者，而是寫作當下的讀者。金庸小說也是為了讀者而創作的，一版改寫為二版時，是以一九六〇年代的讀者為訴求，新三版則是針對二〇〇〇年代的讀者來創作。閱讀二版的青年讀者，在新三版出版時，許多都已經當上了爸爸媽媽或爺爺奶奶。因為時空背景並不相同，金庸改寫時所用的語法也不一樣。

有些讀者會覺得新三版的語法太不含蓄，然而，金庸改寫新三版，也是依據他所認知，在現今的時空下，讀者們最能接受的思維與語法。在二版出版的時代，中學「健康教育」課程教到男女生殖器時，可能連女老師都得含羞地叫學生回家自己看，但在新三版出版的現代，「性知識」已經是很普及的常識，因此，在二版通行的時代，金庸若寫楊過幻想小龍女的胸脯，只怕會引來衛道人士的「誨淫」之說，但新三版楊過有此想法，就只是道出了年輕人自然會有的性幻想。

從二版到新三版，因為年代的差異，讀者已經不會再以小說中談及「性」為「邪淫」，更能接受「性」是生活中的一環，因此，金庸在改版時，將小說人物關於「性」的說法、想法都增寫為更清楚、更露骨，相信現代人也都能接受新三版的新風格。

楊過究竟會不會對小龍女的胴體胡思亂想呢？或許在二版與新三版都會，但若在二版這樣寫，說不定會招來「違背善良風俗」之說，而若是在新三版這麼寫，就變成是楊過「想像力的自然流露」，這就是改版所呈現的時代差異。

第八回還有一些修改：

一．陸無雙與皮清玄相鬥，一版陸無雙削掉皮清玄手掌，二版改為削掉四根手指，新三版再改為削掉三根手指。

二．楊過牽著牯牛跟隨陸無雙，新三版較二版增說：「楊過自小便愛逗人為樂，生性頗有幾分流氣，自入古墓後，小龍女一本正經，管教嚴謹，他不敢絲毫放肆，彆之已久，這時尋小龍女不見，正自傷心氣苦，便以逗弄這少女為樂，稍洩悶氣。」

三．楊過與陸無雙夜宿之處，二版是破舊石屋，一進門就見到破爛的桌椅。新三版改為破廟，見到的是破爛神像。

四．一、二版有一大段陸無雙與丐幫弟子過招的情節，新三版刪去了。這一段說的是陸無雙將彎刀插入韓性乞丐左肩後，一日陸無雙與楊過到一家飯店分桌用飯，忽聽丐幫四個四袋弟子唱起「蓮花落」：「小小姑娘做好事哪，施捨化子一碗飯哪，天堂有路你不走哪，地獄無門你進來喲！」接著又向陸無雙挑釁，說她若不肯施捨一碗飯，就再施捨一柄彎刀。後來一版楊過以數十根尖利的魚骨射四個乞丐的「曲池穴」，二版則改為楊過以筷子射四人臂彎，將四名化子嚇走，此時的陸無雙尚不知所以，驚疑這四人怎會平白無故就走了。新三版將這一整段全數刪除。

五．姬清虛二人包劍的包裹，一版是五六尺長，二版改為四尺來長。

六．楊過裝傻時駕馭的牯牛，一版說是六百來斤，二版改為七百來斤。

七．姬清虛、皮清玄請託來尋陸無雙報仇的幫手，一版是威震秦晉韓寨主、河朔三雄之首陳老拳師、與龍吟劍趙不凡趙道長。對手若是這三人，陸無雙的武功就相對的高強。二版改為尋仇者是丐幫中的韓、陳雙丐、及全真教的申志凡道長三人，這三人較符合陸無雙的武功層次。

八．陸無雙與姬清虛等五人相鬥，楊過伏在牛腹下暗助她，一版楊過是抓姬皮二人「鳳眼穴」，再點韓寨主「將台穴」，踢陳老拳師「精促穴」，二版改為楊過以小石子射他們的「魂門穴」或「神堂穴」。一版楊過事後又替諸人解穴，二版無此描述。

九．楊過要陸無雙帶他一起走，陸無雙口頭答應，卻趁機攻擊楊過，一版說陸無雙以手肘撞楊過胸口乳下的「期門穴」。二版改為只說陸無雙以手肘撞楊過胸口。

十．一版說陸無雙「人雖幼小，卻是城府極深」。二版刪去這說法。

十一．一版丐幫的韓陳二丐原作韓陳兩位江湖人物，陸無雙得罪丐幫則另有原因，原因是一天楊過正烤麞腿與陸無雙共食，一名丐幫弟子突來與之共食，並對楊過譏諷陸無雙：「這個是你媳婦兒嗎？幹麼腳跛了？賣不起價錢。」引來陸無雙大恚，因而舉刀相鬥，那乞丐還自以為幽默，說「別發火，我吃了你老公的肉，嘔出來就是。」結果被陸無雙彎刀射中背脊而逃。這一段二版全刪了。

十二・楊過在裝睡時點陸無雙穴道，一版是點她「臂儒穴」，二版改為點「巨骨穴」，陸無雙因此全身痠麻。

十三・陸無雙與楊過於石屋中過夜，又有人來代韓陳二丐等人尋仇，一版有一猛漢使出「連還雙擊掌」的絕技，楊過則以「小周天」之勁將他甩出，二版改為只說這猛漢拳腳功夫了得，後來被楊過甩出。

神鵰俠之「侶」差點就是陸無雙——第九回〈百計避敵〉版本回較

楊過與陸無雙為了躲避李莫愁的追殺，逃到申志凡等三個道士投宿的客房內。楊過將三人點穴，使之不能動彈，再以此三道士當掩護，自己則與陸無雙到炕上睡覺。

兩人同床共枕，楊過聞著陸無雙的少女體香，心中大樂。

次晨楊過醒來，見陸無雙鼻息細微，雙頰暈紅，兩片薄薄紅唇略見上翹，不由得心中大動，心中暗想：「我若是輕輕的親她一親，她絕不會知道。」

此時朝陽初升，楊過情慾正盛，又想起接骨時見到陸無雙的美麗胸脯，正要往她嘴唇上親去……

二版楊過此刻忽然想起小龍女要自己立下的誓言：「我這一生一世心中只有姑姑一個，若是變心，不用姑姑殺我，我立刻殺了自己。」當下冷汗直冒，拍拍兩響，重重打了自己兩個耳光。

新三版則增寫楊過與陸無雙上床後，不只楊過聞陸無雙之體香大樂，陸無雙也在想，若楊過出手相抱，那該如何是好？但楊過卻沒動靜，令她頗為失望。新三版還增說，陸無雙聞到楊過身上濃厚的男子氣息，竟爾顛倒難以自已。

新三版楊過本也想親陸無雙嘴唇，但心中想起的他曾在古墓中告訴小龍女：「姑姑，我這一生一世，就只喜歡你一個人。」小龍女亦回應他：「我也一樣。」楊過因而冷汗直冒，打了自己兩個耳光。

一版的這段故事與二版、新三版全然不同。一版楊過要親陸無雙時，什麼小龍女，什麼一生一世，都都被他丟回古墓去了，他壓根兒就沒想起小龍女這個人。

一版楊過正準備與陸無雙親嘴銷魂之際，忽然一件暗器打中他背心，楊過一躍而起，情慾也瞬間消失。

楊過追查發暗器之人，但未尋著，回房拾起暗器一看，原來是一張紙團，上頭是程英寫的「若肆輕薄，立取爾命」八個大字，楊過當下羞愧驚訝交集，但絕不是為了小龍女，而是因為他想輕薄陸無雙時，竟有高手在旁監看。

按照一版的情節，若是程英不在現場，楊過又準備對陸無雙來個銷魂接吻，倘使陸無雙被楊過一親之後也醒了，而後半推半就，兩人就此「大功告成」，那麼，「神鵰俠侶」的「神鵰俠」仍是楊過，「侶」可就成了陸無雙。這麼一來，小龍女就得靠邊站，在古墓中獨修到地老天荒了。

【王二指閒話】

二版《神鵰俠侶》改寫為新三版時，金庸花了偌大心血修改楊龍二人的感情軌跡。

在一版與二版中，楊過與小龍女一開始是沒有愛情的，他們謹守「師徒之義」，因為心中已經將自己與對方的角色劃分界定地非常清楚，根本不會有多餘的遐想，這樣的感情更像姊姊與弟弟，在尊卑上下清楚定位之下，難以滋生男女間的情愛。

楊過與小龍女的愛情是被李莫愁催化的。楊龍二人雖然在古墓中，長年相依相偎、重情重義，但他們本是把自己設想為一對姊弟般的師徒。楊過願意放下「斷龍石」與小龍女同生共死，以當時的情況而言，無寧說是因為楊過生死都不想離開世間唯一的親人。

然而，李莫愁告訴楊龍二人，這就是「愛情」，又告訴小龍女「易得無價寶，難得有情郎」，而後楊龍二人也真的被李莫愁說服了，他們開始相信他們的感情是「愛情」，這才是楊龍愛情的起點。如果李莫愁沒有先入為主，認定兩個人就是情侶，而是大力讚美小龍女收了個好學生，再告訴她「易得無價寶，難得好徒弟」，那麼，楊龍二人的愛情起點，大概要再推遲一段時日。

雖然有了起點，兩人對彼此的愛情，仍沒有堅定的信心，小龍女接下來的作法是逼楊過簽訂「愛情合約」，讓她擁有如「結婚證書」般的誓言保證。她要楊過起誓，若是對她變心，就要自殺，企圖以契約化的手段鞏固「愛情」。

但楊過並沒有完全遵守這份契約，在一版與二版中，方離開小龍女，楊過就自己探索起愛情來了。楊過的第一個對象就是陸無雙，他與陸無雙一路上既拌嘴又冒險，還興起探索對方身體的情慾，這樣的楊過對陸無雙有沒有愛情，其實是不問可知的。

更何況一版楊過渴望與陸無雙銷魂時，心中根本沒有小龍女，二版楊過也只想起小龍女如恐怖情人般，要自己信守只能愛她一人的戒律，一、二版楊過對待小龍女的態度，比較像是為了避免生命之憂，這才謹守契約，而不是在享受兩人之間的愛情。

若以一、二版的小龍女與陸無雙相較，楊過在陸無雙身邊時，還更加自由與喜悅。

新三版改版時，金庸決定大刀闊斧改變這段感情關係，因而從第六回開始，楊過與小龍女就談起戀愛來了，雖然兩人還各有矜持，肉體上也沒有越軌，但愛苗的滋長是確定的，這樣的楊龍二人當然也不再須要以李莫愁的言語來做催化劑。

楊龍二人是「神鵰俠侶」，而若要與後來絕情谷中兩人情意纏綿的愛情一氣呵成，故事修改成如新三版這般，自古墓授業時楊過就開始挑逗小龍女，真的是比較好看。

從一版、二版到新三版，楊龍二人的感情軌跡並不一樣，打個比方，在一、二版中，楊龍二人起先是師生共乘「校車」，也謹守著師生間的禮義，直至李莫愁一言催化，兩人才改乘「愛之船」，但雖然一起在這條「愛之船」上，楊過仍然尚未首肯這趟愛的旅程；新三版一改，楊龍二人從一開始就在「愛之船」上，亦情深意摯地在經歷愛情，這當然更像一對「神鵰俠侶」。

只是新三版這麼一改，就可憐了陸無雙，在一、二版的故事裡，她還享有一點楊過出軌的愛情，新三版改成楊龍二人始終情深意切，這麼一來，陸無雙於楊過而言，就真的只是他刻意調戲輕侮的對象而已了。

第九回還有一些修改：

一、一、二版有一大段楊過、陸無雙迎戰丐幫弟子的內容（長達二十五開本的六頁內容），新三版全數刪了，這一大段故事是說楊過、陸無雙二人行經山路，有三個五袋叫化（一版原作七袋叫化）於此埋伏阻截，一版的化子們唱「小小姑娘行行好哪，施捨一耳一個鼻哪。」二版則唱

「小小姑娘做好事哪，施捨一把銀鑾刀哪。」化子們挑釁陸無雙後，楊過使出古墓派的「美女拳法」迎敵，招式為：「貂嬋拜月」、「西施捧心」、「昭君出塞」、「麻姑獻壽」、「文君當爐」、「貴妃醉酒」、「弄玉吹簫」、「洛神凌波」、「鉤弋握拳」、「則天垂簾」。「美女拳法」為林朝英所創，每一招都用一個美女的名稱，這套拳法使出來嬌媚婀娜，卻也均是凌厲狠辣的殺手。楊過覺得這套拳法雖說精妙，卻總是扭扭捏捏，男人用之不雅，因而在純柔的招數中注入了陽剛之氣，變嫵媚而為瀟洒，然氣韻雖異，拳式仍一如原狀。

以「美女拳法」與三丐相鬥之後，陸無雙要楊過使一招「一笑傾國」，於是楊過以《九陰真經》的內功縱聲大笑，三丐目眩神搖，敗走逃逸。

這一大段刪去的原因，若以小說情節來分析，可能是因楊過在大勝關與達爾巴相鬥時，將會使用「美女拳法」。刪去這回「美女拳法」的相關故事，就可為大勝關那一節增添更多新鮮感，故而此段盡數刪去。

另一種可能是金庸在新三版第六回大幅增寫古墓派武功，為維持全書總字數的平衡，因而刪去二版較不重要的這一大段。

總而言之，新三版就是刪去了這段「美女拳法」的故事。

二．楊陸二人到客店投宿，李莫愁亦至客店尋人，掌櫃出言問：「仙姑，你老人家住店……」，一聽到「老」字，二版李莫愁立即拂塵揮出，殺了掌櫃，新三版改為李莫愁差點要了掌櫃老命。金庸改版的原則是，越新的版本，殺人越少、傷人越輕、故事越祥和。

三．二版在山腳攔截楊陸的丐幫弟子是八袋弟子，新三版改為七袋弟子。「七袋弟子」比「八袋弟子」更符合楊過當時的武功層次。

四．楊過化妝成全真教道士與二丐相鬥，向洪凌波借劍時，二版楊過對洪凌波說：「小道若是不敵，還請道友念在道家一派，賜與援手。」新三版刪了楊過這段話。

五．李莫愁在這一回所著道袍，二版是黃衫，新三版改為青衫。

六．二版阻截楊過的老丐聽聞李莫愁名字，罵了一句：「管他甚麼赤練仙子、黑練仙子，今日非去鬥鬥她不可！」新三版刪了老丐這段話。

七．耶律楚材的長子，二版原作「耶律晉」。「耶律晉」一名是虛構的，創意靈感應是源自「楚材晉用」這句成語。新三版將虛構的「耶律晉」改為史實中耶律楚材兒子的真實姓名「耶律鑄」。

八．陸無雙在耶律鑄面前打楊過耳光，楊過甘心受打，新三版較二版增寫說，這是因為楊過找尋不著小龍女，沮喪無聊之際，心情反常，頗願自虐受苦。

九．一版陸無雙認為李莫愁夜行仍應穿日常的淺杏黃色或白色道袍，二版改為杏黃道袍，新三版再改為杏黃或靛青道袍。

十．一版說李莫愁的花驢頸下懸有十三枚特製的金鈴，二版刪去「十三」這個確切數字。

十一．一版楊過受丐幫為難時，思及小龍女曾聽孫婆婆說起丐幫有位洪七公，武功高到不可思議。這段敘述二版刪除了。

十二．楊過假冒全真道士，陸無雙以為不妥。一版此處說：道教之中派別甚多，當時南宋末年，最盛行的就有四大派，全真教雖然興旺，但說到根深柢固，流傳之廣，與人數之眾，遠不及江西龍虎山張天師統率的正乙教。如此詳述似乎是在為正乙教預留伏筆，然而，《神鵰》一書完全未提到正乙教，因此這段關於「正乙教」的描述明顯是「冗內容」。二版刪改為陸無雙想：「天下道教派別多著，正乙、大道、太一，甚麼都好冒充，怎地偏偏指明了全真教？」二版一語帶過正乙、大道、太一三教，就比較不像在為正乙教埋伏筆。

十三．一版提到楊過使出全真嫡傳的「重陽劍法」，二版刪去「重陽劍法」之名。

十四．一版說李莫愁年逾五十，但因內力深湛，望之如三十，二版改為李莫愁年方三十來歲。關於李莫愁「減齡」的原因，請見第一回分析。

十五・一版完顏萍暗殺耶律晉，曾合三人之力對耶律晉擊射數十件暗器，此時楊過適巧在場，並以《玉女心經》的「滿天花雨」之法，將暗器悉數接了下來。而後耶律晉遷怒楊過，又拿起這些金鏢、袖箭、飛蝗石射打楊過，楊過一一接回，再行回打，結果把耶律晉驚得呆了，因為「數十種暗器一齊嵌入牆壁，卻都離開他身子寸許，將他身體輪廓整整齊齊的描繪出來」。這段描述雖然非常精彩，但或許太過神化楊過當時的武功，二版因此刪除了。

十六・耶律齊出場時，一版說是二十五六歲，二版改為二十三四歲，此外，一版描寫耶律齊、耶律燕兄妹的容貌為：耶律齊身材高瘦，雙眉斜飛，英氣逼人，耶律燕生得也甚是苗條，看來他一家祖傳的都是高個兒。耶律燕身材雖高，臉上卻猶帶稚氣，說她美吧，算不得怎麼美貌，但向大哥嫣然一笑，剛健之中自有一股嫵媚之氣。二版將這段描述全刪了。

十七・一版耶律楚材南來，自稱一來是為避禍，二來卻是要為太祖奠個萬世不拔的基業，原來窩闊台、貴由父子兩位蒙古大汗相繼去世，貴由之后臨朝，信任群小，排擠舊臣。一日耶律楚材看司馬光《資治通鑑》，讀到張柬之廢除則天皇后，改立中宗一事，心中有感，遂與成吉思汗、窩闊台的當年大將商議，由耶律楚材奏請皇后，稱河南百姓動亂，願自請至河南宣撫，至河南後，再上表請兵南征，若皇后允可，即可聚精兵於河南，再行逼宮。

而若真能逼迫皇后退位，即當擁立拖雷之子蒙哥，因拖雷是成吉思汗的兒子當中，最慷慨仁厚的一位，處事英明大度，西征頗建戰功，向為軍士擁戴。此時拖雷已去世，因此擁立拖雷之子蒙哥為妥。

此計謀定後，皇后准耶律楚材之所奏，耶律楚材因而前來河南。

這樁大謀略一版說得煞有介事，但後來全無下文，二版因此大幅刪減，改為只說皇后排擠舊臣，耶律楚材考慮他一家性命危如累卵，才自請至河南宣撫。

新三版再將這段故事稍加修改，二版說：窩闊台做了十三年大汗逝世，他兒子貴由繼位。貴由胡塗酗酒，只做了三年大汗便短命而死，此時是由貴由的皇后垂簾聽政。新三版改為只說：窩闊台做了十三年大汗逝世，皇后尼瑪察臨朝主政。

十八．一版楊過竊聽耶律楚材父子的密謀，其方法是：楊過在陸無雙室中盤膝而坐，神氣內斂，傾聽耶律楚材四人的談話。原來內功中素來有「天眼通」、「天耳通」的功夫，佛家修練到神通廣大之時，千百里之外的事物全可瞧見聽見，這自然決無其事。但如內功修習到一定等級，集中精神去瞧一物或聽一音，卻能見人所不能見，聞人所不能聞。楊過就是以「天耳通」偷聽耶律楚材父子說話。這段描述二版刪除了，但凡一版有提到「天耳通」或「天眼通」之處，二版悉數刪除。

十九．一版楊過聽到完顏萍來尋仇，是聽到五間屋子外的屋頂有人，二版改為兩間屋子外的屋頂有人。

完顏萍竟以為楊過要跟她在荒野之地成了好事

——第十回〈少年英俠〉版本回較

大金國為蒙古所滅，身為大金國王室後裔的完顏萍，決定暗殺蒙古重臣耶律楚材以報亡國之恨，卻在進行暗殺行動時，屢次與耶律楚材的二兒子耶律齊交手。

關於耶律齊，一版與二版稍有不同。

一版形容耶律齊的相貌，先是說他「身材高瘦，雙眉斜飛，英氣逼人。」又說他外貌「玉樹臨風」。可知一版耶律齊是個高顏值帥哥，二版則將關於耶律齊帥氣外貌的描述，全都刪除了。

完顏萍尋耶律楚材報仇，耶律齊往往代父接招。身為周伯通的弟子，耶律齊的武功自然遠勝習藝鐵掌門的完顏萍。耶律齊勝得完顏萍後，完顏萍本欲橫刀自刎，耶律齊當下點她脅下穴道，奪下她的柳葉刀，以免她自盡，之後再勸了她幾句，這才用刀柄輕輕撞了幾下，解開她的穴道。

關於「刀柄解穴」，一版讚耶律齊說：原來他是個至誠君子，當時危急之際，只得用手指點穴，此時卻再不敢伸手碰她身子，是以用刀柄解穴。這段讚語二版刪除了。

接著，耶律齊又與完顏萍立下約定，他告訴完顏萍，今後他只用右手與完顏萍過招，若完顏萍能逼他使出左手，他馬上引頸就戮，絕無怨言。而為什麼耶律齊平日不用左手呢？一版說是因耶律齊左手招數怪癖，一出手就要傷人，是以立誓不到生死關頭，決不輕用左手。二版則改為是因耶律齊左手力大，出手往往便要傷人，故而不用左手。

一版楊過聽到耶律齊、完顏萍等人談話，起先是覺得他們的「姓」都好奇怪。一版解釋說：楊過年輕識淺，不知「耶律」是大遼國的國姓，「完顏」則是大金國的國姓，室中這幾個人都是兩國的皇族。只是此時遼國已為金國所滅，而金國又已為蒙古所滅，是以耶律完顏，均是亡國的王孫。這段解釋二版刪了。

後來楊過又聽到耶律燕開耶律齊玩笑，說耶律齊想要完顏萍做她嫂子，楊過頓時一陣酸意，一版還說：楊過對耶律齊竟是說不出的厭憎。至於「厭憎」的原因，一版說：雖然耶律齊武藝高強，行事慷慨豪俠，明明就是堂堂男子，但楊過覺得他本事越高，就顯得自己越不幸而無用。

又因為楊過覺得完顏萍眼神與小龍女相似，因此楊過情不自禁地又愛上了完顏萍，一版說楊過的一縷情絲，莫名其妙地纏到了完顏萍身上。二版刪去此說。

楊過私下尋訪復仇未果的完顏萍，一版說楊過曾聽黃蓉說過一些古人故事，於是援引過來對完顏萍大掉書袋，要她效法勾踐臥薪嚐膽，及豫讓致力報仇，才不會愧對古人。二版刪去了楊過引用《史記》故事的情節，改為他告訴完顏萍「君子報仇，十年不晚」。而後楊過教了完顏萍三招，也真的讓完顏萍逼得耶律齊使用左手。

完顏萍得勝歸來，楊過向她要求一件事，完顏萍本以為楊過要的是肌膚之親，一版完顏萍更猜想楊過是要與她「在荒野之地成了好事」，但後來楊過要求的是親她的眼皮，完顏萍同意後，楊過緊緊以雙臂箍住完顏萍的腰，狂親她的眼皮，完顏萍也盡情享受楊過的溫柔滋味……

二版刪去了完顏萍誤以為楊過想跟她「在荒野之地成了好事」之說。

一版楊過當真艷福不淺，他先是在古墓中跟小龍女裸體練功，而後跟陸無雙同床共枕，還想跟陸無雙在床上熱吻銷魂，接著又親完顏萍的眼皮，完顏萍還以為楊過想跟她在野地進行魚水之歡，而且看來她也願意。一版楊過彷彿是段正淳，還好他不真像段正淳這般四處藍田種玉，否則這齣《神鵰俠侶》就毫無淒美可言了。

【王二指閒話】

一版《神鵰》刻劃楊過時，使用的是「對照」的手法，耶律齊「對照」楊過的行俠風格，程英與陸無雙則是「對照」楊過與小龍女的愛情，但對照的描述在改版時都捨棄了。

就像楊康的輕浮與郭靖的穩重是鮮明的對照，一版《神鵰》對耶律齊與楊過也有著如此的評說：「一個神色威嚴、沉毅厚重，一個輕捷剽悍、浮躁跳脫。」若再加上一版對耶律齊容貌與武功的細心著墨，可知在一版《神鵰》的原始構想中，金庸應該是有意讓楊過與耶律齊彷若古龍《絕代雙驕》中活潑的小魚兒與穩重的花無缺，成為兩條不同風格的發展主線，讓讀者品味與對比兩位不同個性俠士的生命歷程。

而若要如此進行對照，耶律齊即便不能躋身主角，至少也必須是重要的配角，但因為故事後來的發展，耶律齊的份量明顯不重，故此在改版後，耶律齊的容貌、人品、武功等等描寫，都大量被刪削，以免搶了楊過的風采。而原本的兩相「對照」，自然也不成局，改為楊過一人大發其光亮。

至於楊過的愛情，在一版的故事中，金庸原本也是要用「對照」的技巧，這個技巧是這樣的：楊過離開小龍女時，雖然已對小龍女有「不能愛別人」的愛情契約，但此時的楊過對於何為「愛情」，其實是比小龍女還矇矓模糊的，於是楊過尋找年輕美女摸索愛情。在與陸無雙及完顏萍舉止親暱、言語挑逗之時，透過陸無雙發怒的表情與完顏萍哀傷的眼神，楊過心中一經「對照」，就赫然發覺「驀然回首，那人卻在燈火闌珊處。」再細心回溯，就完全明白小龍女對自己是真實而深刻的「愛情」，原來小龍女是深愛自己的。

妙湛女尼詩云：「終日尋春不見春，芒鞋踏破嶺頭雲；歸來笑捻梅花嗅，春在枝頭已十分。」從一版到二版，楊過與小龍女愛情就像妙湛女尼的詩，經由跟陸無雙與完顏萍探索愛情，楊過發現自己的愛情早就在古墓萌芽。而若將「佛在靈山莫遠求」一句古詩改為「愛在古墓莫遠求」，即是一版與二版楊過感情經歷的最佳寫照。

新三版將一版與二版的楊龍愛情歷程加以改寫，從第六回開始，兩人就已經開展若有似無的愛情，也願意彼此相愛相持一生一世。如此一來，楊過對陸無雙與完顏萍的感情，就好似出自輕薄之心，刻意背著情人出軌偷吃，這對楊過的形象實在非常損傷。

金庸在新三版幫楊過圓說的方式，就是一再解釋陸無雙、完顏萍都只是楊過思念小龍女的「替代品」。新三版還增寫說：「楊過天性頗為浮滑跳盪，只因對小龍女既敬且畏，又對她一片真情，兩人雖共處石墓，從來不敢有絲毫褻瀆之意，但此時年歲漸長，情欲茁生，對陸無雙、完顏萍既無敬意，又無顧忌，心中只當她們是小龍女的化身，便即吻吻抱抱，以代相思之意。」

除了輕薄陸無雙與完顏萍之外，楊過還曾利用借劍於洪凌波的機會，親了一下洪凌波的小臉蛋，新三版於此處又增寫一段解釋：「楊過除了對小龍女一片深情，因而自謹敬重外，對其他任何年輕女子，都不免發作輕佻的性子。」

然而，金庸雖在新三版不斷為楊過的輕薄言行大力開說，但金庸的解釋究竟真能證明楊過的專情，還是根本弄巧成拙？如果這些說法就能說服讀者楊過是專情的，那麼，在田伯光染指儀琳而不可得後，縱情於酒肆妓院，莫非只要田伯光自陳他在左摟右抱時，心中想的都是儀琳，只把青樓女子當「替代品」，那麼，田伯光也能是天下第一專情之人？

第十回還有一些修改：

一．二版李莫愁的「五毒神掌」，新三版改為「赤練神掌」。

二．二版楊過拔劍與耶律齊合戰李莫愁，新三版改為楊過使劍鞘與耶律齊並肩作戰。使劍鞘是因楊過慣用鈍頭「無鋒劍」，劍鞘較類似無鋒鈍劍。

三．二版程英的武器是「牙簫玉笛」，新三版改為「牙簫玉笛一類的銀色短棒」。

四．楊過與耶律齊合戰李莫愁時，為怕傷及眾女，喝叫她們快下樓，二版楊過除叫她們下樓外，還說了句：「這賊婆娘厲害得緊。」新三版改為楊過說：「李莫愁這麼年輕美貌的小姑娘，咱們蒙古還真少見，我要捉她回去做個老婆。」新三版此話更能顯出楊過的頑皮。

五．二版郭靖送楊過上重陽宮後，似乎從此即對楊過不聞不問。針對這個「bug」，新三版增寫說：郭靖送楊過上重陽宮後，常想邀黃蓉上終南山看看，但黃蓉對楊過仍有戒心，因而告訴郭靖，若他倆上重陽宮，丘處機等人會以為郭靖是來考查楊過武功進境，如此對全真教未免失禮，郭靖後來就不再提上終南山看楊過之事了。經過新三版的解釋，即知郭靖雖未上重陽宮，內心仍懸念著楊過。

六．二版的「藏邊五醜」，新三版改為「川邊五醜」。二版的反派人物若是出身西藏，新三版均改為出身他處，如《射鵰》靈智上人、《神鵰》達爾巴、《連城》血刀老祖，二版均出身西藏，新三版則都改為出身蒙古或青海等地。

七．洪七公在嶺南吃到的美食，新三版較二版多了「翅生西沙」、「螺號東風」這兩味了。

八．二版洪七公說吃蜈蚣別喝酒，會糟蹋蜈蚣美味，新三版增寫補充說，因喝酒會使舌尖麻了。

九．一版介紹完顏萍師出鐵掌門，並說鐵掌門的拿手功夫一是輕功，二是掌法，其中最為厲

害的是「十八擒拿手」。二版將「十八擒拿手」改為「鐵掌擒拿手」，

十．一版楊過問起他爹之死，秦南琴告訴他：「你爹爹行止不端，死有應得。害他之人本領極大，又是好人，孩兒，你這一生一世千萬別想報仇二字。」若照一版的寫法，楊過企圖為父報仇，豈不是要「殺好人」為他的「壞爹」報仇，這麼一來，楊過不就成了是非不分的惡棍？二版改為穆念慈說：「你爹爹……你爹爹……唉，孩兒，你這一生一世千萬別想報仇。你答允媽，千萬不能想為爹爹報仇。」二版穆念慈的說法含糊籠統，因此才讓楊過誤以為是「壞人」殺了他的「好爹」。

十一．一版的「荊紫關」，二版改為「大勝關」。

十二．被李莫愁打傷的兩名丐幫弟子，一版是「七袋弟子」，二版改為「五袋弟子」。

十三．一版有一段李莫愁秀絕技的情節，內容是：李莫愁拈起酒杯，慢慢斟了半杯，手指一彈，酒杯斜飛而出，杯中的酒卻筆直流下。她仰起頭，半杯酒盡數流入嘴中，竟沒潑出半滴。說也奇怪，那酒杯斜飛出去在空中兜了半個圈子，重又回到她的手中。這段故事二版全刪。此外，一版李莫愁在酒樓賣弄輕功，是左足踩在酒杯口上，而且重量平均，酒杯竟不翻倒，二版改為李莫愁左足踏在桌邊，身子前後幌動，飄逸有致，直如風擺荷葉。二版刪改的原因是一版過度神化

李莫愁的功夫。

十四·李莫愁打傷二丐後，一版二丐說要去稟報幫主，二版改為二丐要稟報本路長老。若照一版的說法，二丐即使想稟報黃蓉，只怕也無法找到。此外，一版李莫愁認為她的神掌天下唯有一燈大師能治，二版刪了這說法。

十五·一版李莫愁說小龍女是楊過姘頭，乃因「我師妹曾立重誓，不失守宮砂決不下山。她既隨你（楊過）下山，不是你姘頭是什麼？」二版將「我師妹曾立重誓，不失守宮砂決不下山。」改為「我師妹曾立重誓，若無男子甘願為她送命，便一生長居古墓，決不下山。」若以「姘頭」之說來看，一版應是較合理的，若如二版所說「男子甘願為她送命」，那就不見得非要是情侶不可，比如男弟子也可能願意為女師父送命，這麼一來，又怎能一口咬定楊過就是小龍女的「姘頭」呢？

十六·一版李莫愁說楊過與小龍女是姘頭，耶律兄妹、完顏萍、陸無雙等見人楊過未辯駁，都覺得這應是實情，因而對他生出鄙夷之心。二版改說李莫愁惡名滿江湖，又是眾人公敵，所說的言語誰能信了？

十七·耶律齊以酒水打李莫愁穴道，一版是打「至陽」、「陽關」兩穴，二版改為「至陽」、「中樞」兩穴。

十八・一版洪七公出場時，提到洪七公數十年間功行大進，已非當年的王重陽所及，而後洪七公見到楊過在華山上縱情大哭，又聽他說沒有師父，因而起了收他為徒之心。楊過越是拒絕洪七公，洪七公越要楊過拜他為師。後來楊過隨洪七公攀上山峰，洪七公對楊過更加喜愛，還讚他說：「好小子，我非收你做徒兒不可。」楊過則回他：「拜師之說，再也休提。」一版洪七公渴求楊過為徒，好似南海鱷神非要收段譽為徒不可。二版將這段故事全數刪除。

十九・一版洪七公說他有七日七夜沒睡，要好好睡三天，二版改為五日五夜沒睡。

二十・一版楊過的招式「金雞獨立勢」，二版改為「魁星踢斗勢」。

洪七公與歐陽鋒的「靈魂擁抱」——第十一回〈風塵困頓〉版本回較

在這一回裡，天下五絕中的西毒歐陽鋒與北丐洪七公將同時從武林退場，且來看看這段故事的版本差異。

話說楊過在華山上守護雪中沉睡的洪七公三天三夜，兩人因此成為莫逆之交，而後華山之上又到來了天下五絕的另一人。

來人正是歐陽鋒，歐陽鋒的出場方式，一版是「以頭為足」跳了出來，但這個方式實在太滑稽，二版改作「雙手各持石塊，撐地而行。」

楊過與歐陽鋒久別重逢，心喜大叫「爸爸」，洪七公這才知曉楊過原來是歐陽鋒的兒子，不過洪七公素知歐陽鋒歹毒，新三版還較二版增寫說，洪七公認為楊過守信重義，人品遠勝西毒，那是「父不及子」了。

歐陽鋒因逆練《九陰真經》，又受到黃蓉刺激而神智錯亂。在華山上，歐陽鋒問洪七公他是誰，洪七公說自己是歐陽鋒，但不知他是誰，二版歐陽鋒於是指著洪七公告訴楊過：「他是歐陽鋒，歐陽鋒是壞人。」新三版則因第七回已增寫楊過告訴過歐陽鋒他就是「歐陽鋒」，只是歐陽鋒仍然想不起來自己是誰，故此指著洪七公時，歐陽鋒對楊過說的是：「他是洪七公，我是歐陽鋒。」

洪七公、歐陽鋒兩人是宿世敵手，雖然歐陽鋒神智錯亂，但一言不合，兩人還是各拿樹枝當棍棒，互相較勁了起來，一版說兩人打了六日，二版改為打了四日，總之是打得神困力倦，幾欲虛脫。

鬥過棍棒，休憩了片刻，兩人接著又比拼內力，結果竟戰到天下兩絕均奄奄一息。

二版說兩人在比完內力後，休養了數日，才又開始較勁。新三版改為兩人隔日即又開始較勁。因兩人已耗盡內力，因此比的是「紙上談兵」，比法是洪七公逐招逐式告訴楊過「打狗棒法」，楊過演給歐陽鋒看，歐陽鋒再思考破解的杖法，兩人拆解了三天，到第三天時，歐陽鋒已破解了「打狗棒法」的前三十五路，而「打狗棒法」的第三十六路，一版叫「撥草尋蛇」，二版改為「天下無狗」，這一式讓歐陽鋒思考到一夜之間鬚眉盡白，似乎老了十多歲，這才想出破解之法。

兩人由棍法、內力到招式拆解一路比拼下來，二版洪七公叫道：「歐陽鋒！老叫化今日服了你啦！」新三版則改為歐陽鋒大讚：「我想了這麼久，方能還招，終究是打狗棒法了得。」

二版洪七公誇了幾聲「好歐陽鋒！」歐陽鋒在此神衰力竭之際，忽爾迴光返照，他終於想起自己就是歐陽鋒，而後油盡燈枯的洪七公、歐陽鋒二人在生命的終點哈哈大笑，相擁而逝。

新三版此處較二版增寫了一段故事，說兩人此刻又出掌比起了內力，但這時發生了奇妙的狀況，原來兩人各將《九陰真經》的內功正練、逆練到極點，而按《易經》中「物極必反」的道理，老陰升至盡頭即轉少陽，老陽升至頂點便轉少陰，洪七公之功由正轉逆，歐陽鋒則反由逆轉正，兩人內力頓時合而為一，水乳交融，一人是在寒冷澈骨時，因對方內力傳來而如沐春風，另一人是在全身炙熱時，接受對方內力而頓感清涼，兩人當下融為一幅「太極之圖」。

就在此刻，洪七公一躍而起，抱住歐陽鋒，說：「咱倆殊途同歸，最後變成『哥倆好』。」歐陽鋒剎時迴光返照，心中一片澄明，與洪七公相擁大笑，兩人就在笑聲中同時辭世。

新三版的增寫使得身為「北丐」與「西毒」，正邪不共戴天的洪七公與歐陽鋒兩人，在生命的最後時刻，盡釋前仇，真心擁抱。套句現代的心靈用語，兩人是進行了一場「靈魂擁抱」，這一增寫讓兩人的仙逝更加美麗動人。

【王二指間話】

一版《射鵰》中的歐陽鋒與裘千仞兩人，「惡」與「毒」的形象太過雷同，違反了小說戰則「人人個性均盡量獨特而鮮明」的原理，歐裘兩人又無法像秦南琴與穆念慈這般，經由改寫合併為一人，因此金庸在修訂一版為二版時，將一版裘千仞的故事大幅刪減，讓他由配角中的「A咖」降為「B咖」。

在現實生活中，岳飛與韓世忠可以用類似的身份與性格，雙雙高喊殺金人迎二聖，但小說與現實不同，過度重疊的人物出現在小說中，即會削弱小說人物的獨特性。

就像周伯通跟桃谷六仙，金庸絕不會讓他們出現在同一部小說中，何鐵手與藍鳳凰也不可能在同一部書中現身，以金庸的創作原則來說，一種角色特質只會出現在一部書中的一個人物身上。

《神鵰》是延續《射鵰》而來的小說，在《神鵰》書中，金庸已經重新樹起了武林中「正」與「邪」的兩大標竿。兩面黑白分明的旗幟在風中各自招展，代表「正」的是一代大俠郭靖，代表「邪」的則是無端殺人的李莫愁。

這正邪兩造的新代表，直接衝擊到的，就是《射鵰》中的正邪舊代表，也就是代表「正」的洪七公，與代表「邪」的歐陽鋒，這兩人在長江後浪推前浪之下，若與郭靖、李莫愁同時在《神鵰》出現，誰該當「一哥」？誰又該當「一姊」？就會產生扞格。

兩相比較之下，還得考慮讀者大多「喜新厭舊」，新的人物能帶來新鮮感，洪七公、歐陽鋒二人若續留《神鵰》的武林，即會成為《射鵰》的「前朝遺臣」，亦將瓜分郭靖、李莫愁的正義與邪惡風采。因此金庸在此回安排西毒與北丐從人間的「武俠劇」退場，轉而到天上去跟呂洞賓等仙人演出「神仙傳」。

依照小說戰則，山林裡可以出現犀牛、河馬、大象，但就是「一山不能容二虎」，要保全郭靖這頭猛虎，就得除去洪七公那頭老虎。不過，在鋪排洪七公的退場故事時，金庸仍為洪七公安排了一齣美麗又感人的終場戲，讓他跟歐陽鋒以高手獨有的方式，在喜悅相擁中謝幕。活得精彩，死得漂亮，大師手筆，果真不凡。

第十一回還有一些修改：

一．二版川邊五醜說他們的師父是「西藏聖僧金輪法王」，新三版將「西藏聖僧金輪法王」改為「密教聖僧金輪國師」。二版的反面人物若是出身西藏，為免爭議，新三版一律改籍他處。另為表達對佛教的尊重，新三版將「法王」改為「國師」。

二．二版楊過南行，在「漢水之畔」憶起小龍女，新三版改為「淮水之畔」。

三．郭靖以為楊過開罪於趙志敬，要重罰他以為趙志敬出氣。聽到郭靖的說法，二版楊過心中對郭靖的想法是：「他若是打我，我武功雖然不及，也要和他拼命。」新三版改為楊過想：「他如打我，我瞧在他前時對我親厚的份上，我也就不還手。他要打得狠了，最多不過將我殺了，也沒甚麼大不了。姑姑日後知道，也不知會不會為我傷心。」

四．孫不二見趙志敬無法制住楊過，反為其所制。新三版較二版增寫說，孫不二見楊過使的功夫似乎是全真功夫的剋星，而且楊過顯得自己不會武功，卻將全真派第三代第一高手趙志敬制得一敗塗地，更是難得，若自己出手也未必能勝。

五．一版說陸冠英承辦郭靖召集的英雄宴，只怕要將他家財耗去一半。二版刪了這說法。

黃蓉差點幫金輪國師奪得武林盟主之位

——第十二回〈英雄大宴〉版本回較

郭靖廣邀天下英雄，準備召開英雄大宴，黃蓉亦打算在天下英雄面前，將丐幫幫主之位交棒給魯有腳。

且來看看這一回英雄大宴故事的版本變革。

這席英雄大宴的地點，一版是「荊紫關」，二版改為「大勝關」。

魯有腳順利接任後，一版有位老丐突然亮出洪七公日常所用的紅葫蘆，這個舉動使得也在英雄大宴現場的楊過相當狐疑，因為洪七公過世後，是楊過親手下的葬，而紅葫蘆明明當時就隨洪七公入土了，怎又會在此處出現？

那老丐高托紅葫蘆以徵眾英雄之信，眾人當下一齊歡呼。而群雄之所以對洪七公心悅誠服，是因洪七公是當世頂天立地的大英雄大豪傑，邪正各派、黑道白道的武林人物，無不對他極為欽仰，丐幫幫眾對他的愛戴，更勝於親生父母。

這位老丐接著說，他三天前在龍駒寨遇到洪老幫主，洪老幫主知道黃蓉要將幫主之位交予魯有腳，此事甚好。魯有腳聞言，連忙雙膝下跪，顫聲說道會勉力而為，以報洪老幫主恩典。

接著，那老丐又說洪七公要眾英雄在此蒙古南侵之時，人人心存「忠義」，並由天下英雄們商量一個妙策，共阻蒙軍南渡。

一版這位老丐是金輪法王的馬前卒，他假借洪七公之名勸勉大家忠義，只不過是要將話題順勢推到共舉武林盟主，再將金輪法王推上盟主寶座。

但若依當時情勢，推選盟主亦算是合理之舉，二版因此將這段故事做了修改，改為那老丐是半年前洪七公還在世時，於廣東東路韶州始興郡遇見洪老幫主，洪老幫主與老丐談到他當時準備追殺「藏邊五醜」，並囑咐該老丐要心存忠義，更要有為國捐軀之心。

一版的老丐是心存邪念的反面人物，改寫成二版後，老丐即成了忠心為國的正面人物。聽聞洪七公的話語後，群雄熱血沸騰，有位銀髯老者建議推舉一位德高望重又人人心服的豪傑，出來領導武林群雄。

新三版此處較二版增寫，銀髯老者建議群豪結成「抗蒙保國盟」，再舉一位英雄來領導眾豪傑。

眾人紛議之時，金輪國師、達爾巴、霍都師徒三人來到了現場，二版金輪國師原稱「金輪法王」，出身「西藏密宗」。新三版為免有譏刺佛教之嫌，將「金輪法王」改為「金輪國師」，並將金輪國師的出身改為「密教金剛宗」。又為免有蔑視藏人之議，二版說金輪法王住在西藏，新三版改為住在蒙古和林。

金輪國師師徒三人到場後，霍都先發話，他舉薦金輪國師當武林盟主。聽聞霍都之言，在場的「矮獅」雷猛說眾人公推洪七公當盟主，已成定案，霍都遂回他說，洪七公生死不明，怎能當盟主？

霍都言詞猖狂，黃蓉亦不甘示弱，她向霍都叫陣，要金輪國師的弟子霍都與洪七公的弟子郭靖一決高下，以定盟主之位。

接下來，新三版較二版增寫說，黃蓉與霍都鬥口，黃蓉對霍都說，眾英雄結的是「抗蒙保國盟」，要做的是抗蒙古保大宋，若有人想爭盟主之位，就得先加盟，因此國師須辭去蒙古第一國師之位。霍都則反駁黃蓉，說盟主就是天下盟主，既已推舉盟主，該要抗蒙保宋，抑或投蒙滅宋，應憑盟主一言而決。

而後，霍都提議要玩「三戰兩勝」的遊戲，以定盟主之選。黃蓉、郭靖與在宴群豪商量後，竟然跟霍都唱起了雙簧，決定接受霍都的提議，由郭靖、郝大通、與朱子柳出戰金輪國師師徒三人。為求勝利，黃蓉準備師法孫臏那套「取君上駟，與彼中駟；取君中駟，與彼下駟」的鬥馬計謀，安排朱子柳鬥霍都，郭靖戰達爾巴，郝大通拼金輪法王。黃蓉相信這樣的佈局必能扳倒金輪師徒三人，讓中原俠客登上「盟主」之位。

令人難以理解的是，這不是大宋群雄組織的「抗蒙保國盟」嗎？怎麼金輪國師一出現，就完全掌控了整個英雄大會的進行，而且最跟金輪國師一搭一唱的，竟還是號稱中原武林最聰明的黃蓉。金輪國師想當盟主，提議比武決勝，黃蓉就乖乖地安排人馬跟他比武。看來金輪國師若真的登上盟主寶座，還真要感謝黃蓉的全力相助。

【王二指閒話】

俗話說：「聰明是一把兩面刃，傷害得了別人，就傷害得了自己。」在與金輪國師鬥法這檔事上，因為黃蓉過度聰明，幾乎犯下合九州之鐵也難鑄的一個「錯」字，黃蓉差點就將整個中原武林全盤奉送給金輪國師。

新三版增寫了群雄想要組織「抗蒙保國盟」，金庸的用意應是要讓中原俠士們有更名正言順的理由抗斥金輪國師的鬧場，然而，金庸同時增寫的黃蓉對金輪國師的處理方式，卻顯出黃蓉的聰明彷彿「大愚若智」。

說來金輪國師這不速之客進到英雄大宴的會場，根本就是師出無名。霍都出言要金輪國師當「武林盟主」，黃蓉大可冷處理，視他們三人如「透明人」，不予理會，又或者黃蓉也可以針對他們三人的國籍，委婉請他三人出場，以免干擾宋人英雄大會的進行。但黃蓉的處理方式卻是臨場即智地出言向金輪國師擠兌，問他願不願意放棄蒙古國師之位？又願不願意加盟他們抗蒙保宋的行列？

幸好黃蓉的對手霍都也是逞口舌之快的人，還沒爭得盟主寶座，就大放厥詞說抗蒙保宋或投蒙滅宋該由盟主決定，因而引起群雄反感。否則，若是金輪國師以退為進，不卑不亢地告諸群雄：「老衲願意放棄蒙古國師之職，與大宋豪傑們共同抗蒙保國。」試問黃蓉還能繼續刁難金輪國師師徒嗎？若再刁難，豈不顯得黃蓉太沒氣量？本來群雄可以理直氣壯拒絕金輪國師競逐盟主之位，差點被黃蓉幾句言語變成理虛氣虧，幸而金輪國師沒有隨機應變，讓黃蓉無言以對，但這段言詞已經暴露出黃蓉表面聰明下的愚昧。

黃蓉在門口之後，旋即答應金輪國師的挑戰，決定三場一對一單挑，她盤算的是她穩賺不賠的妙計。黃蓉認為她只要學習孫臏的賽馬術，比武之後，讓金輪國師師徒三人鎩羽而歸，她們就可以贏得「打敗蒙古國師」的美名。再退一百步想，即使倒楣輸了，她們南宋群雄也可以發動「民粹」，不承認金輪國師這「番邦盟主」，而後高舉「民族主義」的大旗，一齊搗走金輪國師師徒，而後她們還是能得到「維護大宋尊嚴」的美名。因為打一開始黃蓉就準備將這場賭博設為臭局爛局，因此她不是想用近乎作弊的方式取勝，就是準備用賴皮的手段不承認比賽結局。

令人百思不解的是，金輪國師明明就是敵人的高官，為什麼他的弟子霍都提出三戰兩勝，勝出的人當盟主，黃蓉就乖乖地被牽著鼻子走，接受他們的遊戲規則？整個中原武林竟然三言兩語就被霍都掌控全局，黃蓉不僅全力配合，還開始思考怎麼從霍都提議的比賽中獲勝。黃蓉的順從再次顯出她那貌似聰明的愚昧。

說來黃蓉在發現金輪國師武功高不可測後，她既不需出言擠兌，也不必聽霍都的命令乖乖比武。她大可奉金輪國師為敵人或賓客，卻不需受他三人指揮。等到金輪國師受不了他無法掌控全局的鬱悶後，只要出於一時衝突殺了中原武林任一人，他就成了整個中原武林的公敵，這時郭靖若再師出「正義」，以被害者的姿態，率領群雄聚殲金輪國師師徒三人，他就順理成章登上「武林盟主」之位了，這不是輔佐夫君郭靖登上盟主之位的捷徑嗎？為什麼黃蓉一再地用她的聰明繞遠路呢？

關於黃蓉的自作聰明而一再做出愚行，唯一可以做的解釋是，她跟她老爹黃藥師一樣，都太重虛名，爭勝之心太強，不肯學習漢高祖劉邦，用一時的隱忍、委屈或遁逃，爭取最後的勝利，因而黃蓉老是「聰明反被聰明誤」，一再弄巧成拙。

「金夫子面前賣文章」我是不敢的，但若要維護黃蓉聰明慧黠的形象，我倒覺得不如改成這樣：金輪國師師徒來鬧場時，黃蓉恰巧因身體虛弱入內休息，而與霍都鬥口的，就改成是較沒大腦的郭芙；接下來跟霍都訂下三戰兩勝之約，也可改成是樸拙的郭靖因一時不察而誤入霍都陷阱。在夫君與女兒已經做下明顯錯誤的決定後，為了收拾殘局，黃蓉在萬般無奈下，只好獻出孫臏「取君上駟，與彼中駟；取君中駟，與彼下駟」的亡羊補牢之策。

如此一來，既能維持原創意的主體結構，又能保全讀者心目中「黃蓉」一貫的「聰明」形象，或許更為兩全其美！

第十二回還有一些修改：

一．楊過聽郭靖說他與楊過的爹爹是結義兄弟。二版說楊過這才知道「郭伯伯」這三個字，中間實有重大意義，新三版刪了此說。

二．二版一燈大師的弟子漁人，本有「點蒼漁隱」與「泗水漁隱」兩個外號，新三版一律稱為「點蒼漁隱」。此因「點蒼漁隱」更符合大理國出身。

三．二版丐幫川東兄弟追殺的「藏邊五醜」，新三版改為「川邊五醜」，追殺者亦改稱「川西兄弟」。

四．英雄大宴中，武修文向楊過敬酒，二版說楊過料他不敢下毒，因此一飲而盡。新三版改為楊過防他雖不下毒，卻可能下蒙藥，故而沾口不飲。

五．二版說小龍女決心尋找楊過，但因不懂人情世故，日後若尋得楊過，該如何對待楊過，實是一無所知。新三版改為小龍女聽了李莫愁的挑撥之言，以為楊過變心，因而心想：「他變心就由他變心，我總之是離不開他！」後來與楊過重逢，見他緊緊相抱，熱情如火，知他絕無移情負心，因而甚為喜慰。

六・新三版較二版增寫大理段家的先世是「鮮卑拓跋人氏」。

七・郭芙問楊過她的煩心之事，一版楊過對郭芙說：「一個兒是文雅穩重，一個兒是瀟洒倜儻；一個兒脈脈含情，一個兒大獻殷勤；一個兒教你終身有託，一個兒卻能陪你解悶。」二版將楊過這段話刪減為：「大武哥哥斯文穩當，小武哥哥卻能陪我解悶。」

八・楊過暗笑武家兄弟喜歡郭芙，一版說：楊過暗笑旁人，那知一人墮入情網，萬難自拔，縱然是大聖大賢，也是難以勘破此關，豈是輕易嘲笑得的？二版刪了這段說明。

九・一版魯有腳被霍都打傷腿骨後，是被兩名「八袋弟子」扶下，二版改為「七袋弟子」。

十・朱子柳與霍都比武，一版寫的是張旭的「率意帖」，二版改為張旭的「自言帖」。

楊過說他每天想小龍女兩百次——第十三回〈武林盟主〉版本回較

楊過、小龍女在大勝關英雄大宴中重逢時，霍都與朱子柳已經戰得日月無光，但楊龍兩人仍若無其事的席地而坐，還旁若無人地聊了起來。

新三版在此較二版增寫了長達兩頁的篇幅，內容是楊龍二人的情話。

增寫的故事是說：楊過先幫小龍女理理秀髮，小龍女對楊過撒嬌，說：「我只愛你瞧我，你不在我身邊瞧我，我就不開心。我找你不到，我就哭，哭得好傷心，你不好，也不來勸，不來安慰我。」

新三版還增寫解釋說，小龍女自幼跟從師父教導，不能哭笑，行事呆呆板板，方能心如止水，但與楊過談戀愛後，她已將師父昔日的教導拋到九霄雲外，因此才會對楊過撒嬌，以求憐愛。

小龍女撒嬌後，問楊過想不想她？一天想她幾次？

楊過告訴小龍女，說他每天想小龍女兩百次，小龍女則說，兩百次不夠，她要三百次；楊過馬上改口說，他是上下午各想兩百次，所以是四百次，小龍女回楊過說，他吃飯也要想她一百次，所以合起來是五百次。

楊過告訴小龍女，他吃飯時當然想小龍女，尤其是吃麵條時，因為想到小龍女，就把麵條吸進鼻孔裡。小龍女聞言大吃一驚，楊過道：「鼻子一吸，把麵條從鼻孔裡吸了進去，嘴巴再一吸，就到了嘴裡，再一吞，就吞進了肚裡。」小龍女覺得很髒，楊過則說：「我吃飯時想妳，嘴裡輕輕叫著『姑姑，姑姑』，嘴巴沒空，就用鼻子吃麵條。」

小龍女還沒滿足，又說楊過晚上沒睡覺，可以多想一百次，楊過回說，他晚上不睡覺不行，睡著了做好夢，才能摟抱小龍女，叫：「親親好媳婦兒，我要你做我媳婦兒。」而且夢中還一邊叫，一邊親小龍女的臉蛋跟眼睛。

小龍女說她當然想做楊過的媳婦兒，但若是楊過以後再跟她分開，至少一天要想她六百次，楊過說要七百次，小龍女再加為八百次，楊過又說九百次，小龍女最後說是一千次。

情話說到這裡時，楊過差點就要將小龍女拉過來長吻，但畢竟處身大庭廣眾，眾目睽睽之下，楊過不好意思，因此沒有行動。

這即是新三版增寫的故事。

二〇一四年于正版「神鵰俠侶」電視劇播出，其中有段情節是，飾演楊過的陳曉抱著飾演小龍女的陳妍希，楊過對小龍女說：「我每天都有想你呀！每天最少兩百次。」電視劇播出後，引來網友一片撻伐：「抵制于正糟蹋經典」、「我昨天吃的都快吐出來了」、「我的媽呀！這是韋小寶跟建寧公主嗎？這哪是專情的楊過和冰清玉潔的小龍女啊？」

殊不知于正版的「神鵰俠侶」並沒竄改原作，戲中楊過與小龍女的情話，正是原汁原味的新三版《神鵰》楊過與小龍女的對白。

【王二指閒話】

所謂「金迷」或「金庸迷」，可以概分兩類，一類是只喜歡原著的「金庸小說迷」，另一類則是「金庸故事迷」。「金庸故事迷」涵蓋的範圍就很廣，包括喜歡電視連續劇、電影、漫畫、舞台劇、相聲、布袋戲、或電玩等方式呈現金庸故事的朋友們。小說原著與影像的呈現方式不同，但講述的同樣都是金庸創作的武俠故事。

可知所謂的「金庸故事迷」，有可能連一頁金庸小說都沒看過，他們喜歡的雖然是金庸創造出來的武俠故事，卻未必是文字原著，而可能是編導演經由影像詮釋的作品，即便如此，他們依然可以理直氣壯地說：「我是忠實的金迷。」因為他們是熱忱的「金庸故事迷」。

近幾十年來，金庸小說不斷地被改編成電影與電視連續劇。比如早期邵氏電影公司就拍攝了不少金庸電影，邵氏版的「倚天屠龍記」有張無忌吃「血蛙」療傷的情節，那可是正宗一版的內容，可見金庸小說從一版的報紙連載時期就曾經改編成電影，而多年來的港台電視劇據以改編的金庸小說內容都是二版，二〇〇五年張紀中版的電視劇「神鵰俠侶」則是改編自新三版《神鵰》，在這齣「神鵰」中，新三版新人物「甄志丙」取代二版的尹志平，首度出現在電視劇，這也宣告新三版改編成電視劇的時代來臨了。

金庸的每一部小說幾乎都曾多次被改編成電視劇，足見金庸是武俠劇導演的最愛，反過來說，因為小說不斷被影視化，金庸在改版時，也難免會以電視、電影的角度斟酌自己的小說內容。

金庸本人很喜歡自己的武俠小說被改編成電視連續劇，據張紀中《行走江湖》一書所述，一九九九年某天的《北京青年報》上，有一則金庸的相關消息說：「如果中央電視台願意拍攝金庸所著的任何一部武俠小說，金庸先生願意以一塊錢的代價轉讓改編權。」張紀中即是因此而開始金庸連續劇的系列拍攝。

推而想之，金庸在改版時定然也曾想過，他的小說仍將不斷地被影像化，因此他必然也曾思索小說中須要揉合哪些元素，才能更順利地由文字變成戲劇。

讀過小說，也看過戲劇的讀者們都知曉，小說可以鋪陳人物的內心世界，戲劇則須以言語、表情或肢體動作來詮釋人物的感情。許多觀眾看過戲劇後，對戲劇最深的印象，就是演員的「經典對白」。那麼，究竟什麼樣「對白」，才能成為觀眾記憶深刻且回味無窮的「經典對白」呢？？

金庸在《神鵰》中增寫的楊龍情話，顯然就是非常適合影劇作品使用的經典對白。這些情話雖然聽起來十足肉麻，令人雞皮疙瘩掉滿地，但聽完之後，讓人印象非常深刻，這也就是情話的境界，越是肉麻，越讓人印象深刻，就越是經典。

二〇一四年于正版的「神鵰俠侶」改編自新三版《神鵰》，戲中小龍女問楊過：「你一天想我幾次啊？」楊過回小龍女：「我每天都有想你呀！每天最少兩百次。」小龍女說兩百次不夠，要三百次，楊過回說：「三百次也不夠，我上午想你兩百次、中午想你兩百次、下午想你兩百次、晚上再想妳兩百次。」話語雖然肉麻，卻字字句句都源自新三版《神鵰》，亦即是原汁原味的金庸創作，而非編劇臆造。

由此也可知，金庸在改寫二版為新三版時，將小說對白越修越像電視劇用語，小說也因此與戲劇越來越神似。

第十三回還有一些修改：

一．二版霍都射中朱子柳的暗器，是餵以「西藏雪山」所產劇毒，新三版改為餵以「蒙古雪山」所產劇毒。

二．二版楊過要小龍女做他「妻子」，新三版將「妻子」一詞改為「媳婦兒」。在二版金庸小說中，「媳婦兒」是楊過對陸無雙調笑的用詞，新三版改為楊過也叫小龍女「媳婦兒」，「媳婦兒」就非陸無雙專用了。

三．新三版較二版增寫了一段楊龍情話，這段話是楊過跟小龍女說：「我叫你叫慣了，嘴裡仍叫你『姑姑』，心裡卻叫你『媳婦兒』。」小龍女說她很喜歡楊過叫她「媳婦兒」，要他沒人的時候，就叫她「媳婦兒」，還要楊過永遠當她老公，不准變心。楊過說他當然不會變心，但要提防李莫愁挑撥。小龍女回楊過，說李莫愁是「壞女人」。總而言之，新三版的楊龍二人不只是情侶，而是未婚夫妻。

四．關於達爾巴的金杵，二版說似是用純金所鑄，然而，若是使用純金，只怕延展性太高，堅硬度不足，新三版因此改為「似是黃金混和鋼鐵所鑄」。

五．二版達爾巴與點蒼魚隱交戰，點蒼魚隱的鐵槳槳片在混戰中斷裂，其中一截槳片打中小龍女的左腳腳趾。但或許考慮鐵槳槳片殺傷力太大，新三版改為槳片打碎地磚，一塊碎磚塊彈起來打中小龍女左腳腳趾。

六．提到輪迴轉世之說時，二版說是出自西藏喇嘛教，新三版改為出自蒙古及西藏密教。

七．達爾巴以「無上大力杵法」杵擊楊過，楊過由達爾巴頭頂躍過，二版說楊過是使《九陰真經》中的武功，新三版改為楊過是用「天羅地網勢」。而後楊過在達爾巴的金杵下平掠，二版說楊過是用《九陰真經》中的武功，新三版則改為楊過是在「天羅地網勢」中，夾雜一些《九陰真經》中的武功。新三版此處的改寫是要與第六回的增寫相呼應。

八．黃蓉提醒楊過向達爾巴使用「移魂大法」，二版說楊過記得「移魂大法」的練法，但他不信心力專注凝視對方，即能克敵制勝，是以從未練過。新三版改為古墓派的玉女心經講究兩人共使，須求心意相通，王重陽在古墓石室中刻下《九陰真經》法要時摘入「移魂大法」的大綱，旨在擊破玉女心經的兩人心意相通，心通之術既受阻撓，玉女心經的諸般妙詣便使不出了。新三版此處改寫是要顯出王重陽絕不願對林朝英服輸。

九．金輪國師之金輪，二版說是「黃金鑄成」，上頭鑄有「藏文的密宗真言」。新三版為增其硬度，改為「黃金混合白金及別的金屬鑄成」，上頭鑄有「天竺梵文的密宗真言」。

十．一版說小龍女自小克制七情六慾，但突然間莫名其妙的鍾愛了楊過，情慾竟又比常人猛烈了十倍。二版刪了這說法。

十一．一版霍都中了楊過玉蜂針，楊過說：「你一身武功，卻喪生在荊紫關前，可惜啊可惜！」二版將楊過的話改成較調皮的：「我三番四次提醒，要放暗器了，要放暗器了，你總是不信。可沒騙你，是不是？」

十二．楊過在達爾巴金杵隙中來去，使出他當年在古墓中的抓麻雀掌法，一版說是小擒拿手夾以「擋雀綿掌」，二版改為小擒拿手夾以「天羅地網勢」。

十三．因見到達爾巴幾乎杵擊楊過，郭靖圖救楊過，揮出一掌「見龍在田」，掌擊達爾巴，金輪國師出掌來迎郭靖，這是郭靖與金輪國師的首次交手，這一對掌，郭靖退後三步，金輪國師則原地不動，一版說，單以此招而言，郭靖是輸了。二版刪去這說法。

十四．小龍女與金輪國師過招時，以金球響出樂曲。一版說此曲是唐明皇的雨淋鈴曲，二版刪去曲名。

金庸加寫長「注」，暢談「師生戀」

——第十四回〈禮教大防〉版本回較

《神鵰俠侶》一書在娛樂之餘，引來讀者深思及探討的最重要話題，就是楊過與小龍女的「師生戀」。在新三版的這一回裡，金庸不僅於小說中強調「師生戀」如何驚世駭俗，更史無前例地在回末附加了長達八頁的「注」，向讀者們暢談他對「師生戀」的看法。

新三版先是從小說正文中加料，在郭靖想將愛女郭芙委身楊過，卻為楊過婉拒後，黃蓉開始懷疑楊龍這對師生關係必定不單純。金庸於新三版此處就楊龍的「師生戀」增寫了一段說明，談到宋人最重禮法，師徒間將尊卑倫常看得與君臣、父子一般，萬萬逆亂不得，而師即是父，是以「師父」二字連稱，師娶其徒，徒娶其師，等於是父女亂倫、母子亂倫一般，當時之人想也不敢想。

為了讓讀者確信「師生戀」是悖世逆俗的，當小說情節進行到楊過當眾說要娶小龍女為妻時，新三版再增寫：當時宋人拘泥禮法，這般肆無忌憚的逆倫言語，人人聽了都說不出的難過，就如聽到有人公開說要娶母親為妻一般。

又為了深化楊龍二人對社會禮法的對抗，在楊過向郭靖宣稱：「你便將我粉身碎骨，我也要娶姑姑為妻。」後，新三版增寫小龍女也於心中吶喊：「你便將我粉身碎骨，我也要嫁過兒為妻。」

除了在小說正文中加料外，新三版在此回回末這篇共達八頁的長注中，金庸先針對學者的評論提出反駁。曾有學者指出宋人有李清照寡婦再嫁，可見禮法並未如金庸所說這般嚴苛，金庸則認為李清照一人無法代表大宋禮法，學者之說太過於以偏概全。

「注」的說明接著延續小說增寫的內容，金庸再次強調，宋人重視三綱五常，娶師為妻，就等於以母為妻，或長嫂為妻，這是極其離經叛道，世所不容的。

金庸還說，世人反對「師生戀」，不只宋人如此，今人也不遑多讓，如沈從文在北大教書時追求張兆和女士，張女士起先反感，後來因胡適從中撮合，方能締結良緣。此外，《蜀山劍俠傳》的作者李壽民亦在擔任孫經洵小姐的家庭教師後，與孫小姐進展成「師生戀」，孫爸爸因此憤而提出告訴。後來經過法官開審，認為男女兩造均已成年，可以自由決定婚配對象，李壽民才無罪開釋，與孫小姐歡喜結婚去。

金庸接著又舉錢穆與胡女士，及梁實秋與韓女士為例，說「師生戀」即使在今日的現代，只要一經披露，難免引起軒然大波，連作家徐訏與思想家殷海光都對錢胡的「師生戀」頗有微詞。

金庸在文末說，他親眼見到錢先生和胡女士婚後生活美滿，錢先生雙目失明之後，全仗胡女士誦讀書報，撰文答信，校閱著作，他對這對夫婦深為佩服。

想來自《神鵰》成書之後，學術界與讀者群對「師生戀」是否真有這麼違背道德禮教，又是否真有這麼不容於世人，一直頗為懷疑。金大俠不甘當「無聲之人」，因此藉由改版的良機，為文捍衛自己的觀點。在這篇大可收進《金庸散文》的八頁長注裡，一言以蔽之，金庸就是要告訴讀者：「楊過、小龍女的『師生戀』真的面對很大的社會壓力，大到他們幾乎無法承受，你們不要再懷疑了！」

【王二指閒話】

身為暢銷小說的作者，關於自己的作品，金庸其實有很多話想要告訴讀者，但他能用什麼機會說呢？倘使舉辦演講，全世界千萬金庸讀者，能到場聽講的，只怕不過是滄海一粟的千人之譜。不然，金庸若再出一本《金子曰》來對讀者說說話如何？只怕這也不妥，因為願意買金庸小說、看金庸小說的讀者，不見得會再買一本《金子曰》來看，而說的話若進不到讀者的耳朵裡，跟沒有說是一樣的。

因此，於金庸而言，若有什麼話想告訴讀者，最簡單的辦法，就是將話語夾帶到小說中。那麼，金庸又是用什麼文學技巧，將他的話語夾帶進小說的呢？

打從金庸小說出版以來，因為讀者眾多，自然會有一些認真的讀者或學者，對於金庸小說的歷史典故、武功招式、詩詞歌賦、思維觀念、或情節疏漏提出責難或質疑，身為作者的金庸，當然會想辯駁維護自己的作品，此外，隨著年齡增長與智慧逐日圓融，金庸亦想將更多更新的體悟分享給讀者，於是，在改版的良機裡，金庸會將自己想說的話挹注進小說中。

金庸藉由小說，向讀者說話的技巧，概略可分三種：

一、想要告訴讀者的觀念，藉小說人物之口闡述：比如金庸認為所有民族與所有人種都是平等的，也是一體的，不應有種族仇恨，新三版即藉由香香公主死後示現，告訴陳家洛，不管是漢人、滿人、回人，都是一樣的，所有種族的人是好兄弟。相同的觀念也曾藉新三版成吉思汗之口，說蒙人漢人都是一家人，要永遠和好。

二、涉及爭議的話題，另創人物來說：比如梁羽生曾質疑《射鵰》黃蓉唱〈山坡羊〉是「宋代才女唱元曲」，亦即小說人物與背景時代大亂套，新三版《射鵰》即增創一位楊老者，由楊老者代表金庸來向讀者說明，元曲自唐代就有，只是傳諸後代，流行於元朝而已，因此宋人會唱元曲實屬合理。

三、舉例或引用內容涉及當代的，加「注」來說：讀過新三版的朋友都會發現，金庸的「注」明顯變多了。創作一版時，金庸的「注」往往只是在括弧中寫一兩句話，改寫為二版後，金庸偶爾會在回末加寫一些短注，說明與情節相關的典故，到了新三版，「注」竟成了金庸「作者自道」或「答辯學者」的園地，因此回末屢屢出現長注，《神鵰》第十四回的八頁長注更是「長注中的長注」。

而從金庸以長「注」費心解釋「師生戀」，也可看出他的創作風格與思維邏輯。金庸既是天馬行空的武俠小說作家，又是腳踏實地的歷史學者，「天馬行空」與「腳踏實地」這兩種屬性會在金庸筆下交替出現。

在評析《射鵰》時，我們曾經談過，武俠小說的所謂「江湖」，相對於現實社會，幾乎等於是「異次元空間」，也就是獨立於現實之外的半魔法世界，學者用武學小說所設定背景時代的社會風俗，來審視武俠世界的江湖風俗，並不見得合理。

這就好比在武俠社會裡，楊過偷看黃蓉教魯有腳練「打狗棒法」，可能會招致殺身之禍，然而，若把這個觀念套進現實世界中，想像在某一間學校裡，二年十六班的學生跑到二年十三班旁聽一堂數學課，難道就有可能被老師用教鞭打死嗎？江湖本就不同於現實世界，江湖中有獨特的

「內規」，並不足為怪。

金庸一方面有著武俠小說作家天馬行空的想像力，一方面卻又想用腳踏實地的學者角色回應各方疑難，這是因為他的武俠小說中有著設定的歷史背景，他希望用「真實」的角度詮釋「虛構」的武俠故事，並盡量破除讀者與學者的疑慮。

如果不是刻意屈從歷史的觀點，所謂「金庸武俠」，即是金庸創造的作品，金庸根本無須撰寫長篇大論來說明南宋時代視「師生戀」為亂倫，或舉古今中外「師生戀」不容於世的例子為佐證。金庸儘可自訂「江湖遊戲規則」，他只要告訴讀者：「在我的武俠世界中，男弟子娶女師父就是天條大忌。」這就成了他筆下江湖世界的內規。他若真要這麼說，誰又能曰不可？

而若是如此，金庸筆下的江湖人物視「師生戀」為犯天條，於學界而言，那就干卿底事，也就完全沒有辯駁的必要了。

第十四回還有一些修改：

一．楊龍二人戰勝金輪國師師徒，陸家莊重開盛宴慶祝，二版說小龍女見楊過喜動顏色，但不知原由。新三版改為小龍女知他是因相思之苦盡消，且又逐去金輪師徒，因而心中大喜。

二．趙志敬當眾說楊龍師徒有禽獸之事，二版尹志平高舉小指與無名指各削斷半截的左手，渾身發抖，臉色怪異。新三版因甄志丙並未自斷手指，此處改為甄志丙巍巍的站起身來，說：「他們師徒要自成婚配，不干我們的事！」

三．楊過以《玉女心經》的一掌打翻趙志敬後，新三版較二版增寫：林朝英自創制玉女心經武功以來，這一招是第一次重創全真派門人。

四．金輪國師在酒樓抓住反應遲鈍的武氏兄弟，新三版較二版增寫，金輪國師閉了兩人穴道。

五．金輪國師在酒樓欲強擄黃蓉時，楊過拾起武敦儒之劍想刺殺國師，一版說楊過使的是「烏龍出穴」一招，二版將招名改為「青龍出海」，新三版則刪去了招式名稱。

六．楊龍二人與金輪國師交戰後，再合練的武功，二版是《玉女心經》最後一章，新三版改為《玉女心經》第七篇。

七．小龍女聽聞黃蓉不希望他與楊過婚配的勸說，又試探過楊過是否還真的留戀古墓外的花花世界，最後決定離楊過而去。二版說小龍女自覺是「不祥之人」，新三版改為小龍女自認是「壞女子」。

八．小龍女留給楊過的字條，二版寫的是「善自珍重，勿以為念。」新三版改為「你自己保重，記著我時別傷心。」

九．楊過告訴黃蓉洪七公曾授他「打狗棒法」，而後即已仙逝，二版黃蓉聽了，歎道：「你遇合之奇，確是罕有。」這般描寫顯得黃蓉太也無情。新三版改為黃蓉聽得洪七公逝世，甚是傷心，伏地痛哭。

十．黃蓉傳授楊過全本「打狗棒法」，楊過對黃蓉笑說，他幼小時，黃蓉答應傳他功夫，卻是今日才傳。黃蓉問他是不是一直記恨，二版楊過回答：「我那裡敢？」新三版改為楊過稍為莊重的回答：「我決不記恨，只常可惜學不到你的好功夫。」

十一．一版說到楊龍雙劍刺金輪法王，卻未能傷他之時，還寫了一段「金鐘罩、鐵布衫」的解釋，說「金鐘罩、鐵布衫」練成之後，普通刀劍難以傷害，但這功夫有無效用，須視對方功力深淺而定，若敵人功夫了得，別說刀劍，一指破得橫練，就能教練「金鐘罩、鐵布衫」者非死即傷。金輪法王身負「金鐘罩、鐵布衫」橫練功夫，平常武師傷他不得，但楊龍內力不凡，因而雙劍穿衣，金輪法王嚇出一身冷汗。這段解釋二版刪除了。

十二．一版說金輪法王自小生有異稟，得天獨厚，練成一身驚天動地的內外功夫，中原英雄確是少有敵手。二版刪了這段說明。

十三．「玉女劍法」的劍招，一版的「琴瑟相和」，二版改為「撫琴按蕭」；一版的「剪燭夜話」，二版改為「茜窗夜話」；一版的「茜窗聯句」，二版改為「柳蔭聯句」。

十四．楊過以「刺驢劍術」譏諷金輪法王，一版解釋說：也是楊過生來口舌輕薄，今日勝得金輪法王，既然不能殺他，就須以禮相敬，他卻說了幾句俏皮話兒，使法王一生記恨，日後惹出不少禍事來。二版刪了這段解釋。

十五．黃蓉送小龍女束髮金環，一版說小龍女心中並不喜歡，二版改說小龍女也不在意，隨口謝了。

十六．黃蓉教楊過亂石陣的三十六種陣圖變化，一版說楊過記得二十餘種，二版改為楊過記得十餘變。

十七．金輪法王破了亂石陣，一版說金輪法王以「大摔碑手」打楊過右胸，二版改為只說金輪法王掌擊楊過右胸。

楊過吃程英的豆腐——第十五回〈東邪門人〉版本回較

為了救黃蓉母女，楊過在亂石陣中與金輪法王較勁而受重傷，而後為程英所救，他於是邂逅了程英。

且來看看楊過與程英故事的版本差異。

受傷後的楊過所見的程英，雖然故意帶著人皮面具隱藏外貌，眼神卻像極了小龍女，楊過因此情不自禁地抱住她，對她說：「姑姑，過兒受了傷，你別走開不理我。」程英不敢強自掙開，柔聲解釋：「我不是你姑姑。」

被楊過抱住的程英羞得全身發燒，新三版還較二版增寫，楊過再告訴程英，她不是姑姑，而是「媳婦兒」，程英當下推開楊過，說：「不，不！我不是……媳婦兒！」

而後程英將楊過扶上馬背，自己則牽了馬韁步行，兩人一齊離開亂石陣，準備回程英的居處療傷。至於程英為什麼不與楊過共乘一馬，一版說那是因為程英要顧及自己的「處女」身份，二版刪了這說法。

回到程英的住處後，楊過將養了些時候，身體狀況漸漸恢復。一版楊過見到的程英閨房是一間茅草斗室，但陳設卻極為精雅，東壁掛著一幅簪花仕女圖，還有幾條屏條山水，西壁卻是一幅法書。楊過驚詫之中，也不及細細欣賞，但見爐升青烟，几列靈石，不知是那一位高人雅士的書房？二版改說程英的斗室是板床木凳，俱皆簡陋，四壁蕭然，卻是一塵不染，清幽絕俗。床邊竹几上並列著一張瑤琴，一管玉簫。

程英不在室內時，楊過見到程英信筆所寫的「既見君子，云胡不喜」。心中已然猜到程英對自己十分歡喜。而後，楊過聽程英吹起了管蕭，吹的是「無射商」的曲調，乃是一曲「湛奧」。二版楊過知道程英反覆吹頭五句：「瞻彼湛奧，綠竹猗猗，有匪君子，如切如磋，如琢如磨。」楊過還低聲吟和：「瞻彼湛奧，綠竹猗猗……」新三版降低了楊過的音樂與文學涵養，改說他知道程英吹的是頭五句，但不記得是什麼句子，因此也沒有唱和之舉。

而後陸無雙回到程英的斗室，並拉掉程英的面具，楊過這才見到程英的容顏，原來程英臉色晶瑩，膚光如雪，鵝蛋臉上還有小酒窩，相貌極美。新三版增寫楊過本要脫口而出，喚程英「姑姑」，但又想起「姑姑」二字於他而言，已有「銘心刻骨的愛侶」之意，若以之來喚程英，未免唐突佳人。

程英對楊過的情意在新三版也有著更清楚的描述，新三版增寫說，程英在道上見到楊過相救陸無雙，對他的俠骨英風本極欽佩。而後楊過昏迷，抱住她大叫「姑姑」，情意纏綿，彷佛要掏出心那般柔情萬種，有時又親親熱熱的叫她「媳婦兒」，也曾抱住她親吻，程英因而對他芳心可可，忍不住為他傾倒。

陸無雙而後告訴楊程二人，李莫愁即將掩殺而至。程陸二人皆深愛楊過，也都知道李莫愁若見到紅花錦帕，即會手下留情，於是私下都將自己的半邊紅花錦帕送予楊過。一版說楊過於程陸二人，只當作好友看待，萬難想到二女對他其實鍾情已深。二版刪去了這段頗見實情的說法。

知曉李莫愁即將來襲後，程英佈陣以圖阻李莫愁於斗室之外，接著，為舒積鬱之情，程英吹起了一首簫曲「流波」。一版楊過也拿起瑤琴，依韻相和，楊過的琴聲與程英的簫聲溫雅委婉相和，更是動發；二版改為楊過低吟與程英的蕭聲相和；新三版再改為楊過連《詩經》也記不得了，只隨著曲調隨口亂唱。

而後，楊程陸三人攜手渡過了李莫愁的殺戮劫難，黃藥師亦適巧於此際出現，並且趕走了李莫愁，黃藥師隨後還與楊過結為忘年之交，並傳授楊過與程英「彈指神通」及「玉簫劍法」。

新三版於此處增寫說，楊程二人之後切磋黃藥師教的「玉簫劍法」，程英問楊過是否該叫她師姊，楊過竟然調戲起程英說：「那我該叫你『姑姑』了。」引得程英正色說：「你自己早有姑姑了。」

新三版這一增寫還真是「天外飛來一筆」。若按先前的情節所述，楊過不僅早已知道程英對他頗有情意，也知曉「姑姑」一詞代表的是「銘心刻骨的愛侶」，但他卻依然用「姑姑」一詞大吃程英豆腐。楊過或許只是把肉麻當有趣，程英卻不見得認為楊過對她毫無情意。楊過如此挑逗程英，讀者不只不會覺得楊過幽默，還會將他的專情指數扣掉三分。

【王二指閒話】

二版修訂成新三版後，最讓二版金庸小說老讀者跳腳的改寫，就是金庸「只要看到兩片土司，就忍不住往中間抹一層果醬，而若是本來已有果醬，就再添一點巧克力醬。」也就是說，只要看到有男女共處的情節，金庸就順手幫他們加點料。

別小看這一加料，往往寥寥數句話，造成的就是人物性格翻天覆地大更動。二版的讀者往往希望金庸在更動二版為新三版時，只要將不合理的「bug」改得完善就可，不必再幫人物的言語、動作、思考添油加醋。讀者們擔心的是自己心中本有的角色形象，一旦被加上幾句脫口而出的話語，或幾個刻意做出的動作，就變成了不同於二版的另外一個人。

二版中原本就擅長拈花惹草的楊過、張無忌、段譽等諸大「調情聖手」，金庸在新三版中索性再添加幾筆，將他幾人修成挑逗弄情的絕頂高手；而個性較嚴肅剛毅的喬峰與袁承志，金庸也在新三版將他倆修改成懂得對阿朱與阿九柔親蜜吻；此外，在一、二版言詞較笨拙木訥的郭靖、石破天等人，金庸同樣在新三版將他們修改得情話說來更流利順口。

將所有主角修改得情感更加奔放，表達也更加流暢，是新三版改版修訂的大原則，然而，人的行為理當「意在象先」，言語與行為源自個人的人格和思想，因此，新三版修訂後，主角們的言語行為改變了，人格自然也不同於先前的版本。

在評析《神鵰》第十回時，我們談過一、二版的楊過因為對小龍女的愛情不夠踏實，因此從陸無雙與完顏萍的身上摸索愛情，新三版則改為楊過從古墓生活時期就對小龍女情深意摯。不過，不管是一版、二版、還是新三版，在大勝關英雄大宴失而復得小龍女後，楊過應該都已經非常確定自己於小龍女的感情是「非卿不娶」的愛情。

一、二版的楊過在亂石堆被程英所救後，視程英為異性密友，亦謹守好朋友的「楚河漢界」，絕不跨越雷池半步，這樣的描述甚是符合楊過一心惟繫小龍女的情感狀態。

改寫為新三版後，楊過明知程英對他情意已生，只是知他已有未婚妻，因此矜持不敢示愛，他卻仍出言調戲，戲稱她為「姑姑」。我們只能據此推想，或許楊過三番兩次被小龍女無故遺棄，愛情的信心大受打擊，因此他仍像許多青年男子，企圖透過勾引女性，讓對方愛上自己，證明自己依然有「雄性魅力」。

在新三版《神鵰》的第十六回中，金庸又幫楊過與程英加了一段對話，這段對話是楊過想避免程英以為他喜歡她，因此告訴程英：「我胡亂叫你『師姊，姑姑』，都是開玩笑的。」而後又鄭重與程英畫清界線地說：「在我心中，我真的當你是小妹子！我對你一片真心。我的性命，我早給了我姑姑啦，不能再給你。除此之外，你說甚麼，我就全聽你的。」彷彿這一澄清，楊過又能回到一、二版那只視程英為異性好朋友的形象。

倘使讀者閱讀新三版是在看過第十四回後，直接跳過去看第十七回，得到的印象將會是楊過與一、二版一樣，跟程英只是「非常好」的「好朋友」，但若細看第十五、十六回，就會知道水面上雖然風平浪靜，但在水面之下，程英卻吃了楊過一記大悶棍。

程英原本就知道楊過已有未婚嬌妻，因此就算愛意澎湃，程英仍必須忍住內心的情愛波濤，努力控制，絕不放縱任何一絲一毫愛意溢出於表情或言語，而楊過雖然明明也知道程英對自己一片癡心，卻出言調戲在先，又撇清關係於後，這幾乎是在程英頭上先淋一桶熱水，再澆一桶冷水。

新三版這一修，顯得程英何其委屈，而二版楊過原本少年「輕狂」的形象，也就因此摻雜了幾分「輕薄」。

第十五回還有一些修改：

一．金輪國師由亂石陣中敗出，新三版較二版增寫，金輪國師深信命運之說，只覺所謀不遂，未可強求。

二．二版程英自亂石陣救走楊過後，即不告而去，新三版增寫程英禮貌性地告訴郭芙，她日後會向黃蓉請安。

三．關於程英所寫《詩經》中「既見君子，云胡不喜」兩句，新三版增寫解釋說，「君子」一詞乃說「男子」，但未必是「溫文爾雅的有德君子」。

四．二版說傻姑癡傻是因曲靈風被害時，她受到驚嚇，嚇壞了腦子，從此變傻；新三版改為傻姑從小就傻傻的頭腦不清。

五．黃藥師於茅屋中欲制李莫愁死命而未果，李莫愁知道他一擊不中就恥於再出手，新三版增說這頗似《聶隱娘傳》中的空空兒。

六．二版黃藥師只傳授楊過「彈指神通」與「玉簫劍法」，新三版改為黃藥師同時教導楊過與程英。

七．馮默風自稱「老鐵匠」，新三版較二版增說，他本來年紀也不甚老，也只五十來歲。

八．李莫愁向馮默風諷刺桃花島弟子，二版李莫愁說曲靈風有「劈空掌」，但入皇宮大內偷寶物，即被御前侍衛打死；新三版改為李莫愁說陸乘風沒腿走路，只好「乘風」，而且劈空掌掌掌劈出，掌掌落空。

九．馮默風問程英是否為黃藥師弟子，新三版增寫程英自謙是「黃老先生身邊侍候茶水的一個小丫頭」。

十．程英為楊過做的甜粽，一版是「荳沙白糖」，二版改為「豬油白糖」。

十一．李莫愁被陸無雙盜走的秘笈，一版是《五毒奇書》，書中寫的是捕捉毒物、暗器餵毒、醫療解毒的種種法門。楊過因母親秦南琴死於蛇毒，對書中使毒與解毒之法詳加記憶，更想到若早見此書，可救母親一命，他也就不會是無母孤兒了，因此淚珠連連；二版將這部秘笈改為《五毒秘傳》，楊過只看了幾頁，記住五毒神掌與冰魄銀針的解法。

十二・這一回李莫愁的穿著，一版是「白衣」，二版改為「黃衫」。

十三・黃藥師聽到楊過的嘯聲，一版說黃藥師自認要到三十五歲才能達到這田地，二版改為三十歲。

十四・一版楊過與黃藥師兄弟相稱，黃藥師叫他「楊過兄」，楊過也叫黃藥師「藥師兄」，二版的黃楊二人不再如老頑童那般沒上沒下了，改為黃藥師稱楊過為「楊兄弟」。

十五・一版楊過向黃藥師說起黃蓉阻撓他跟小龍女的婚事，黃藥師當下寫了一份手書，告訴他若黃蓉再阻撓他倆，就將此手書給黃蓉瞧一瞧。二版刪了這段。

十六・一版楊過曾想過「這絲線可以剪斷，那情絲卻是剪不斷，理還亂，須得猛揮慧劍，方能斬斷。」二版刪去楊過此想。

見到瀟湘子要「暫時停止呼吸」——第十六回〈殺父深仇〉版本回較

在二版《神鵰》中，金輪國師像是恆星，瀟湘子等人只是圍繞著他，沾他光亮的幾顆行星，一版《神鵰》卻不是這麼回事，在一版《神鵰》的原創意裡，金輪國師可不是「一星獨亮」的反派，瀟湘子等人全都是與金輪國師平起平坐的高人。

且來看看一版與二版迥然不同的尼摩星、瀟湘子等武林奇人的故事。

一版的情節是這樣的：話說某天晚上，楊過在荒郊野外過夜，他師法小龍女的臥睡之法，在兩棵大樹之間縛一條繩子，夜眠其上。

睡到夜半，忽聞一陣腥風，還有幾聲吼叫，定睛一看，原來是兩隻毛色純黑的老虎，老虎身子又細又長，顯非中原品種。

更駭人的是，緊接著，一具長長的棺材一跳一跳地靠了過來，兩頭黑虎繞著棺材吼抓，而後，棺材蓋竟瞬間飛開，躍出一具高瘦的殭屍，將兩頭黑虎一踢一擲，雙雙丟了出去。

一位全身黑衣的矮老頭隨後出現，矮老頭皮膚漆黑，黑髮飄飄，肩上還站著一隻禿頭梟鷲，毛羽亦純黑，兩頭黑虎伏在矮老頭身邊，極是溫馴。

原來這殭屍就是瀟湘子，黑矮子則是尼摩星。尼摩星問瀟湘子為何打他的「小貓」，說話時聲若洪鐘，瀟湘子向他賠禮，說他並未打壞他的「小貓」，聲音聽來陰陽怪氣。

兩人隨後討論起金輪法王被封「第一國師」之事。尼摩星認為自己由天竺趕來，晚到中原一步，這才被金輪法王爭了先，瀟湘子則自稱是在湘西練「壽木長生功」，因而忽必烈修書來聘，卻無法分身，讓金輪法王稱雄一時。

談話之後，兩人較量了一下功夫，尼摩星以「釋迦擲象功」向瀟湘子衝過去，瀟湘子則使出「壽木長生功」，拿棺材板往尼摩星丟擲，兩相碰撞，各退兩丈。勢均力敵的兩人互相恭維後，尼摩星攜其虎鷲遠走，瀟湘子則又進入棺材，一跳一跳離去。

仍在繩上的楊過，見到這兩人的功夫，不禁大呼慚愧。

後來在忽必烈大帳中，楊過正式認識了「招賢館」的幾大高手，除金輪法王、瀟湘子、尼摩星外，還有馬光祖與尹克西，一版說馬光祖是回疆人，身長八尺，直如巨無霸，但形似白痴，他生具異稟，力斃虎豹，後來得遇高人，傳授他一身粗笨的武功，還好他本力太強，使出武功威力大得異乎尋常。尹克西是世代相傳的波斯商賈，本已學會波斯一派奇妙武功，又在商旅途中與中國武師切磋，因而創作出一派中國與波斯均前所未見的武學。

六大高手入忽必烈大帳，五大異人開始爭搶金輪法王的筷上牛肉，金輪法王連敗馬光祖、尼摩星、尹克西三人，而後與瀟湘子打成平手，一旁的楊過心中暗想，以金輪法王武功之強，瀟湘子竟能與之比肩爭先。最後，金輪法王與瀟湘子各以筷子夾一邊牛肉，內勁抵銷，楊過再將筷子從中劃入，牛肉遂分三截。

最後三片牛肉均被意外殺出的周伯通吃掉了。

而後，為了探尋捕得周伯通的三男一女綠袍人的真實身份，六大高手一起進入絕情谷，在入谷的路途中，馬光祖方知自己徒有勇力，武功造詣實在比不上其他五人。

進入絕情谷後，六人行至山峰頂上一處平曠之地，此處有四個極大的火堆，每個火堆中間都有一間小小的石屋，而適才抓周伯通的三男一女各在一間石屋中，四人的手腳均被套以鐵鍊，繫在身後的石柱上，忍受火烤之苦。楊過看不過去，遂將綠袍少女（即公孫綠萼）石屋外的火頭撲滅。

楊過原本還打算繼續撲滅其他石屋外的火堆，但公孫綠萼告訴他萬萬不可，因為這是他四人該受的刑罰。

此時又出現了另一個綠衣人，他告訴石屋中受刑的四個人說，因有貴客來訪，刑罰暫且寄下。綠衣人原請六大高手至草坪相商，尼摩星卻執意在火烤石屋中長談，原來尼摩星出身天竺，練過瑜珈，不畏烈火。

馬光祖自知功力不夠，不入火室。其餘五大高手則與四個綠袍人進火烤石屋，眾人談起周伯通偷走四百年靈芝之事，談話間尹克西受不了火炙，先出石屋，而後尼摩星也中暑暈倒，餘人遂於長聊之後，到另一間石屋用飯。

這一大段西藏、中國、天竺、回疆、波斯的金輪法王、瀟湘子、尼摩星、馬光祖、尹克西「五星齊亮」，諸大高手勢均力敵，各有千秋的一版情節，修訂成二版後，成為金輪法王「一星獨亮」。一版瀟湘子與尼摩星過招的精彩情節悉數被刪除，而金輪法王與諸高手爭搶牛肉的情節，二版改成金輪法王一人獨贏四個「二流高手」。

因為瀟湘子四人的武功層次均在二版被降低，因此一版六人入絕情谷，巧遇公孫綠萼等四個綠衣人，因老頑童抓又復逃，故而被處罰至火烤石屋，以及隨後眾人於火室論事的情節，也全數被刪去。

不過，若照一版的有趣描述，還真讓人聯想起早期的「殭屍電影」，當時不成文的電影公式總是告訴觀眾，看到殭屍就要高喊「停止呼吸」，可知若看到「湘西趕屍」的瀟湘子殭屍，說不定也該「暫時停止呼吸」。

此外，在新三版《天龍八部》裡，金庸將二版游坦之習練的《易筋經》改為練瑜珈，並說那是新創意，但原來在最初始的一版，天竺來的尼摩星早就精通瑜珈術了。今昔相較，刪刪增增，何為新？何為舊？真頗耐人尋味！

【王二指閒話】

就像「丐幫」弟子的武功，從一袋到九袋，分為九種等級，金庸筆下的角色人物，武功層級也有著分明的等級，從高到低，「A級」、「B級」、「C級」……，逐層遞減，絕不能有所混淆，任何一個人的武功都有他一定的層次。

小說人物在二版的武功層次，並不見得等同於他在一版原創意中的層次。這是因為一版是在報紙上逐日連載的，連載小說並非結集成冊的書，無法一氣呵成地讀完，讀者只能每天閱讀報紙上的一個小方塊。而從作者的角度來說，因為讀者每天只能閱讀小方塊中的數千字，因此在每天一小段的連載故事裡，小說創作既要能吸引「昨日的舊讀者」繼續買報追看，也要吸引「今日的新讀者」不忍釋卷地閱讀今天新刊的橋段，又若是新讀者也能躋身連載小說迷的行列，就能成為報紙的固定買家。

為了每天都能吸引讀者閱讀連載武俠小說，因此以金庸小說而言，在連載的一版時代，決不能今天出現的是二流高手，明天出現的又是三流高手，打來打去，溫溫軟軟，讓讀者們食之無味。

為了增加文章的可讀性，在一版的連載時代，許多江湖人物一登場都以雷霆萬鈞之勢，做出驚天動地的奇行怪事，彷彿人人都是絕頂高手，也讓讀者讀來津津有味。然而，隨著小說情節的演進，出場時氣勢萬鈞的高手，最後可能只打了幾聲悶雷，下了幾點小雨，並沒有殊勝的武林建樹，因此當主角型的真正高手出現時，那些「虎頭蛇尾」的「空包彈高手」們就必須回歸「二流高手」或「三流高手」的層次定位。

為了讓這些「虎頭蛇尾」的人物前後一貫，在一版修訂為二版時，金庸的改寫方向之一，就是將這些驚天動地出場的「二流人物」矮化，讓他們的光亮從一版的萬丈日光，減為二版的微弱星光。

這一回登場的瀟湘子、尼摩星等人就是一版轟轟烈烈登場，二版再被矮化的「二流人物」。

因為《神鵰》一書的反派第一高手是金輪國師，因此瀟湘子等人不宜在初登場時就有「山雨欲來」的先聲奪人氣勢，故而二版必須大幅刪去他們的奇人異行，以免讀者們分不清角色之間誰輕誰重。

不只反派如此，正派的陸無雙也有著同樣的命運，一版陸無雙初出場時曾與威震秦晉韓寨主、河朔三雄之首陳老拳師、及龍吟劍趙不凡趙道長互鬥，這樣的陸無雙武功層次太高，二版因此改成與陸無雙對打的，只是武功不太入流的韓陳二丐，以及全真教申志凡道長。降低了對手的武功層次，陸無雙的武功品次也就連帶被貶低了。

然而，較之瀟湘子與陸無雙等人，受這改版手法影響最大的，只怕還是全真教的道長丘處機，在一版《射鵰》的原創意中，金庸首次寫到丘處機時，還讚他是「當今第一位大俠」，但經過兩次修訂後，丘處機在新三版《神鵰》中，竟然淪為楊過口中的「牛鼻子小娃娃」。武林高手不斷推陳出新，接續登場，丘處機則從一版「A級」高手的雲端往下掉，改版後，連「B級」都不配，直接墜落到「C級」，甚至「D級」去了。

第十六回還有一些修改：

一．李莫愁侮辱黃藥師，馮默風憤而與李莫愁拼命，二版馮默風對李莫愁大叫：「好，那你先將我打死吧！」新三版改為：「好，我本來要報師恩！」新三版還較二版增寫了一段李馮之戰的情節，說馮默風離開桃花島後，三十年練功不輟，李莫愁則縱橫江湖，臨敵經驗豐富，李馮之鬥，馮默風本落下風，但楊過不停煽風點火，說李莫愁詆譭黃藥師，馮默風因此死纏爛打，致使李莫愁心生怯意。

二．新三版增寫了一段楊過與程英練「彈指神通」和「玉簫劍法」的情節，這段故事是：練「玉簫劍法」時，楊過假扮李莫愁讓程英拆招，程英挺簫戳楊過後腰，楊過明明不痛，卻為了討程英歡心，故意臉現痛楚。陸無雙見狀，問他倆：「你兩個在這裡真真假假的玩罷。玩不玩拜天地呢？」程英道：「還是媳婦兒來玩吧！」陸無雙扁扁嘴說：「我猜他更想你玩拜天地。」

三．二版金輪國師自稱是忽必烈王子聘來的，新三版改為金輪國師是由當朝太后派給忽必烈王子麾下，在漠南辦事。

四．金輪國師向忽必烈介紹楊過時，新三版較二版增寫，金輪國師連爭奪武林盟主受挫於楊過亦不隱匿。新三版的金輪國師度量明顯增大了。

五．一版的「馬光祖」，二版改名「馬光佐」，新三版再將「馬光佐」更名為「痲光佐」。新三版更名的原因是因為元朝文人真的有人名叫「馬光佐」，為了避免混淆，故將「馬光佐」更名為「痲光佐」。

六．老頑童搶走金輪國師的筷上牛肉，二版說：金輪法王回思這老人搶走自己筷上牛肉的手法，越想越是駭異。新三版刪了這兩句削弱金輪國師沉穩感的話。

七．二版楊過對周伯通稱馬鈺、丘處機是「牛鼻子」，新三版將「牛鼻子」改為「牛鼻子小娃娃」，這是要符合周伯通愛胡鬧的脾胃。

八．周伯通問楊過師尊是誰，楊過說是美貌女子。二版說周伯通想起瑛姑，就不敢再問了。新三版增寫說，周伯通以為楊過的師父就是瑛姑，因而不敢再問。

九．周伯通闖進忽必烈帳後，二版有一段「子聽敬周伯通毒酒」的故事，說子聽以毒酒代忽必烈敬周伯通，周伯通喝完肚子痛，原以為要拉屎，後來才知道是喝到毒酒，接著，周伯通大叫說是毒酒喝太少，才會肚子痛，因而拿起毒酒的酒壺灌得涓滴不剩，再將毒酒噴向子聽，還好金輪國師舉桌來擋。這一段故事顯得忽必烈量小不能容人，新三版因此將整段刪除。刪去這段後，新三版增寫忽必烈更願廣納賢才地說：「這位周先生是個人才，最好能收羅過來。」

十·一版楊過問傻姑，姑姑的漢子是不是叫郭靖，傻姑答是，二版改為傻姑說她不知道，只聽姑姑叫他「靖哥哥」。

十一·楊過認定郭靖是殺父仇人後，決意向金輪國師賣好，而後在道上遇到金輪國師，楊過助之運氣療傷，一版的楊過較早慧且武功高強，幫金輪國師療傷時，他觀察金輪國師的氣息上下左右流動，心中暗暗記誦，因而明白了西藏內功的大要。二版則將這段情節刪了。

十二·一版簡述了忽必烈王子的家世故事，說當年成吉思汗見長子次子爭汗位，因此將汗位傳給較友愛的窩闊台，拖雷則因翼戴窩闊台而立下大功。辛卯年窩闊台親征金國，突染重病，口不能言，拖雷在神前許願，願捨命替兄，於是飲了巫師所配毒水而死，後來窩闊台果真痊癒。為了報答拖雷，窩闊台決定終生照顧拖雷的寡妻子女，並遺囑由拖雷之子蒙哥接汗位。

窩闊台死後，皇后不顧窩闊台遺命，自己執政四年，再將皇位交予兒子貴由，而後貴由死去，皇后仍繼續掌政。眾王子追念拖雷仁德，遂由忽必烈策動立蒙哥為主。蒙哥感念兄弟仁德，因此封忽必烈為皇太弟，權傾一時。

這一整段在一版修訂為二版時，被當成「冗情節」刪除了。

十三・一版說周伯通因不能遵守清規戒律，始終沒有出家做道人，王重陽也知他性子如純金璞玉，率性而為，一派天真，如果勉強他皈依三清，只有攪得重陽宮烏煙瘴氣，全真教上下難安，因此由得他不做道士，這在全真教正式的弟子中，實是絕無僅有。二版將這段刪除了。

十四・一版說絕情谷的飲食是生米磨碎，調以生水，這是因為谷中摒絕葷腥，不舉煙火，飯蔬皆生食，而如此的生米泡水，麻光佐還是吃了八九碗。二版將這段情節改為絕情谷的飯菜皆為熟食，只是沒有葷腥。此外，金輪國師一行在絕情谷石屋中過夜，一版說六人睡在地上，地上只有冷冰冰的石板，連草席蒲團都沒有。二版改說地上有幾張草席。

小龍女居然真的愛上了公孫止——第十七回〈絕情幽谷〉版本回較

大勝關英雄大宴後，楊過、小龍女如膠似漆、如糖似蜜，郭靖、黃蓉夫妻卻認為楊龍的師徒之戀大違禮教，絕難容許。黃蓉而後鼓動她的如簧之舌，三言兩語就說服了小龍女，讓小龍女自以為是敗壞楊過名聲的壞女人，因而鬱愁交加，離開楊過而去。

小龍女失蹤後，丈二金剛摸不著頭的楊過巧遇金輪國師等人，而後跟隨他們進入絕情谷。想不到機緣巧合，楊過與小龍女又在絕情谷重逢了。

且來看看這段故事的版本差異。

話說楊過隨金輪國師一行至絕情谷，在大廳中與周伯通混戰了一回，眾人被周伯通耍得團團轉。金輪國師正準備率領眾人告退時，楊過見到廳外有位白衣女郎緩緩走過，臉頰上還不斷滾下淚珠，楊過頓時全身動彈不得，原來眼前之人正是他日思夜想的小龍女，驚喜交集之下，楊過大叫「姑姑」。

聽聞楊過的呼喊，小龍女也大吃一驚，二版說小龍女頓時坐倒在地，新三版改為楊過將小龍女摟在懷裡。不過，小龍女隨即冷若冰霜，正色告訴楊過：「我與閣下素不相識。」

小龍女拒絕與楊過相認，絕情谷主公孫止隨後向眾人介紹說，這位白衣美女是他即將新婚的夫人「柳妹」，公孫止還說，他得識柳妹，是因柳妹練功走火，臥在山腳下，身受重傷，氣息奄奄，恰逢他到山邊採藥，將重傷的柳妹救回谷中，柳妹因此感恩圖報，決定委身以事。

而小龍女之所以決定嫁給公孫止，是因黃蓉不希望小龍女跟楊過配成雙，傷心的小龍女某日獨坐用功時，情思如潮，練功走火而橫突經脈，導致身受重傷，而後為公孫止所救。公孫止因小龍女秀麗嬌美，救治加了十倍殷勤。此時的小龍女心灰意懶，又恐日後若獨居，會管不住自己而出門尋覓楊過，因此答允了公孫止的求婚。

新三版還增寫了一段小龍女痛苦心境的敘述，說小龍女想到若與楊過結婚，自己是歡喜逾恆，但楊過既要忍受天下英雄譏嘲，又要與她鬱居古墓，終生不得出世，必然極不快樂。因此小龍女不認楊過是出自深愛楊過之心，她認為她若不與楊過婚配，楊過就能一生喜樂，而只要楊過能得到喜樂，即使自己痛如刀割，她也甘願忍受。正因為小龍女有將喜樂給予楊過，心痛留給自己的想法，這才願意承受不與楊過相認之苦。

比較過二版與新三版後，接著看一版的這段故事。

關於這段情節，一版與二版是完全不同的兩種故事，且來看看一版最勁爆的說法。

一版說小龍女願嫁公孫止，原因是小龍女被公孫止所救後，與公孫止相處數日，覺他氣度沉穆，識見淵博，實不似個鄉居孤陋之士，兼之文武全才，使得小龍女不禁微感傾心，暗想陪著他過一輩子，也就是了。

所謂「微感傾心」，絕對沒有別的解釋，就是小龍女當真愛上公孫止了，即使是「稍微感覺到一點愛」，那也是「愛」，無庸置疑。

公孫綠萼眼中的公孫止、小龍女二人也是「郎有情、妹有意」的，一版楊過曾問公孫綠萼他爹爹跟新媽媽誰武功較好，公孫綠萼回答楊過：「那當然是我爹爹強啦，否則新媽媽也不會答應嫁他。」可見以公孫綠萼的角度看，小龍女是仰慕公孫止的武功，才進一步與公孫止發展出戀情，並願意成為「公孫夫人」的。

原創意的一版完全不同於二版與新三版，一版的小龍女確實是因為愛上公孫止，才決定嫁給他。但不知道小龍女愛上公孫止這檔事，會不會在神鵰迷心中，成為淨白的小龍女身上的一抹蚊子血？也不知讀者能不能同意，小龍女居然也有過「精神外遇」？不過，不管讀者會不會比楊過還吐血，修訂為二版時，這個「用情不專」的小龍女就是被改寫了。二版之後的小龍女絕對忠於楊過，穿著淨白的她，也有著愛情的潔癖，在感情的道路上，她的心始終屬於楊過，絕對不會再有精神出軌的狀況發生！

【王二指間話】

我們在第十回談過，在一版的故事裡，楊過對小龍女的愛情一開始並不堅定，他是在與陸無雙、完顏萍摸索過男女情事之後，才確定自己真正的最愛是小龍女。

那麼，一版小龍女的愛情又是哪一種模式呢？若照一版「小龍女對公孫止微感傾心」的說法，小龍女的感情歸宿是有著公孫止與楊過兩個選項的。

公孫止的特色是年紀較大而舉止穩重，武藝有成且顯出名家風範，此外，他還是擁有「絕情谷」的地主富紳；兩相比較，楊過的特色是年紀較輕而言行活潑，武功正在成長且充滿朝氣，此外，雖然目前還沒有成就，但未來遠景不可限量。

在公孫止與楊過之間，小龍女究竟該選「大男人」公孫止，還是「小男人」楊過呢？

這是一種有趣的選擇，也是影視故事中常見的話題，譬如黛咪摩兒（Demi Moore）主演的電影「桃色交易」，說的就是黛咪夾在年紀較長的富商勞勃瑞福（Robert Redford），與年輕有夢的建築工程師伍迪哈里遜（Woody Harrelson）之間的故事。此外，李察吉爾（Richard Gere）主演的「第一武士」，說的也是桂妮維亞（Guinevere）要在年老有成就的亞瑟王，與年輕勇於冒險的藍斯洛（Launcelot）之間做選擇的故事。這兩部電影相同的結局是，黛咪與桂妮維亞的最後抉擇，都是選擇年紀與自己相近，可以相伴成長，共同經驗人生的男人。

一版小龍女也是這樣，雖然她有點喜歡公孫止，但最後仍確定自己的最愛還是楊過。有了老男人公孫止與小男人楊過的對照，她更明白自己深愛的就是楊過。

若以心理分析的角度來說，一版小龍女對公孫止確實有愛意，那麼，小龍女答應公孫止的求婚，是有意藉由當「公孫太太」，做心理上的「移情療傷」，讓自己從與楊過的情傷中走出來，因此即使情出刻意，她仍須將自己的愛情漸漸轉移到公孫止身上。

二版刪掉了小龍女「微感傾心」的一段描寫，這麼一來，小龍女願意與公孫止婚配，就成了「自我放逐」。「自我放逐」的小龍女以為隨意嫁給一個人，用婚姻綁住自己，就能強迫自己不能與楊過再續前緣。若真如此，那麼，小龍女遇上公孫止還算幸運，因為小龍女只是要「自我放逐」，不管誰對她獻殷勤，她都可能點頭答應對方的求婚，倘使此時出現的不是公孫止，而是瀟湘子、樊一翁或大頭鬼，小龍女豈不是有可能成為瀟湘子身邊的「殭屍太太」、形似武大郎的樊一翁老婆「潘金蓮」、或者是大頭鬼的妻子「鬼妻」？

二版將一版楊過、小龍女的愛情軌跡都做了修改，從二版再改成新三版，關於楊龍的愛情，新三版進一步強調陸無雙、完顏萍等人都只是楊過想起小龍女時的「替代品」，又細說小龍女於公孫止絕無感情，委身相事公孫止只是要成全楊過，不受自己的羈絆。

相信讀者們比較喜歡的會是二版與新三版的故事，若像一版的寫法，楊過彷彿韋小寶，品味過好幾個女人，才決定選小龍女；小龍女也像馬夫人康敏，這個嫁嫁、那個愛愛，才發現最愛是楊過。最後「韋小寶」楊過與「馬夫人」小龍女共組「神鵰俠侶」家庭，這般情侶將完全看不出有任何「神仙眷侶」的浪漫氣息。

《神鵰俠侶》是一部「武俠愛情小說」，更是金庸筆下的第一「情書」，以愛情小說而言，讓楊過與小龍女保持熊燃的愛火，始終只對一個人專情，從書始到書末都只珍愛對方一人，這樣的故事會比較好看。而在小龍女素白的衣服上，連一版那一抹蚊子血都洗掉，讓小龍女維持單純專情的一顆心，讀者們較能感受到楊龍愛情的純粹，也較能感受到真愛的美麗動人。

第十七回還有一些修改：

一．關於情花的外觀，一版說是似玫瑰而更香，如茉莉而增豔。二版改為似芙蓉而更香，如山茶而增豔。新三版再改為似玫瑰而更香，如山茶而增豔。

二．關於楊過對情花的觀感，新三版較二版增寫楊過對公孫綠萼說：「情是絕不掉的，谷名『絕情』，想絕去情愛，然而情隨人生，只要有人，便即有情，因此絕情谷中偏多情花。」

三．二版說公孫綠萼的外貌，較之程英之柔，陸無雙之俏，似乎微見遜色。新三版改為較之程英之柔，陸無雙之俏，似亦不見遜色，而此女清雅，勝於完顏萍。

四．老頑童被捉回絕情谷，二版說是因老頑童沒留神，才被四個弟子用漁網擒住，新三版改為老頑童想進谷胡鬧，才故意讓四個弟子用漁網擒住。

五．周伯通偷走楊過的剪刀與面具，楊過質問他，他說是跟楊過有來有往，楊過問何為有來有往，二版周伯通說：「現下我要賣個關子，不跟你說。」這個關子就是第十九回所說，周伯通後來將絕情谷盜來的絕情丹、夜明珠、靈芝、匕首包成小包偷放進楊過衣袋中，送給了楊過。新三版則改為周伯通說：「你曾大叫說是我朋友，叫他們放我，我就當你是朋友了。」周楊兩人既是朋友，取朋友的剪刀與面具應較無冒犯的問題。

六．關於金輪國師的銀輪跟銅輪，新三版較二版增寫，兩輪質地均為精鋼，甚為沉重，只外表鍍銀、鍍銅，色澤有別。二版改寫為新三版時，若二版的武器有純金、純銀等貴重金屬的描寫，新三版大體上都會加寫混有精鋼，以增強其硬度。

七．絕情谷的漁網，二版說是用極堅韌極柔軟的金絲鑄成。新三版改為是用極堅韌極柔軟的金絲混以鋼絲鑄成。此處改寫一樣是要增強硬度。

八．二版說金輪法王來到絕情谷，是要查谷主來歷。新三版改為金輪國師奉忽必烈之命，想拉攏周伯通。整體而言，新三版金輪國師較二版寬容大度。

九．樊一翁對楊過心生同情，因而要趕他出谷，二版樊一翁對楊過說：「你到底出不出去？」新三版改為樊一翁說：「小兄弟，你快走吧！」

十．楊過剪去樊一翁的長鬍子，二版說剪去二尺有餘，新三版改為一尺有餘。

十一．楊過為情花所刺而流血，一版公孫綠萼說情花最愛的就是人血，楊過這幾滴血吸進了體內，保管它的花兒開得加倍嬌豔芬芳。二版刪除了公孫綠萼這段話。一版改寫為二版時，金庸盡量將一版較為神異靈奇的敘述都刪除。

十二．一版說為情花所刺，三天三夜不能動相思之念。二版改為十二時辰不能動相思之念。

十三．一版說楊過站在美貌女子公孫綠萼身旁，見她神態嬌柔，偶爾心動，也是人之常情。若照一版這麼說，楊過被情花所刺而手指劇痛，乃是因對公孫綠萼動情所致。二版將這段刪去。

十四．楊過調笑公孫綠萼，說起「一笑傾國」的故事，一版楊過說：「古代周幽王烽火戲諸侯……」二版因楊過的文史程度降低，改為楊過說：「古時有一個什麼國王……」

十五．一版公孫綠萼說起媽媽死去，是在她十歲時，二版改為是在她六歲時。

十六．樊一翁的身高，一版說不過三尺，二版增為不逾四尺。

十七．一版說尹克西對各家各派的武功盡皆熟知。二版因尹克西的功力已被貶低，這說法也刪去了。

十八．提到尹克西那條金絲銀絲打造，鑲滿珠玉寶石的軟鞭時，一版大大讚了一回尹克西，說憑他這等高強武功，一雙肉掌已鮮有敵手，這軟鞭也不過是裝模作樣，自驕富豪而已。又說一般高手不是甘於貧賤，就是放浪江湖，像尹克西這般身擁重寶而沾沾自喜，武林中也算是唯此一人了。這一整段二版全數刪去。

十九．關於「絕情谷」，一版說從其外觀而另有名為「水仙幽谷」。二版刪去「水仙幽谷」

之名，統稱「絕情谷」。

二十．一版楊過的文學造詣頗佳，當他聽到公孫止說小龍女姓「柳」後，馬上想起唐人傳奇中「龍女牧羊，柳毅傳書」的故事，因而問公孫止：「尊夫人排行可是第二？」公孫止當場一怔，問他：「你怎知道？」二版因楊過文學造詣已被貶低，這段故事也全數被刪除了。

二一．一版小龍女吐血，是因聽楊過說：「原來世上尚有靈丹妙藥，可治柳姑娘之傷，我只道須用旁人之血治她才成呢！」一語敲中她心中之痛，這才吐血，二版刪去了楊過這般說法。

二二．一版說樊一翁的鬍子有三十年上的功力，二版改為十餘年功力。

楊過與公孫止爭奪「小龍女所有權」

——第十八回〈公孫谷主〉版本回較

第十八回是金庸在新三版改版著力頗深的一回，此回的重點是楊過與公孫止的「爭妻之戰」，這場血戰又分為上下兩個半場，上半場是「舊情人」楊過對「未婚夫」公孫止的「小龍女爭奪戰」，結果由楊過險勝，獎品是小龍女的一顆芳心。下半場則是「前未婚夫」公孫止對「新未婚夫」楊過的「小龍女保衛戰」，表面上的結果是公孫止以作弊手法「慘勝」，但雖勝猶敗，公孫止裡子面子再加上女兒公孫綠萼的愛情，全都賠給了楊過。

且來看這段楊過與公孫止「爭妻之戰」的版本差異。

先說上半場的「小龍女爭奪戰」，這一戰公孫止起先並未親自下場，而是令公孫綠萼等十六名絕情谷弟子擺下魚網陣，十六名弟子分站四方，每四人合持一張漁網，準備張網擒捉楊過。一版說漁網陣是模仿蜘蛛網，讓敵人落入網中，這才出手捕捉，二版刪去了「蜘蛛網」的說法，改為漁網戰術是十六個弟子逐步縮小圈子，以滴水不漏的方式網住楊過。

絕情谷弟子使出魚網陣後，一版說楊過身困漁網陣時，小龍女仍低手垂眉，不作一聲，但她的傷痛猶勝於楊過，因為楊過肆無忌憚的吐露心事，雖然難受，尚可發洩。小龍女卻是默默無言，滿腹情懷，縱是楊過亦不見諒。二版刪除了這段說法。

二版楊過最後逃出漁網陣，是因為公孫綠萼假意腳抽筋，露出一角缺口，楊過因而得以趁機竄逃出去。

新三版將此處改為，因為知道「女生外向」，打從一開始佈漁網陣，公孫止就把公孫綠萼換了下來。而楊過脫身出漁網陣的法門，是使用「天羅地網勢」，從兩張漁網間倏然逸出。

漁網陣擒拿楊過不得後，接下來，二版公孫止令弟子們佈下「刀鉤漁網陣」。「刀鉤漁網陣」跟「漁網陣」是一樣的，只是在網上加上刀鉤。面對「刀鉤漁網陣」的難關，楊過出言向小龍女借金鈴索與掌套，小龍女取出借他，並且告訴楊過，她已經決意跟隨楊過，因為她是他的妻子。而後楊過戴上金絲掌套，並抖出金鈴索，果真破了「刀鉤漁網陣」。

「刀鉤漁網陣」為楊過所破之後，公孫止親自下場決鬥楊過。楊過本想以金鈴擊打公孫止穴道，但公孫止有閉穴的功夫，因此傷他不得。而後，公孫止使出「鐵掌」，楊過卻能硬接他一掌。「鐵掌」既傷楊過不得，公孫止遂準備取兵器來戰楊過，楊過於是暫退到一旁等公孫止拿武器，就在此刻，小龍女竟當著大庭廣眾，幫楊過縫起了比武中破掉的袍子。

這段內容在新三版做了大幅增寫，新三版說楊過從漁網陣脫身後，公孫止原本就要下場，以「鐵掌」制服楊過，但楊過出手更快，他使出《玉女心經》的手法，繞到公孫止背後，在他背上穴道狂攻猛打，一陣擊打之後，公孫止竟說「多謝你給我搥背。」楊過這才訝異於公孫止高深的閉穴功夫。

接著，公孫止使出「鐵掌」，楊過則以古墓派功夫腳踢公孫止之腿。公孫止見狀，馬上反手抓住楊過左小腿，楊過於是乘勢撲摔到小龍女面前，並放開嗓子，長號假哭。

楊過的計謀奏效，這一假哭果真喚起了小龍女當年授業楊過的回憶。而後，小龍女拍了楊過的屁股，笑道：「起來，不准哭。」兩人就此握手相認。

絕情谷弟子接著佈下「刀鉤漁網陣」，楊過也向小龍女借來金鈴索與掌套，小龍女還微笑告訴楊過：「我自然是你的妻子。」而後楊過旋即順利破了「刀鉤漁網陣」。

「刀鉤漁網陣」為楊過所破後，公孫止再度以「鐵掌」與楊過較勁，楊過接了兩掌，已然胸口生痛，於是使出「天羅地網勢」，以快捷輕功繞到公孫止背後，打公孫止「大椎穴」與「至陽穴」，但公孫止有閉穴功夫，楊過依然形同搥背。急中生智的楊過靈機一動，取玉蜂針刺入公孫止的「中樞穴」，公孫止當下麻癢難當，狂叫急號。

中玉蜂針之毒後，公孫止同意若楊過給他解藥，就放楊龍二人出谷。楊過答允公孫止的條件交換，於是公孫綠蕚以小龍女的磁石為公孫止吸針，公孫止再服玉蜂蜜漿解毒。就在公孫止療傷解毒時，小龍女當眾為楊過縫補破掉的袍子。

豈料公孫止出爾反爾，解毒之後，又要取兵刃來戰楊過，小龍女問他為何言而無信，公孫止說他答應楊龍二人出谷，是小龍女必須先跟他成親，楊過也在谷中砍柴種花，十年之後，就讓他倆出谷，公孫止還說自己言而有信，絕不反覆無常。

而後，公孫止取出他的鋸齒金刀與黑劍。二版於此處介紹說，在公孫止的絕技裡，閉穴功夫、漁網陣、及金刀黑劍雙刃三項乃得自祖傳，但三項武功均有重大破綻，若為高手察覺，不免慘遭殺身之禍，後來公孫止學到了鐵掌門的功夫，補足了不少家傳武功的缺陷。這一大段說明新三版全刪了。一版的這一段又與二版不同，一版述及公孫止的武功，說世間一流高手或可與鐵掌功夫打成平手，漁網陣卻未必能破得，除非全真教弟子佈成天罡北斗陣，以陣鬥陣，功力高者得勝，而若陰陽雙刀使將出去，料想當世無人能敵。一版還說到陰陽雙刀的刀法有十九招。這些內容二版全刪改了。

接下來，公孫止以金黑雙刃戰到楊過慘敗，並用黑劍劍尖抵住楊過胸口。他原可殺了楊過，但後來同意小龍女的提議，讓楊龍二人合戰他的陰陽雙刃，以分出真正的勝負，如此他倆才能心服口服。這一段二版與新三版是一樣的。

決意合力拼鬥公孫止後，楊龍二人入劍室挑出「君子劍」與「淑女劍」為武器，在劍室中，小龍女投入楊過懷抱，楊過則親吻小龍女的唇，小龍女被吻得心魂俱醉，新三版還增寫說，楊過親小龍女，小龍女也湊嘴回吻。新三版的楊龍愛情甜蜜度遠勝於二版。

楊過與公孫止的「小龍女爭奪戰」上半場進行到此，公孫止原想以武力逼迫楊過放棄小龍女，但新三版的楊過反用「哀兵之策」搏取小龍女同情，並讓小龍女回憶起他倆在古墓的甜蜜生活。反觀公孫止，在這場爭鬥之後，公孫止不只把小龍女輸給楊過，更因背棄承諾，不願放楊龍出谷，賠掉自己的人格與信義。

下半場公孫止的「小龍女保衛戰」與上半場的較量方式不同，在下半場的較勁裡，公孫止不再令絕情谷的弟子們佈陣擒楊過，而是與楊過真刀真槍過招。在這場武藝決鬥中，一邊是公孫止拿著黑金雙刃單挑楊過，另一邊則起先由楊過獨戰公孫止，後來又變成楊過與小龍女各持君子劍與淑女劍合戰公孫止。

在二版的這場鬥劍裡，公孫止手持金黑雙刃，左右開弓，楊龍二人則使「玉女素心劍法」出劍共敵，互守互救。公孫止一人應付兩人，原本左支右絀，但楊龍二人使出「舉案齊眉」一式時，因小龍女柔情凝視楊過，催動了體內的情花之毒，導致右手手指劇痛，幾乎拿不住劍，而後，楊過溫柔地憐惜小龍女，體內情花之毒亦隨情而動。公孫止乘此良機，打落楊過的君子劍，楊過因此落敗，並遭絕情谷弟子綁縛。

經過改版的大幅增修，在新三版的這段故事裡，公孫止以「陰陽倒亂刃法」打得楊龍無力招架，楊龍亦曾使出「玉女素心劍法」，也用過「舉案齊眉」一式，然而，就從此處開始，新三版開展了與二版完全不同的兩條路。新三版楊龍使出「舉案齊眉」一式，將公孫止的金黑雙刃擋挑開後，公孫止以金刀刀背震得小龍女劇痛倒地。

小龍女倒地後，楊過立即使出「亭亭如蓋」一招，撲過來護在小龍女身上。公孫止乘隙揮刀來斬楊過，小龍女剎時挺出淑女劍，由楊過雙腿間刺進公孫止小腹。

公孫止受傷後，楊龍二人躍起，各自持劍指著公孫止的一邊眼睛。他倆本可雙劍併進，將公孫止當下了帳，但小龍女念及公孫止的救命之恩，因而告訴楊過：「饒了他罷?咱們回家去。」楊過聞言大喜，遂將君子、淑女雙劍交還公孫綠萼，準備雙雙返回古墓。

此時的楊龍二人情意纏綿，楊過摟住小龍女的腰，在她臉頰上輕輕一吻，小龍女亦柔情流露，兩人體內的情花之毒剎時又被催動。值此進攻良機，公孫止立即挺劍拿下了楊過，並指使絕情谷弟子以漁網綑縛楊過。

楊過與公孫止決戰的下半場到此告一段落，新三版雖然跟二版一樣，都以楊過受縛為結局，但過程一經改寫，公孫止的形象就完全不同了，新三版的公孫止在楊龍饒他一命之後，竟忘恩負義地劍擊楊過，成了不折不扣不要臉的卑鄙小人。

雄霸一方的公孫止因為渴求迎娶小龍女，居然淪落成色慾薰心的卑鄙小人，不知道公孫止會不會覺得倒楣？怎麼沒事下山採藥，卻無端沾惹上小龍女這「白衣女鬼」？一被這「白衣女鬼」上身，原本好端端在絕情谷當山大王的他，剎那間變成「小龍女爭奪戰」中出爾反爾的無賴，隨後還引爆一連串的連鎖效應，導致他家破人亡，事敗業散，好不悽慘。小龍女果真擁有一身特異體質，好好一個絕情谷，經她去來一趟，竟當真變成了貨真價實的「古墓派」。

【王二指閒話】

新三版第六回楊龍二人在古墓練「亭亭如蓋」，滿盈一片旖旎春光的大段增寫，在第十八回終於撥雲見日，讓讀者茅塞頓開，原來第六回的增寫隱藏的是第十八回大敗公孫止的伏筆，文學大師金庸又教讀者見識了他的功力。

第十八回也不只是用來呼應第六回而已，經過第十八回的增寫，讀者才能更深入明白《玉女心經》武功的實戰力量。

關於金庸筆下的武功，在「金庸看金庸小說」的問答中，有讀者問金庸他的小說中武功招式和名稱的靈感從哪來？金庸的回答是：「招式名稱有的是從書上得來的靈感，如『降龍十八掌』的招式是從易經上得來的靈感，有的是自己想的，我喜歡用一些比較特別的名稱，而不是一般武俠小說常會見到的招式，如『黑虎偷心』之類的，就太平常了，不能引起讀者的想像。」

這些出自「書上靈感」及「金庸研發」的武功，就是金庸武俠小說中的「自創品牌」武功。「自創品牌」的武功是金庸小說的「金字招牌」，而金庸改版的重點之一，就是將「自創品牌」的武功描述得更加深刻，讓這些武功更深植讀者心中。

所謂的「自創品牌」武功，以《射鵰》而言，即是《九陰真經》、「降龍十八掌」、「空明拳」等等。打從一版連載的年代，金庸創作的這幾種功夫就已經是武俠讀者耳熟能詳的武功。而雖然這些武功在讀者心中已有鮮明的印象，在二版改寫為新三版時，金庸仍然花了不少心力增寫

「降龍十八掌」等幾種武功的細節，企圖讓每種「自創品牌」的武功都有其肌理血肉，而不是徒具虛名的武功名稱。

《神鵰》的「自創品牌」武功即是《玉女心經》，金庸在新三版《神鵰》花了偌大心力增寫第六回與第十八回，就是要將《玉女心經》這「自創品牌」的武功，變成像「降龍十八掌」一般，「金庸味」濃厚，且獨具特色的武功。

此外，在新三版這一回中，公孫止被改寫成毫無信用的忘恩負義小人，這與金庸一貫的創作技巧是極為相符的。

在金庸的寫作模式裡，只要是男主角的情敵，幾乎都會被潑臭水，成為人格鄙賤的小人。在改版的過程裡，金庸往男主角身上噴灑的香水越來越香，向情敵潑出的臭水則是越來越臭。

在金庸書系中，男主角的情敵往往都有著比男主角更好的身價、地位等外在條件，譬如郭靖的情敵歐陽克是白駝山少主、張無忌的情敵宋青書是武當派第三代當然掌門人，段譽的情敵慕容復是慕容世家翩翩佳公子，韋小寶的情敵鄭克塽則是延平郡王二公子。

金庸創造的男主角之所以能打敗情敵，讓女主角投入懷抱，絕不是因為身價、武功或地位超越情敵。金庸的創作邏輯向來是這樣的，在愛情的競爭裡，隨著故事推衍，金庸一定會讓男主角的性格越來越光風霽月，情敵的性格卻越來越卑鄙無恥。因此，歐陽克是拈花惹草的淫賊，宋青書是殺害莫聲谷的惡姪，慕容復是拋棄王語嫣的無情漢，鄭克塽則是殺害陳近南的紈絝子弟，卑劣的人格正是情敵們成為愛情敗將的真正原因。

按照金庸的創造鐵則，情敵的人格絕對比不上男主角，也配不上女主角，因此他們一定會在愛情中出局。

以二版的公孫止來說，他在愛情裡輸給楊過，原因是小龍女與楊過有情於先，小龍女又念舊於後，最後才會選擇隨楊過而去。這樣的寫法難免令讀者們心生疑惑，某些讀者會想，以公孫止有土有財有社會地位的優越條件，小龍女跟他在一起，或許還比嫁給楊過幸福。在愛情的抉擇裡，小龍女選擇楊過而不選公孫止，二版並沒有道出讓讀者心服口服的理由。

為了說服讀者楊過才是小龍女的真命天子，在改寫二版為新三版時，金庸展現了他一貫的創作手法，也就是往公孫止身上猛澆臭水，藉由比武中的權謀技倆，將公孫止改寫成反覆無常、忘恩負義、人格卑劣的小人。這麼一來，楊過與公孫止的差距就如天與地，不論武功或外在條件如何，以人格的優劣來說，唯有楊過才能匹配小龍女，也只有在楊過身邊，小龍女才能得到終生的幸福。至於公孫止，那當然是靠邊站了。

第十八回還有一些修改：

一・楊過打得樊一翁團團轉後，二版楊過又向公孫止叫陣，他對樊一翁說：「你能立定不倒，算你是英雄好漢。只怕你師父差勁，教出來的徒兒上陣要摔交。」新三版刪了這段話，因為這段話把楊過的器量寫小了。

二・二版玉蜂針的成份是七成金，三成鋼，新三版改為六成金，四成鋼。增加鋼的比例是要強化硬度。

三・二版說公孫止的兵刃鋸齒刀是黃金打造，新三版改為鋼刀外鍍了黃金。改寫的原因還是出於硬度上的考慮。此外，一版說公孫止的黑劍是刀不像刀，劍不像劍的黑色兵刃，二版正名為黑劍。

四・二版說楊過不喜歡「君子」、「淑女」兩劍的形狀，新三版刪了這說法。

五・新三版較二版增寫了一段公孫綠萼的心情，說公孫綠萼年方十八，正當情竇初開之年，但絕情谷中男人人人言語無味，皆以無情為高，而後遇上楊過，舉止跳脫，言語可喜，公孫綠萼因此心魂俱醉，無可抗禦，一縷情絲牢牢繫到楊過身上。

六．公孫止準備在楊過身上堆滿情花時，小龍女也在一旁，一版公孫止為免小龍女出手救楊過，命四名弟子用漁網縛住小龍女，說要直到小龍女允他成親，才解開漁網。二版刪去了綑縛小龍女的描寫。

七．一版說楊過將母親去世的帳也算在郭靖夫婦頭上，因為若非郭靖夫婦害死楊康，秦南琴就不須捕蛇維生，也就不會遭毒蛇所噬而死，因此秦南琴之死也是郭靖夫婦害的。二版楊過的母親是穆念慈，這段自然是刪去了。

八．公孫綠萼答應幫楊過取情花解藥，楊過苦等遲遲不來的公孫綠萼，忽聽兩名綠衫弟子持刑杖而來，一版楊過想的是：「難道綠萼被她父親所擒，因而要處她刑罰嗎？」二版因楊過心繫小龍女，改為楊過想的是：「姑姑寧死不屈，這無恥谷主竟要對她苦刑逼迫！」

楊過化詩句為劍招——第十九回〈地底老婦〉、第二十回〈俠之大者〉版本回較

在地底石窟中打過鱷魚後，楊過帶著裘千尺與公孫綠蕚從地底回來了。但才剛返回絕情谷水仙莊，楊過就聽聞大殿想起了鼓樂之聲。

楊過趨前一看，乖乖不得了，自己的未婚妻小龍女竟然穿上了新娘禮服，正準備與公孫止拜堂。情急之下，楊過連忙上前拉下小龍女，並扯碎她身上的鳳冠霞帔。

楊過的舉動當然惹惱了公孫止，隨後兩人即大打出手。

且來看看這段楊過大戰公孫止故事的版本差異。

在這一回合的「爭妻之戰」中，起先是楊過與小龍女使出「君子」與「淑女」雙劍，對戰公孫止的陰陽倒亂刃法。但因楊過身中情花之毒，不敢與小龍女情意相通，因此無法雙劍合璧。而對於公孫止來說，對手雖是楊龍二人，但他唯一的敵人只有情敵楊過，因此他的金刀黑劍全往楊過身上招呼。

幸而裘千尺向楊過授招，她告訴楊過，公孫止的招數是「假刀非刀，假劍非劍；刀即是刀，

劍即是劍。」也就是說，公孫止的刀上劍招與劍上刀招全都只是花招，唯有刀使刀招，劍使劍招方是真招。新三版還較二版增寫說，因為楊過知曉了「刀即是刀，劍即是劍」的招理，故而在公孫止右脅與腿上各刺一劍。

被楊過刺傷後，公孫止一時情急，也沒心思顧全她那無情的「柳妹」了。為了擾亂楊過，他將劍招攻向小龍女。而後小龍女右臂受創，重傷出場，獨留楊過決戰公孫止。

小龍女退出後，楊過獨戰公孫止。此時，只見楊過一邊揮劍，一邊吟唱：「良馬既閒，麗服有暉，左攬繁弱，右接忘歸。」接著再吟：「風馳電逝，躡景追風。凌厲中原，顧盼生姿。」吟至「凌厲中原，顧盼生姿」一句時，手上也是迅猛之餘，繼以飄逸，而後，楊過又吟：「息徒蘭圃，秣馬華山。流磻平皋，垂綸長川。目送歸鴻，手揮五絃。」吟來淡然自得，劍法卻大開大闔。

因為功法殊異，連公孫止都大驚：「這小子的古怪功夫真多。」

而為什麼楊過能使這套「四言詩劍法」呢？二版楊過向小龍女解釋說，他是在療傷時，讀了床邊的一本詩集，因見詩好，就記了下來。記詩之後，又想到朱子柳能以書法入武功，他於是師法朱子柳，將詩句化入武功中。

這段故事在新三版做了改寫，關於楊過能使「四言詩劍法」，新三版增寫了一段解釋，說楊過在程英的茅舍養傷時，翻到一本四言詩集，讀來心曠神怡，又因他是學武之人，事事與武功聯想，口裡讀著詩句，心中便虛擬劍招，並將劍招與詩句配合成一套武功。他本來要拿這套劍招來對付李莫愁，後來沒用上，今日卻用在公孫止身上。

若照二版的說法，楊過是能詩能劍，文武雙全的才子俠士，他先品詩，再將「詩」與「劍」整合成一套武功，但經過新三版的改寫，楊過就只是拿著詩集當作武功秘笈來模擬劍招。二版的「楊大才子」在新三版變成了純粹的「楊大劍客」，他的才子氣息隨著二版改寫為新三版而被淡化了。

【王二指閒話】

金庸修訂改版的原則之一，就是降低男主角的文學造詣。

在《書劍恩仇錄》後記中，金庸針對他革掉一版陳家洛的解元之銜，曾做出這樣的解釋：「陳家洛在初作中本是解元，但想解元的詩不可能如此拙劣，因此修訂時削足適履，革去了他的解元頭銜。」

改版之後文學造詣被貶低的男主角，可不只陳家洛一人，《射鵰》從一版修訂為二版，郭靖也由一版本可品評韓世忠的詩作，變成二版不辨詩好詩壞，國學程度較差的江湖人物。

二版修改成新三版時，金庸也將楊過的文學造詣往下拉。比如第十五回程英吹奏「湛奧」之曲時，二版的楊過還能順著程英的曲子低吟：「瞻彼湛奧，綠竹猗猗，有匪君子，如切如磋，如琢如磨。」新三版則改為楊過完全記不得是什麼句子。第二十回也按這原則做了修改，在這一回裡，二版楊過賞讀吟唱過嵇康的「良馬既閑，麗服有暉。」等四言詩，而後在與公孫止鬥劍之時，即能臨場將武功融入詩句，新三版則改為楊過原本就將嵇康詩集當作武功書籍捧讀，並且配以劍招，這樣的描寫就完全不涉及楊過是否有品評詩作好壞的能力。

何以金庸要將郭靖、楊過等男主角的文學造詣往下拉呢？這是因為在金庸的創造歷程裡，他對「俠」的定位越來越鮮明。在一版金庸小說中，陳家洛堪稱是文可中解元，武能敵群雄的文武全才，郭靖則是上馬可領軍隊，下馬可傲江湖的俠士將軍，此般既是文人，又是武人，或者既是大俠，又是將軍的角色，經過金庸創作過程的摸索與思考，完全不復於《神鵰》之後的小說主角中出現。《神鵰》之後的主角俠士文既不須點狀元，武也不必領三軍，俠士只要單純地成為「武林英雄」即可，不必同時又是才子或將軍。

正因為主角俠士是純粹的武林英雄，因此金庸雕塑俠士時，只需著墨於他們如何習武、如何得到秘笈、如何從比武中頓悟出武術的智慧、如何於挫敗中找尋新的武藝方向、以及如何在練成一身武功後行俠仗義，這也才是專為武俠小說量身訂作的主角。

金庸既不將其筆下「大俠」定位為允文允武的完美人物，因此藉由改版修訂，讓主角們更能發揮他們武術的長處，同時更突顯他們文學涵養上的短處，讓他們不要當「完人」，而是既有所長，亦有所短的「凡人」，或許會更貼近讀者的心，畢竟這樣的人物會更真實一些。而相較於武術專業，既然文學造詣只是等而下之的業餘能力，那就何妨讓俠士在文學上笨拙一點，這樣的俠士或許還更討喜一些。

第十九回還有一些修改：

一、二版裘千尺冷笑地道出公孫綠萼的生辰八字，並告訴公孫綠萼：「你今年十八歲，二月初三的生日，戌時生，對不對？」，但裘千尺在地底十多年，理當無法估算時間的流逝，新三版因此改為裘千尺說：「你是甲申年二月初三的生日，戌時生，對不對？」

二・楊過拉公孫綠萼出石窟時，因受樊一翁攻擊，導致公孫綠萼中途下墜，新三版增寫公孫綠萼心想：「他（楊過）要摔死我嗎？不會，決計不會。」

三・裘千尺在石窟中苦練內功，因心無旁騖，二版說她練十四年能抵旁人二十八年，新三版改為她練十二年能抵旁人二十四年。

四・公孫止亮出裘千仞的來信，二版說是數年前寄來的，新三版改為十年前。

五・楊過意外發現周伯通塞進他長袍的絕情丹後，公孫綠萼告知楊過絕情丹就只這麼一枚，一版公孫綠萼解釋說，她曾聽大師兄講：「本有兩枚，後來不知怎地，只賸下了一枚，而這調製丹藥之法現已失傳，連我爹爹也不知道。」二版改為公孫綠萼聽大師兄說，絕情丹「本來很多，後來不知怎地，只賸下了一枚，而這丹藥配製極難，諸般珍貴藥材無法找全。」

六・楊過準備帶裘千尺母女離開地底石窟，抬頭望向透光的洞穴出口，一版說洞穴出口離地有二百來丈，若想爬棗樹出去，棗樹只有七八丈高，二版改為洞穴出口離地一百來丈，棗樹則是四五丈高。而後楊過爬向洞穴出口，一版楊過爬了百餘丈，至離洞二十來丈處，發現石壁光滑，無法繼續往上爬，二版改為楊過爬了六七十丈，至離洞七八丈處，因石壁光滑無法前進。因為出口高度不同，楊過製作出洞用的樹皮長索，長度也隨之不同，一版說長索有兩百來丈，二版改為百餘丈。而後公孫綠蕚摔下，一版摔落之處是在離洞口數十丈處，二版改為離洞數丈處。一版改為二版時，將裘千尺受禁錮的這座洞窟深度減少的原因，應該是要避免情節過度誇張。

七．裘千尺告訴樊一翁的點穴口訣，一版是「靈台小損，百脈俱廢。」二版改為「靈台有損，百脈俱廢。」

八．楊過讓小龍女服下絕情丹，一版公孫綠蕚急叫：「你給她吃了，你自己呢？」小龍女因而知曉楊過未服解藥。二版刪去了這段情節。

第二十回還有一些修改：

一．二版楊過告訴小龍女，他這一生最快活的時光是與小龍女在古墓廝守之時，那時的他叫小龍女「姑姑」，因此到死他都要叫她「姑姑」，新三版增寫楊過又說他心裡叫小龍女「媳婦兒」，小龍女也笑著回他，說：「那時我打你屁股，你也很快活嗎？」

二．忽必烈見金輪國師與尼摩星鬥法，出面當兩人的和事佬，二版金輪國師向忽必烈告狀：

「這位尼兄武學大有獨到之處，難得難得。」尼摩星也不甘示弱，說：「我道蒙古第一國師如何了不起，原來……哼哼！」二版改寫為新三版時，為了增大金輪國師的器量，將這類「告狀」的言詞都刪掉了。

三．襄陽城守將一版是呂文煥，二版改為呂文德，新三版又改回呂文煥。一版曾提及：「十餘年前蒙古軍攻襄陽之時，守城的安撫使名叫呂文德，正是當今守將呂文煥的胞兄。」一向重視史識的金庸，不知為何將一版符合史實的呂文煥，改為二版不符史實的呂文德。為求忠於史實，二版改為新三版時，襄陽城守將又改回一版符合史實的呂文煥，新三版還加注解釋：「鎮守襄陽城之安撫使原為呂文德，因守城有功，升為宋朝樞密副使，受宰相賈似道拉攏，與其結黨，襄陽改由其弟呂文煥任安撫使。」

四．郭靖設酒宴為楊龍接風，大小武也一起入席，二版說大小武一直避開郭芙的目光，新三版改說兩人似心神不屬。新三版的寫法較為傳神。

五．楊過原欲乘郭靖酣眠時刺殺郭靖，新三版較二版增寫，楊過殺郭靖前想到曾三擊掌為誓，答應程英，他下手殺郭靖前定會三思。

六．楊過與小龍女離開絕情谷時，一版說楊過入谷前將瘦馬留在谷外，因此一聲呼哨，瘦馬就從樹林中竄了出來。二版刪掉了瘦馬之事。

七．忽必烈殺頌揚郭靖用兵如神的百夫長鄂爾多後，一版忽必烈問楊過：「楊兄弟，你必知孤意，向諸將說說吧。」楊過心中一動：「此人手段厲害，我何必逞一時口舌之快，而遭其忌？」當即答道：「小人也正不明白呢！」如此寫法顯得忽必烈太也妒賢忌能，二版將這段刪了。

八．郭靖攜楊過回自己臥室，一版楊過暗悔：「早知黃蓉是我殺父仇家，又何必拼命相救？」但轉念一想：「若是她死在法王手下，我便無法手刃仇人。我更因此而不能見得傻姑，只怕我終生認賊為親，可見冥冥之中，自有天意。」這段描述將楊過的器量寫得雞腸鳥肚，二版因此全刪除了。

楊過打從內心將郭靖當成爸爸——第二十一回〈襄陽鏖兵〉版本回較

金輪國師擄得大小武後，以他倆為人質，向郭靖下戰帖，要郭靖到蒙古軍營將他兩個寶貝徒弟領回去。郭靖聞訊之後，愛徒心切，決定勇赴敵營。

楊過報父仇的機會到了，他準備與小龍女一起當郭靖的隨身僮兒，一齊前往忽必烈大帳，再趁機殺了郭靖。

且來看這段楊過謀害郭靖故事的版本變革。

楊過刺殺郭靖的目的有二，一是可以為他素未謀面的老爸楊康報仇，二是可以與裘千尺交換半枚絕情丹，延長自己僅剩沒幾天的小命。

但楊過的計謀被黃蓉識破了，為防楊過搞鬼，黃蓉請小龍女留下來陪她待產，也就是當人質。至於營救大小武，就由楊過一人陪同郭靖前往蒙古軍營即可。雖說計謀被黃蓉識破，新三版較二版增寫說：楊過心想：「你們想扣住姑姑，未必能夠。襄陽城中郭伯伯既然不在，又有誰能勝得了我的媳婦兒？」可知新三版楊過並不在乎黃蓉是否拿小龍女當人質，亦覺得自己所謀必成。

而後郭靖帶著楊過勇赴忽必烈大帳，也順利換回了大小武。在蒙古大帳中，郭靖與忽必烈言語交鋒後，忽必烈展現他的王子大度，同意讓郭靖安然離開大帳。哪知郭靖才踏步出帳，八名蒙古大漢就以摔跤術考較郭靖來了。新三版在此增寫說，這是因為忽必烈不願親自下令捉拿郭靖，傷了故人情誼，但在帳外伏有兵馬，待和他告別後這才擒拿。

郭靖的摔跤術技壓八名大漢，緊接著，除了忽必烈調動千人隊圍困郭楊二人外，金輪國師、尼摩星、尹克西、瀟湘子、麻光佐等武林高手也前來留難郭靖。

關於郭靖與金輪國師等人的一路相鬥，從二版到新三版，戰鬥內容的描寫大同小異，但修訂為新三版後，將二版一些削弱金輪國師等人物性格的語句都剔除了，因此新三版的這場爭鬥，將顯出郭靖比二版更為勇猛，金輪國師則更為沉著。

新三版先增寫金輪國師再度使用金輪，並提到當年在大勝關爭奪武林盟主時，金輪國師原本使用的金輪為楊過所奪，後來他自覺少了金輪，未免與自己的名號不符，因此又重鑄一個與先前形狀重量皆相同的金輪。

面對金輪國師五人的攻勢，郭靖審慎評估後，先出手將武功較弱的尹克西打傷。尹克西受傷後，二版說金輪國師三人「一則以喜，一則以懼」，喜是因少了一人搶「蒙古第一勇士」的頭銜，懼則因害怕自己亦為郭靖所折。這段描述因有傷金輪國師威風，新三版刪了。

而後，金輪國師三人圍攻郭靖，郭靖亦估量過三人的武功。二版說郭靖心中最忌憚的仍是金輪法王。這句話削弱了郭靖的武勇之感，新三版刪除了。

而後，楊過獨鬥麻光佐，郭靖力戰金輪三人。郭靖暫時逼開瀟湘子與尼摩星後，準備搶進蒙古大軍軍陣之中，二版說郭靖奪來兩把長矛，背上如長眼睛般，往後分刺金輪法王右肩及胸口，企圖乘勢躍入軍陣。而見到郭靖的武功，金輪國師還「暗暗喝彩」，但金輪國師正與郭靖交戰得如火如荼，怎會為敵人喝彩呢？新三版因此將這段敘述刪除了。

故事漸漸推展到最緊張的階段，小紅馬也奔進蒙軍戰陣來尋找郭靖，楊過眼見郭靖將逃出生天，再也無法假他人之手殺郭靖，於是假裝走了體內真氣，將郭靖引了過來。郭靖見到楊過走火氣岔，忙將楊過負於自己背後，準備揹著他殺出重圍。

此時的楊過再問一次郭靖，他父親楊康是否郭靖非殺不可之人，郭靖順口回答：「他認賊作父，叛國害民，人人得而誅之。」聞聽郭靖之言，楊過決定殺郭靖以報父仇。

關於楊過的預謀殺郭靖，新三版將二版的故事做了大翻修，二版的故事是：楊過提起君子劍，準備插入郭靖後頸，但瀟湘子怕楊過搶了「蒙古第一勇士」之名，因此揮哭喪棒來擋楊過之劍。楊過三次殺郭靖，瀟湘子也三次擋楊過，最後瀟湘子被郭靖打傷離開。

而後，尼摩星又挺鐵杖來戰郭靖，郭靖因分七成勁力對抗金輪國師，竟為尼摩星刺傷左脅，金輪國師遂乘隙來攻。受傷後的郭靖仍一心護念楊過，說自己要幫他擋敵人，為他掩護，叫他自行搶馬離開。

此刻的楊過終於感受到郭靖三番兩次救他愛他之心，因而胸口熱血上湧，心想若不以一命報他一命，真是枉在人世了。於是，楊過提起君子劍與郭靖共戰金輪三人，直到馮鐵匠前來支援。

新三版的改寫是從楊過質問郭靖是否楊康非殺不可開始，在郭靖與二版一樣告訴楊過楊康「人人得而誅之」後，楊過本也興起了殺郭靖之心，但就在這電光石火的一刻，楊過想起前晚郭靖大耗真氣幫自己調氣順息的情意，原來楊過一直希望能有個愛護自己，保護自己的父親，而郭靖就是自己所盼望的父親，楊過因此對郭靖湧起了孺慕之情，他繼而再想，「親生父親」只是個虛無渺茫的意念，而眼前這個猶如己父，拼命救護自己的人，自己真要下手將他殺死嗎？

新三版楊過在潛意識裡已將郭靖當成了「爸爸」，倆人的情感更像是父子之情。

經過這段增寫鋪陳，新三版的楊過不刺郭靖了，改為瀟湘子棒擊郭靖，被楊過隔開，最後郭靖還是為了保護楊過而被尼摩星的鐵杖所傷，楊過則決定與郭靖同生共死，一齊對抗金輪國師三人。

經過新三版的改寫，郭靖就成了楊過心中認為的爸爸，而楊過的行俠仗義，也就是承襲乃父之風，這麼一來，《神鵰》的俠義之風即是傳承自《射鵰》，兩書的連結也就更緊密了！

【王二指閒話】

以文學技巧而言，武俠小說的情節要拉到高潮，主要有兩種方式，一是「高手對決」，二是「主角之死」。

金庸在《神鵰俠侶》中，將兩種技巧各用兩次。兩次「高手對決」分別是楊過對郭靖的「正正對決」，及楊過對金輪國師的「正邪對決」。「主角之死」則前有小龍女失蹤，後有楊過跳絕情谷自盡。

「正正對決」的精彩度當然勝於「正邪對決」，在楊過與金輪法王進行正邪之間的最後決戰時，讀者或許不知道楊過將用什麼方法贏取勝利，但用膝蓋想都知道楊過定然會勝出。相較之下，楊過與郭靖間的戰鬥更能讓讀者的神經緊繃起來，因為讀者既不預期郭靖會打輸，同樣也不相信楊過會戰敗，因此，這場「大俠」郭靖與「小俠」楊過的對決，勢必將《神鵰》的張力拉到滿弓。

楊過與郭靖的對決是《神鵰》全書的高潮所在，說來小說情節一路安排楊過學得《九陰真經》、《玉女心經》、「打狗棒法」、「蛤蟆功」、「玉簫劍法」等各派武功，就是要讓楊過身兼東邪、西毒、北丐、中神通、林朝英等諸大高手之長，將楊過「速成」至一流高手的境界，而楊過迅速發展最重要的目的之一，就是要跟郭靖對決。

郭楊之戰的緊張度大於胡斐與苗人鳳之戰，原因在於胡斐與苗人鳳分居主角與配角，角色重量上胡遠超於苗，郭靖與楊過兩人則各是《射鵰》與《神鵰》的男主角，角色重量相等，郭楊開打，可以把讀者的心拉到咽喉，讀者們將非常期待郭楊二人的較量結果，看是誰更勝誰一籌。

出乎讀者意料的是，金庸跳脫了勝敗輸贏的思考邏輯，他安排郭楊之戰的結果是郭靖以人格感化了楊過，這麼一來，原本讓讀者緊張度膨脹到極點的郭楊大決戰，就轉化成了皆大歡喜的「郭靖將楊過拉拔成『大俠』接班人」。

楊過的人格原本還亦正亦邪地跳躍著，經過郭靖的感化後，他成了真正的俠士，並正式朝

「為國為民，俠之大者」的目標前進，如此一來，楊過就成了郭靖「大俠精神」的真正繼承人，而「英雄傳承」的情節是讓讀者們熱血沸騰的。

然而，即使同樣是「英雄傳承」，由二版改寫為新三版時，金庸依然發揮了他饒富巧思的改版創意。

以二版的情節來說，楊過本來疑心郭靖是不共戴天的殺父仇人，因而必欲殺之而後快，而後郭靖三番兩次捨身相救，成為他的救命恩人，楊過才願意以命相報。倘使楊過如二版所述，他就只是恩仇必報的江湖武人罷了，這樣的神鵰大俠又有什麼特色，得以鶴立於群俠之上？

改寫後的新三版顯得圓融許多，新三版楊過於郭靖有著兒子對父親般的「愛」。而就因為以赤子之心孺慕著郭靖，楊過方能盡釋前仇，成為承繼郭靖的俠者，這樣的改寫讓情節轉堅硬為溫柔。盈滿著「愛」的楊過，既有著與小龍女的愛情，也有著與郭靖的親情，更有著廣澤江湖的大愛，這樣的楊過才是真正慈悲與智慧的「神鵰大俠」。

郭靖對「大俠」的定義是「為國為民，俠之大者」，但「為國為民」也可能是在責任感的驅策下，強迫自己勉力而為。楊過與郭靖的不同之處是，他進一步將俠者的情操提昇為「愛國愛民，俠之大者」，這樣的神鵰大俠在救國救民的時候，有著更多源自愛與喜悅的行動力。雖然楊過不見得像郭靖投注畢生心力於俠義事業，但在每一次行俠的當下，我們都可以看到他濟世救人的熱情。「愛」是神鵰大俠真正的動力之源，新三版的改寫可說是畫龍，更點出了眼睛。

第二十一回還有一些修改：

一．關於郭靖在襄陽城施展的「上天梯」，新三版較二版增寫，郭靖曾隨馬鈺練「金雁功」，並在蒙古攀登懸崖。因為有「金雁功」當武功根柢，練「上天梯」時即有扎實的基礎。這段增寫是要將《神鵰》與《射鵰》的故事扣合得更緊密。

二．二版金輪國師射郭靖用「鐵弓」，新三版改為用「硬弓」。

三．小武向郭芙說完心事，大武隨即出現，隱伏在旁的楊龍二人微微一驚，二版說大武比楊龍二人早到，否則他到來楊龍二人不能不知，但以楊龍二人的功力，怎可能對大武的呼吸之聲完全不察？新三版改說楊龍認為是小武與郭芙走到花園，大武跟在後面。但新三版的說法依然不太合理，以楊龍當時的功力，郭芙一行是兩人或是三人，理應分得出來。

四．金輪國師寫給郭靖的書信，二版自稱「金輪法王」，新三版改為自稱「金輪大喇嘛」。

五．瀟湘子欲以蟾蜍毒砂毒倒郭靖而未果，二版瀟湘子暗想：「便是獅虎猛獸，遇到我棒中的蟾蜍毒砂也得暈倒，他居然若無其事，這可奇了。」新三版將這段暗想刪去了。

六．楊過來到襄陽，一版郭靖再次向黃蓉提起要楊過跟郭芙早日成親。二版改為郭靖大讚楊過奪回武林盟主之位，又兩度相救黃蓉與郭芙，深具俠義之心。黃蓉告訴郭靖，楊過與小龍女萬難拆開，郭靖則希望黃蓉莫讓楊龍二人誤入岐途。

七．郭靖上襄陽城牆後，以左手舞動袍子當盾牌擋箭，一版說郭靖的座騎身中三十餘枝長箭，二版改為數百枝，二版較能展現郭靖的功力與戰事的慘烈。

八．楊過的馬，一版叫「追風瘦馬」，二版則由毛色改稱其名為「黃毛瘦馬」。

九．一版忽必烈讚揚郭靖，說：「郭叔父英雄氣概，當年荊軻聶政，有所不及。」二版改為忽必烈說：「郭叔父英雄無敵，我蒙古兵將提及，無不欽仰。」二版用詞較符合忽必烈蒙古王子的身份。

十．一版說郭靖與楊過身陷蒙古軍營時，郭靖覺得己方以二敵四，決不能取勝，但只要打倒一人，就能俟機逃走。這段描述二版刪了。

十一．楊過要馬光佐在戰陣中小聲講話，一版馬光佐說：「我不怕那狗娘養的大和尚。」這句話似乎沒來由地針對金輪法王而發。二版將馬光佐的話改為較切實的：「我不怕這個郭靖。」

十二．郭靖與金輪國師等人交手時還念及楊過，一版郭靖想的是楊過與馬光佐相鬥，不知勝敗如何？但如此的說法顯得郭靖似乎不知道楊過的武功層次高於馬光佐，二版因此改為郭靖想的是馬光佐武功平平，楊過應該已經料理了他。

十三．金輪國師的外貌，一版說是胖大和尚，二版改為高瘦和尚。

霍都費盡苦心要顛覆丐幫——第二十二回〈危城女嬰〉版本回較

郭襄才剛誕生，即成了楊過與小龍女、李莫愁、及金輪國師爭奪的對象。李莫愁想用郭襄來交換《玉女心經》，金輪國師想拿郭襄來勒索郭靖，楊過則想將郭襄交還郭靖黃蓉，三方人馬你爭我奪。

且來看看這段故事的版本差異。

就在楊過等三路人馬追打得不可開交時，一版又多了第四路人馬出來，這中途加入戰局的是霍都。霍都當程咬金中場殺出的目的，只不過是想乘亂調戲小龍女。

一版的這段故事是：李莫愁抱走郭襄後，小龍女追趕李莫愁，李莫愁卻一口咬定郭襄是小龍女的親生女兒，小龍女邊跑邊辯解，因此漸漸落後，就在此刻，霍都出現了。

霍都一出現，就想拿他的摺扇碰觸小龍女，還故作風雅地吟詩作對：「豈難道豔如桃李，竟須冷若冰霜？」又說：「美人一顧之恩，小王竟也沒福消受嗎？」惹得小龍女雖不知這半路出手的是誰，卻還是馬上告訴他：「別纏我。」

看清來人是霍都後，小龍女對他說：「我有要事在身，你沒瞧見嗎？」霍都見她神色和易，並不發怒，當場又想做一場愛的告白。一版解釋說霍都於終南山求娶小龍女未成，且未見小龍女之面，心中還不怎樣，後來在荊紫關英雄大會親覩小龍女玉貌，想不到世間竟有如斯麗人，從此魂牽夢繫，日思夜想。

此刻霍都與小龍女單獨相對，想一吐情愫，見小龍女要跑開，還以為她是少女嬌羞靦腆，於是張開雙臂，在她面前一攔，笑說：「當日小王親率群豪，拜門求親，這番痴心，竟不值姑娘一顧嗎？」

霍都的自命風流逼得小龍女只好劍上說話，她一劍刺得霍都右肩血染錦袍，但霍都覺得小龍女劍招狠辣，神色卻平和，想來是以劍試他是否真心相愛，因此垂下摺扇，不再還招。小龍女原要再刺霍都胸口，不料霍都竟將胸口往前一挺，心中還想：「你必不殺我。」小龍女不知他在搗什麼鬼，轉刺他肩頭，一劍深入，霍都劇痛透骨，但心中大喜：「她果然是試我來著，沒刺我胸口。」

被霍都這麼一耽擱後，小龍女再繼續追趕李莫愁一行，但已遠遠落後。

一版這一大段霍都調戲小龍女，無賴潑皮，肉麻當有趣的情節，二版全刪除了。

在改版的過程裡，金庸決定塑造一個全新形象的霍都，二版刪掉了一版這段霍都的無賴情節，而後，在二版修改為新三版時，金庸又大幅增寫霍都的出身與志向，大刀闊斧地重新雕塑出完全不同於二版的霍都。

在新三版第二十四回老頑童盜王旗事件之後，忽必烈宴請群雄，大臣子聰派人去請霍都王子，此時子聰向忽必烈說起霍都的身世，原來霍都是成吉思汗義兄札木合的孫子。當年札木合與成吉思汗失和交戰，為成吉思汗所擒，成吉思汗為防札木合部族作亂反叛，下令將札木合壓死，卻又下令將札木合子孫世世代代封為王子，霍都是札木合的後人，因此才稱為王子。

霍都心高氣傲，不願坐享尊榮，他拜金輪大喇嘛為師，苦練武功亦有小成，原本在朝裡做官，很會諂諛奉承，甚得窩闊台大汗歡心，亦能得繼窩闊台之後臨朝的皇后尼瑪察寵信。但霍都自知因出身關係，在蒙古軍政中不可能會有前途，於是仗著師父之力，在江湖武人與蒙古喇嘛教中努力。

來到忽必烈大營後，霍都向忽必烈稟告朝中近況，原來尼瑪察皇后臨朝，信任權臣溫都爾哈瑪爾，殺害了老臣耶律楚材及耶律鑄父子，並下令霍都，要他斬殺逃到南朝的耶律鑄弟妹。聞霍都之言，忽必烈基於宮庭鬥爭考量，認為耶律楚材日後必當平反，因此囑付霍都可以暫且不管耶律鑄的家屬。

而後忽必烈與臣屬群雄商議進軍宋朝之事，子聰說道蒙軍後方多受漢人干擾，干擾牽制蒙軍的大患一為全真教，二是丐幫。忽必烈於是下令，將誅滅北方全真教與丐幫之事奉託金輪國師全權處理，另又囑付霍都：「丐幫的事，你就多用一點心吧！」國師與霍都雙雙站起，躬身遵命。

新三版這一大篇幅的增寫，扣合起第三十六回霍都化身「何師我」，醜妝潛伏丐幫十一二年的情節，原來霍都是受忽必烈之託，企圖顛覆丐幫，這才艱苦著絕地混跡於丐幫之中。

霍都的出身在改版中一變再變，一版說霍都是成吉思汗的嫡系子孫，二版改為成吉思汗的近系子孫，新三版再改為霍都並不是成吉思汗的子孫，而是札木合的後人。

一版霍都是成吉思汗的子孫，身為「富二代」及「官二代」的他，顯然像個紈絝子弟，因此一再調戲小龍女。新三版則改為霍都札木合的後人，也就不是富裕的「富二代」及「官二代」，於是霍都自立自強，從顛覆丐幫，發展自己的事業，可知新三版霍都也算白手起家，值得讚賞！

【王二指間話】

金庸筆下的「惡人」，可以概分三類：

第一類是為求達成自己的目標，不惜殺人傷人的惡人：如段延慶的目標是奪回大理皇位、慕容復的目標是當上大燕皇帝、歐陽鋒的目標是奪得《九陰真經》、成崑的目標是顛覆明教。因為所謀者大，他們可以冷血地在追求過程中鏟除掉任何絆腳石。這些惡人全是目標掛帥、無血無淚的狂熱主義者。

第二類是自己的人生不順遂，將怒氣發洩在無辜者身上的惡人：如葉二娘在親生兒子失蹤後，成為傷害他人孩子的「四大惡人」之一；又如李莫愁因陸展元移情別戀，成為濫殺無辜的武林女魔頭；再如周芷若遭張無忌悔婚，使她心性大變，成為無端殺人的惡女。

第三類是既無目標，也非發洩情緒，而是純粹以做惡為樂的惡人：如南海鱷神與人一言不和，即扭斷對方脖子取樂，又如田伯光見到儀琳，就想逼姦取樂。這些惡人做「惡」，只是一時興起，為自己之「樂」而行惡。

在一版的人物塑型裡，霍都顯然屬於第三類「做惡取樂」之人。一版霍都自命風流王子，想要輕薄調戲於小龍女，還自覺以王子之尊，小龍女當會慕名來嫁，他的言行既肉麻又無聊，做惡純粹是為圖一時之快。

二版刪掉了一版霍都調戲小龍女的整段故事，但二版霍都仍以做惡為樂，導致一版與二版都面臨了情節的前後矛盾，那就是霍都既自命為風流小王子，做惡亦只是紈絝子弟的淫風穢行，卻為何在《神鵰》書末，霍都的性格又翻天覆地大改變，為求當上丐幫幫主，他竟能跟《倚天屠龍記》的范遙一樣，甘於自作醜妝、忍苦耐勞、以身事仇十餘年？

為了解決霍都人格前後不一的矛盾，金庸在新三版幫霍都重新塑型，讓他由「第三類惡人」轉為「第一類惡人」，經過新三版改寫後，霍都成了札木合後代的世襲王子，因自認無法在蒙古朝庭出人頭地，又希望幫自己與國家建立一些功勳，因此才艱苦著絕地隱身大宋，過他那長達十一二年的「何師我」辛苦日子。

改版之後，金庸巧妙地昇華了霍都的人格，由此也可看出金庸的大師手筆，原來改版修訂時，金庸竟是連霍都這麼個二線配角人物都如此費心地精雕細琢。

第二十二回還有一些修改：

一．郭靖、楊過二人遇險，馮默風來救，二版說馮默風的武器是鐵錘，為了襄助郭楊二人逃離蒙古軍陣，馮默風由背後抱住金輪國師，爭取郭楊二人的逃走時間，但馮默風的武功層級遠遜於金輪國師，憑他之力，怎能困得住金輪國師呢？新三版改為馮默風的武器是「燒紅了的鐵錘」，與金輪國師交手時，金輪國師以左掌拍擊馮默風，本欲斃他於掌下，手掌卻因此黏在燒紅的大鐵錘上，掌心肉燒得焦爛，馮默風這才有機會抱住金輪。

二．黃蓉產子後，小龍女進屋去看，新三版較二版增寫說，天下女子心理，若知有人生育，必問是男是女，小龍女好奇心不異常人，因此才去看視黃蓉之嬰孩。

三．金輪國師追趕楊過時，令尼摩星守在巷口，自己進小巷去蒐尋楊過，二版尼摩星回金輪國師：「我幹麼要聽你號令？」新三版改為尼摩星回金輪國師的是：「和尚的話和尚自己聽的，尼摩星老兄大大不聽的。」新三版將尼摩星的話語一律改成「印度腔中國話」蹩腳中文，讓尼摩星擁有獨特的詞語風格。

四．楊龍與金輪國師過招時，小龍女搶得國師鐵輪，心中甚是高興，二版說小龍女臉上仍是冷冰冰的。新三版改為小龍女輕輕一笑。可知新三版小龍女不再如二版這般隱藏心情了。

五．新三版第六回細寫了古墓派武功，亦創作了一些古墓派的新招式。在第六回之後的章回裡，只要有機會描述古墓派武功，新三版就盡可能地雜揉進增寫的招式，以與第六回相呼應。在第二十二回楊過與金輪國師爭奪嬰兒郭襄，以及後來為了餵郭襄吃奶而擒拿母豹兩段故事裡，楊過曾兩度使用新三版創作的古墓派新招式「天矯空碧」。

六．金輪國師與李莫愁搶奪郭襄時，二版使用的是銀輪，新三版改為用金輪。

七．楊過與李莫愁計陷金輪國師二人後，終能得出山洞，出山洞時，楊過提醒李莫愁地上有冰魄銀針，新三版增寫解釋說，楊過天性善良，又與李莫愁聯手抗敵，一時竟忘了此人原是敵人。

八．一版說馮默風入蒙古軍營後，想刺殺一兩個蒙古大將，始終未得其便，二版改為馮默風已刺殺一名千夫長與一名百夫長。

九．一版說楊過受郭靖「國事為重」一句話的當頭棒喝，這才更上一層樓，真正走上正途。二版刪了這段話。

楊過從蛇肚中撿到寶劍——第二十三回〈手足情仇〉版本回較

「神鵰大俠」楊過終於與「神鵰」邂逅了，「神鵰」加上「大俠」才能組合出威震江湖的「神鵰大俠」鳥人無敵團體，這隻千呼萬喚始出來的神鵰，自然是超乎想像的珍禽異獸。關於這隻即將與楊過共同行走江湖的「神鵰」，一版的描述最是神奇。

且說一版楊過在山洞外幫李莫愁守夜，中夜之時，忽聽鳥兒宛轉而啼，啼叫得非常悅耳動人，直如樂師在撫琴吹簫，楊過於是興起了抓鳥之心，他撥開樹叢一看，見到的就是醜鵰。醜鵰的外貌比楊過高一個頭，羽毛疏疏朗朗，鉤嘴彎曲，頭上有顆血紅大肉瘤，羽翼左短右長，高視闊步，極為威武。

而後楊過見到八條巨大毒蛇向醜鵰游近，醜鵰瞬間連啄八下，將八條毒蛇一一啄死，動作之快，連郭靖、金輪法王也有所不如。啄斃毒蛇後，醜鵰還將蛇吃進腹中，聽牠咀嚼有聲，原來牠口中竟有牙齒。

隨後樹上又倒懸下來一隻碗口粗細、頭呈三角的巨蟒，牠大口一張，向醜鵰噴出粉紅色毒霧，但醜鵰毫不退避，將毒霧吸入腹中。毒蛇三噴紅霧，醜鵰三吸毒霧，毒蛇微有畏縮之意，醜鵰遂將毒蛇一眼啄瞎。

毒蛇失了一眼，咬住醜鵰頭頂毒瘤，並將兩丈長的身子在醜鵰身上繞五匝。乍見此景，楊過對醜鵰雖無好感，但因母親秦南琴死於蛇吻，楊過生平恨蛇入骨，於是揮出君子劍斬蛇，不料蛇身居然將君子劍彈了回來。楊過斬蛇三劍，宛如金鐵相交噹噹噹連响三聲，君子劍竟出現三個缺口。

蛇將鵰越盤越緊，楊過遂全力往蛇斬落，結果君子劍斷成半截，毒蟒亦鮮血直噴，醜鵰趁機再啄瞎毒蛇另一眼，並將蛇身扯斷成兩截，終於將蛇殺死。

蛇死之後，楊過以樹枝探蛇，發現蛇身血光下有如煙如霧的紫氣，楊過雖離毒蟒三尺，身上仍感到涼意。楊過於是以君子劍斷劍將毒蟒皮肉刮去，想不到在紫氣蒸蔚之下，竟有柄三尺長劍。楊過將劍挑起，劍瞬間插入身旁棗樹中，直沒至柄。

這把劍就是「紫薇軟劍」，當年獨孤求敗即以此劍在其埋骨之處石上書寫，並留有「以紫薇為妻，神鵰為友。」一句話。

得到紫薇劍雖好，但君子劍折，讓楊過聯想到似乎命中註定無法與小龍女白頭諧老，故而傷心落淚。

一版改寫為二版後，「神鵰」的神異即大為減分。且再看二版《神鵰》中的醜鵰。

二版的醜鵰叫聲不像一版這般如樂師撫琴吹簫，而是「微帶嘶啞，但激越蒼涼，氣勢甚豪。」醜鵰的外貌與一版描述大致相同，只是改掉了一版形容的雙翼，二版說醜鵰的雙翼甚短，不知如何飛翔。

二版楊過初見醜鵰時，醜鵰正要迎戰四條毒蛇，二版亦說醜鵰行動之疾如武林一流高手，但與一版不同的是，二版並沒有明確地說出醜鵰的武功層次高於郭靖與金輪法王。

至於醜鵰與毒蟒的那場較量，二版的毒蟒不再噴毒霧。而當楊過要以君子劍砍斫蟒身時，醜鵰從楊過右臂一拍，使其君子劍脫手，此因醜鵰不願受楊過之助。而後楊過仍怕醜鵰不支，以大石打巨蟒助醜鵰。經過人鵰的合作，最後終於打死了毒蟒。

二版的君子劍完好如初，但二版楊過沒有找到紫薇寶劍，獨孤求敗也沒有留下「以紫薇為妻，神鵰為友」這句話。

新三版的這段故事與二版大致一樣，只增說醜鵰之毛銳挺若鋼，顯得十分堅硬。此外，楊過助醜鵰殺毒蟒時，新三版還增說楊過拿石頭投入蟒口，讓牠不能亂咬。

從一版、二版到新三版，隨著改版的修訂，醜鵰與毒蟒越來越由珍禽異獸降格為凡鳥俗蛇，新三版的這一鳥一蛇看來也就只是巨大有力罷了。

這段故事接下來的發展，因為一版著力描寫紫薇寶劍，因此情節與二版、新三版有著極大的不同。

一版楊過得劍後，與神鵰一同下山，不料金輪法王與尼摩星中冰魄銀針之毒後仍在山下療傷。金輪法王遠遠見一人一鵰前來，準備暗襲楊過，逼他交出冰魄銀針解藥，但兩人傷後武功大減，楊過因此避開了偷襲。

而後神鵰嘴啄翅撲，開始攻擊金輪法王，並與金輪法王打成平手。金輪以雙輪在胸前一劃，封住神鵰進攻的彎嘴。

防禦神鵰時，金輪法王還擔心楊過會持寶劍上前助陣，因此先問楊過：「你從何處搞來了這個怪物？」

楊過說：「這是我的好友神鵰老兄。你若惹惱了牠，牠高飛擊下，只要一啄，你的光頭上便穿一個大洞。」法王聞言後，亦自覺神鵰若飛起，自己絕非敵手。而後楊過囑託神鵰監視法王與尼摩星兩人，即與神鵰別過，回到李莫愁所在山洞。

金輪法王與尼摩星療傷這一段，二版整段乾坤大挪移到第二十四回去。二版楊過與神鵰沒有遇到金輪二人，但若照一版的描述，或許在金庸的原始構想裡，神鵰確實是能飛翔的。

一版楊過回到李莫愁身邊後，因紫薇寶劍紫光隱隱，連李莫愁都驚異：「那裡來的這把寶劍」。

後來楊過與武三通過招，就是利用紫薇寶劍超軟超利超彈性的特質。楊過與武三通較勁時，武三通出到第三指一陽指直指楊過眉心，楊過於是在紫薇寶劍的劍柄一彈，劍尖直刺自己胸口。為救楊過，武三通想要搶住寶劍，楊過當下又將劍柄下拉，挽出劍花，武三通差點五指齊斷。武三通自知一陽指不敵紫薇寶劍，這才認輸。

二版因已無紫薇寶劍，改成武三通出到第三指一陽指直指楊過眉心時，楊過使出《九陰真經》功夫，由武三通胯下鑽過，再於武三通左肩一拍，武三通因此認輸。新三版再將《九陰真經》功夫改為「天羅地網勢」，以深化金庸「自創品牌」武功「天羅地網勢」的重要性。

此外，在第二十四回中，一版的郭芙斬斷楊過右臂，用的也是紫薇軟劍。郭芙使紫薇軟劍斬楊過時，楊過原本舉出淑女劍來擋，結果淑女劍被紫薇軟劍砍斷為兩截，而後楊過的右臂即為郭芙手上的紫薇軟劍斬斷。一版的描述原是以君子劍與淑女劍先後折損，暗伏楊過、小龍女先後遭遇大噩，二版刪去了紫薇軟劍，改為郭芙原本要以淑女劍砍楊過，但被楊過出招奪劍，而後郭芙即以君子劍斬斷楊過右臂。二版的君子劍與淑女劍純粹只是利劍，不再暗喻楊過與小龍女。

在一版的故事裡，楊過真是交好運，竟然在一天之內，既結識了神鵰異禽，又得到了紫薇寶劍，可惜幸運並沒有延續到二版。因為紫薇寶劍的存在會分去玄鐵重劍的風采，因此二版幾乎完全刪去紫薇寶劍的相關故事，改為獨孤求敗遺愛人間的，唯有孤寶「玄鐵重劍」。

二版仍保留著獨孤求敗留下的話語：「紫薇軟劍，三十歲前所用，誤傷義士不祥，悔恨無已，乃棄之深谷。」這也是二版絕無僅有的一次提及「紫薇軟劍」，至於紫薇寶劍長啥模樣，沒看過一版的讀者就只能全憑想像了。

而既然二版的楊過從未發現獨孤求敗丟棄的紫薇寶劍，那麼，「尋劍團」就可以出發了，有興趣的讀者們，走！咱們上山尋覓獨孤求敗留下來的寶劍去吧！

【王二指間話】

在金庸回答讀者提問的「金庸限時批」中，曾有讀者問及「謝遜帶張翠山夫婦前往冰火島並失去雙眼的過程，為何與傑克倫敦的《海狼》神似？丁典冤獄與《基督山恩仇記》似乎也相當類似？」

針對這個問題，金庸寫了長長的答覆，信中金庸提到讀者「喜歡將不同作品中的人物與情節拿來比擬，覺得很像，那是一種危險的習慣。」因為「潘金蓮不同於潘巧雲，也不同於盧俊義的夫人李氏。芳官有點像晴雯，柳玉兒也有點像晴雯，然而三個姑娘完全不同，如果老是想她們的共同點，文學欣賞力就有待提高了。」可知金庸不喜歡讀者評說他的故事「神似」其他作家的作品，更不願意讀者指陳他的小說「模仿」自另一部小說。

然而，在閱讀的過程裡，讀者難免都會有「聯想」。讀著這一部小說，卻不由自主地想起另一部小說中也有類似的情節，這並不是讀者刻意要比較小說之間的「共同點」，而是「共同點」會自發地從讀者的頭腦裡蹦出來，這也就是頭腦的「聯想」。

看一版《神鵰》第二十三回時，我就感覺「楊過得紫薇劍」這段故事，與還珠樓主《蜀山劍俠傳》中的「李英瓊得紫郢劍」情節非常神似。《蜀山》女俠李英瓊的摯友亦是「神鵰」，這頭神鵰較李英瓊高，兩目金光流轉，周身起黑光，神駿非常。

李英瓊的神鵰與楊過的神鵰最大的不同是，李英瓊的神鵰可以載著她飛翔。

某一天，李英瓊夜宿荒山古廟，忽然出現一隻渾身紫光，青煙繚繞的妖龍，李英瓊以劍柄當飛鏢射妖龍未果，而後神鵰與妖龍於空中狠命爭鬥，並因此而受傷，李英瓊見狀，取出連珠弩射妖龍。妖龍受攻擊後，捨神鵰向李英瓊撲來，李英瓊因此落水。

經過這場人鵰龍大戰，李英瓊找到一口寶劍，這口寶劍就是當晚幻化成妖龍的名器。寶劍名為「紫郢」，紫郢劍即是李英瓊日後的利器。

談《蜀山》的這段故事，並不是要比較金庸與還珠的故事有什麼「共同點」，而是要讓讀者們由此發現金庸的改版方向。或許在一版小說裡，金庸跟還珠樓主等人的所謂「奇幻仙俠小說」還有類似的「共同點」，但隨著修訂改版，金庸讓自己的小說越來越與他人的風格區隔開來，也越來越能展現屬於自己的獨特風格。

除了修改奇幻的情節，以與環珠樓主等人的奇幻武俠風格有所區別外，還有評論者認為，金庸在改版時將男主角的文化程度降低，是因為梁羽生的詩詞能力較好，倘使金庸也把男主角寫得文武雙全，未免有師法梁羽生之嫌，因此金庸才改版降低男主角的文化程度。關於這樣的觀點，我無法苟同，因為這樣的講法「針對性」實在太強，如果這說法成立，金庸的改版就是為了梁羽生做的。

我相信金庸改版既非針對還珠樓主而刪去奇幻內容，也不可能針對梁羽生而降低男主角的語文程度，真正的原因是金庸在走自己的風格。而所謂的「金庸風格」，即是金庸在創造武俠故事時，既不需以過多的神異怪事來吸引讀者目光，也不必透過主角來賣弄自己的文學素養。

金庸的創作路線是打造獨屬於自己風格的武俠小說，他筆下的男主角則是純粹學武行俠的俠士，金庸寫俠士的成長，以及俠士如何經歷考驗而成為大俠，他既不希望以炫人的神怪寶物來烘托俠士，也不想用吟詩弄詞來展現俠士的文武全才。金庸喜歡刻劃「人性」，由俠士成長的歷程，描寫出俠士自己，以及圍繞在俠士身邊的各種各樣人性，讀者們則在品讀小說之餘，也深刻地認識了人性的百態，這才是真正的「金庸風格」。

第二十三回還有一些修改：

一．二版說楊過生平除與小龍女依戀外，並無知己好友，但與神鵰相遇，卻十分投緣而戀戀不捨。新三版改為楊過除小龍女外，又與黃藥師、程英、陸無雙結交，公孫綠萼也是紅顏知己，此外並無友好，因此與神鵰投緣而依依不捨。二版的說法是要突顯楊過對神鵰心意相通、一見如故，幾如楊過之於小龍女。新三版改寫後，將程英等四人也拉抬到與小龍女及神鵰同一水平，五人一鳥因此都與楊過是同樣的知己，既然知己這麼多，神鵰的重要就相對降低了，這個改寫顯得蛇足。

二．二版楊過覺得武氏兄弟學不到郭靖武功兩成，新三版改為學不到一成。

三．楊過問武氏兄弟是否見過黃藥師，二版武修文說黃島主雲遊天下，連師父、師母都見不著，小輩焉能有緣拜見。新三版改為武修文說：「黃島主當然見過。」

四．新三版較二版增寫說，楊過以玉簫劍法與武氏兄弟混戰時，轉折處用上一兩招玉女劍法，二武也分辨不出。

五．楊過與二武過招，二版說二武越打越狠，卻始終刺他不著。新三版改為楊過在二武劍鋒下，時時雙掌互拍出聲，顯得行有餘力。新三版的楊過武功層次更高，因此更顯從容。

六．二武與武三通相擁痛哭，新三版增寫楊過頗為傷懷地想：「他們父子兄弟，何等親熱，我卻既無父親，又沒兄弟。」

七．楊過為二武吸冰魄銀針之毒，新三版較二版增寫，武三通想起妻子為自己吸毒，竟中毒身亡，因而對楊過感激之極。

八．武三通見武三娘為自己吸毒而死，於是瘋病又犯，一版說數年後一燈大師聞訊派人將武三通接上山，再以無上禪力智慧開導他，將他的瘋病治癒。二版改為武三通在江湖上混了數年，時日漸久，瘋病也痊癒了。

九·一版天竺僧說情花當年是我佛釋迦以大智慧力化去，世間再無流傳。二版將「我佛釋迦」改為「文殊師利菩薩」。

甄志丙的人格比尹志平高潔
——第二十四回〈驚心動魄〉、第二十五回〈內憂外患〉版本回較

趁著小龍女全身無法動彈，乘機奪去小龍女初夜的全真教道士，一、二版名叫「尹志平」。修訂二版為新三版時，金庸考慮尹志平在歷史上真有其人，又不想毀損先賢形象，因此將「尹志平」改名為「甄志丙」。

然而，「尹志平」與「甄志丙」這兩個前後版本的全真教道士，不只名字不同，道德感也有著明顯的高低差別。且來看看「尹志平」是啥德行？「甄志丙」又是什麼樣的人品？

話說尹志平、趙志敬來到襄陽城後，小龍女聞聽尹趙二人爭吵，這才驚覺自己的童貞竟然不是給了楊過，而是毀在尹志平手裡。

二版小龍女先是聽到趙志敬取笑尹志平：「你開口小龍女，閉口小龍女，有一天半日不說成不成？」尹志平要趙志敬別再提此事折磨他，趙志敬則冷笑：「我也不知道，我只是忍不住，不說不行。」聞言之後，尹志平竟回趙志敬：「你道我當真不知？你是妒忌，是妒忌我那一刻做神

仙的時光？」趙志敬不答，尹志平接著說：「不錯，那晚在玫瑰叢中，她給西毒歐陽鋒點中了穴道，動彈不得，終於讓我償了心願。是啊！我不用向你抵賴，倘若我不說，你也不會知道，是不是？我跟你說了，你便不斷的煩擾我，折磨我……可是，可是我也不後悔，不，一點也不後悔，……」

這就是二版的尹志平，對於乘小龍女意亂情迷之時，奪去小龍女處子之身一事，尹志平不只沾沾自喜，還津津樂道，他擔心的只是玷污良家女子，倘為人知，可能會辱及恩師丘處機與全真教之名，至於對於小龍女童貞的侵犯，他始終回味無窮。

新三版的改寫扭轉了尹志平的舊形象，新三版甄志丙玷辱小龍女後，因為心懷罪惡感，嘴上鮮少提起小龍女，反倒是趙志敬抓住甄志丙的把柄，一再以言語挑釁他，因此小龍女聽到的甄趙二人對話，是甄志丙問趙志敬：「這是在人家府上，你又提小龍女幹甚麼？」趙志敬回說：「為甚麼不能提？你又想去抱住了她苗條可愛的身體，用塊黑布蒙住了她眼睛，乘她給人點了穴道，動彈不得，便又跟她親親熱熱的銷魂一番嗎？這終南山玫瑰花旁的銷魂滋味，嘗了一回，又想第二回再嘗嗎？」

甄志丙則說：「我做了這件事，當真錯盡錯絕，我聽從師尊教誨，一生研求清靜無為，清心寡慾，但那龍姑娘實在是天仙下凡，我一見之下，便日思夜想，再也管不住自己。那晚她躺在玫瑰花旁，一動不動，不管我如何親她疼她，吻她的小嘴臉頰，她半點也不抗拒，反而順著我，主動就我……」可知對於玷辱小龍女一事，甄志丙是悔恨無已的，他還說：「我怎麼可以在她不知不覺之中，玷污了她高貴的身子？我不管做什麼，都贖不了我的罪過。」又說：「我只求她殺我，我決不說為了甚麼，只有我自己的鮮血，才能用來洗我的窮凶極惡。」

新三版甄志丙犯錯後悔恨交加，趙志敬的人格則比二版更加卑污不堪，在甄志丙悔鬱之時，趙志敬還一再出言羞辱：「你把小龍女上上下下脫得白羊似的，抱在懷裡，這可開心舒服吧？」

甄趙兩人的對話讓小龍女如遭電擊，原來自己的「守宮砂」竟是因甄志丙而消失。一時之間，小龍女沒了主意，也不知如何下手處理甄趙二人，於是展開了對他兩人的長時跟蹤。

至於趙志敬是不是真如二版尹志平所說，妒忌尹志平與小龍女有過「一夜情」呢？二版說趙志敬曾在見到小龍女時，心想：「這位龍姑娘果然豔極無雙，我見猶憐，也怪不得尹志平如此為她顛倒。但英雄豪傑欲任大事者，豈能為色所迷。」可見二版的趙志敬確實也頗欣賞小龍女的姿色，只是為了自己的前程，不能貪圖美色。新三版改掉了這段趙志敬的心思，改為趙志敬見到小龍女，只是盤算甄志丙若死在小龍女劍下，丘處機仍會立李志常、宋德方等為第三代首座，還是輪不到他。新三版趙志敬滿腦子只有全真教掌教大位，心思完全用不到小龍女身上。

因為二版尹志平與新三版甄志丙性格不同，第二十五回祁志誠尋甄志丙回重陽宮時，眼見小龍女一路緊緊相隨，夜間還懸繩睡在祁甄趙三人所住破屋外的樹上，二版祁志誠所見的尹志平是「坦然高臥，理都不理。」反倒是趙志敬擔心小龍女夜半行兇，因此忽起忽臥，不敢合眼，連晚未睡，新三版改為甄志丙幾次想要走向大樹，求小龍女殺己，趙志敬則屢次拔劍攔住，忙得連晚未睡。

此外，第二十五回尹趙二人回重陽宮後，二版尹志平接任的是符合史料記載的「掌教」，後來又被迫將「掌教」之位傳給趙志敬。為了尊重歷史事實，新三版改為甄志丙與趙志敬兩個虛構人物接任的均是「代掌教」。

而雖然金庸越是改版，將趙志敬的人格改得越是污濁不堪，新三版第二十五回卻還是為趙志敬新增了「知幾真人」的稱號，但第二十七回全真弟子尊稱趙志敬的，卻又是「清肅真人」，不知這是前後矛盾的「新bug」，還是趙志敬一人而有雙稱？

二版改成新三版時，還有一處有趣的修改，那就是關於歷史人物尹志平的生平史料，金庸的考據竟然也有所更動，在第二十八回的「注」裡，二版說：「據史籍記載，尹志平繼丘處機為全真教掌教。」新三版則改為「據史籍記載，宋道安繼丘處機為全真教掌教，尹志平為副。」原來隨著改版，金庸的考據有了新結論，史實人物尹志平也被降了一級。

從二版到新三版，尹志平被改寫成人格更高潔的甄志丙。二版「尹志平」對於迷姦小龍女，內心一直沾沾自喜。新三版「甄志丙」則是對於侵犯小龍女的玉體，始終悔恨無已。

從尹志平到甄志丙，改變的可不只是名字，而是尹志平真正脫殼蛻變，成為高尹志平一等的全真教修道人甄志丙！

【王二指閒話】

在金庸的改版過程裡，不論是從一版改成二版，或是從二版改成新三版，都展現了對傳統宗教極大的善意。

所謂的「傳統宗教」，以金庸小說的時代背景而言，從北宋到清朝中葉，大約有佛教、道教（包括全真教）、明教（摩尼教）等幾種。金庸改版修訂時，若原先的版本對傳統宗教稍有失禮失敬，金庸一定會盡量予以修改。

以全真教而言，一版、二版寫及全真教道士尹志平玷辱小龍女，還私下沾沾自喜，這樣的描述不只毀謗了全真教的先賢尹志平，還連帶侮辱了整個全真教。為了彌補小說情節無意中對宗教造成的傷害，金庸改版時，經由增補改寫，表達對全真教的敬意，而若要顧全全真教的整體形象，就不能因尹志平一人之敗德而貽全教無恥之譏，因此修訂二版為新三版時，金庸除了將史實人物尹志平修改為虛構人物甄志丙外，還將甄志丙改得更有道德感。

為什麼金庸會藉由改版修訂向宗教表達禮敬之意呢？推測原因有二：

其一是時代變遷的影響。以《神鵰俠侶》而言，一版創作於一九五九年，二版則在一九八〇年代改寫，一版與二版寫作或修改的年代雖距離標榜「賽先生（科學）」的年代已數十年，但整個社會依然是「科學主義」掛帥的年代。「科學」當家之時，「宗教」往往被視為「迷信」，因此那個年代的武俠作品，除了金庸之外，其他作家筆下也多的是無花和尚之類的妖僧邪道。

新三版《神鵰俠侶》出版於二〇〇三年，在數十年的時空轉換後，宗教在人們心中的地位已非昔日可比，當代的人們往往視宗教為生活的一部份，並且在宗教裡得到心靈的平安，倘使在這個年代，小說仍有譏諷妖僧邪道的情節，就難免引人非議了。

原因之二是金庸自己對宗教的敬意。金庸曾數十年深入經藏，受宗教啟發頗多，因此對宗教的敬意甚深。在《探求一個燦爛的世紀》這本金庸與池田大作的對話錄裡，金庸談到他皈依佛教的因緣是來自家庭變故，他說他雖然從小聽祖母誦念《般若波羅蜜多心經》、《金剛經》和《妙法蓮華經》，但要到整整六十年後，經過痛苦的探索和追尋，才進入佛法的境界。

金庸還談過他讀佛經的經驗，他說在中國卷帙浩繁的佛經中，他一開始只讀了幾本入門書，覺得迷信與虛妄的成份太重，後來再勉強讀下去，讀到《雜阿含經》、《中阿含經》、《長阿含經》，才突然有了會心：「真理是在這裡了。一定是這樣。」

而既然從外在來說，宗教已是當代人們心靈的寄託，於金庸的內在而言，宗教也有了一定境界的體悟，內外因緣俱足，金庸於是在二版修訂為新三版時，將二版不知自省的尹志平做了大改寫，改為一時犯錯之後，內心即悔恨無已的甄志丙。經過修訂之後，金庸筆下的全真教扭轉成了正面形象，如此一來，也就沒有小說侮蔑全真教的爭議了。

第二十四回還有一些修改：

一．這一回的回目，二版是「意亂情迷」，新三版改為「驚心動魄」。「意亂情迷」當是指小龍女聽聞尹志平侵犯她之事，因而意亂情迷。「驚心動魄」則是指小龍女聽聞甄志丙侵犯她之事，頓感驚心動魄。

二・郭芙指責楊過準備拿郭襄去換絕情丹，二版楊過說那是小龍女的意思，新三版增寫楊過強調：「我並沒贊同，也沒去做。」

三・郭芙連番辱罵楊過，新三版增寫楊過說：「我出言不分輕重，確有不是，該向你賠罪。」新三版加大了楊過的氣量。

四・二版說到朱子柳與魯有腳負責城防重任時，曾讚朱子柳「文武全才」，新三版將這句讚美刪除了。

五・趙志敬說起重陽宮師長，二版言及「前任掌教馬師伯」，新三版改做「前任掌教劉師伯」。這處改寫是為了符合史實。

六・二版有一小段尼摩星阻攔尹志平、趙志敬逃走的情節，這段故事說趙志敬與尹志平想從後門逃出金輪法王所在的飯鋪時，尼摩星舉杖欲擊兩人肩頭，卻為兩人沉肩避開。而後，尹趙持劍大鬥尼摩星，但尼摩星斷腿元氣未復，金輪法王因此以左臂托在尼摩星臀下，將他抱起來，再以右手按住他手臂，將內力由尼摩星杖上傳過去，逼使趙志敬長劍落地，尹志平長劍折斷。這一段描述新三版悉數刪除，改為金輪國師直接壓制甄志丙、趙志敬二人，修改的原因應是金輪國師並未與尼摩星如此交好，亦不太可能紆尊降貴當尼摩星的「座椅」。

七．小龍女在這兩回的座騎，二版是「花驢」，但「花驢」是李莫愁的「招牌座騎」，新三版因此改為「黃馬」。

八．一版楊過形容小龍女「清澹如菊，雅致若梅」，二版濃縮為「清澹雅致」四字。

九．小龍女跟蹤甄志丙趙志敬二人，由襄陽至小溪處，一版說是自清晨到午後申刻，五六個時辰，二版改為清晨到午後未刻，四五個時辰。

十．尹志平遇到曾見他隨丘處機到西域的蒙古千戶薩多，一版說薩多詢問丘處機及其餘十八弟子安好，二版刪去此說。

十一．一版趙志敬盤算他若接掌掌門之位，全真教三千道觀，六萬弟子都須聽他號令，二版改做三千道觀，八萬弟子都須聽他號令。

第二十五回還有一些修改：

一．周伯通與金輪國師相約盜王旗，當晚周伯通至蒙古軍營，卻未見王旗，新三版較二版增寫周伯通心想「晚間王旗不升，也是常事。」

二．二版說「彩雪蛛」產自西藏雪山之頂，新三版改為產自蒙古、回鶻與吐蕃之間的雪山之頂。

三．小龍女與金輪國師各在山洞內外，兩人對打了起來，關於這場交手，二版說法王揮輪向右斜砸，右方露出空隙。新三版改為比較正確的國師揮輪向左斜砸，右方露出空隙。

四．金輪國師以彩雪蛛在山洞口織網後，一隻大蝴蝶落網而死，新三版較二版增說，小龍女觸景生情，想到在古墓中楊過以「天羅地網勢」捉到一對白蝴蝶，於是當晚也夢到捉白蝴蝶，卻原來捉的是自己的一雙赤足，思之而心中傷痛，珠淚雙垂。

五．新三版增寫周伯通覺得小龍女比之黃蓉，或許相貌武功，都比她高這麼一點兒。

六．忽必烈猛攻襄陽，歷經數月仍無法攻下，因此退兵，二版說軍中亦有疫病發作，新三版刪了此說。

七．蒙古敕封全真教，二版說是出自忽必烈的計謀，新三版改為是金輪國師奉忽必烈之命收拾全真教，因此先奏請敕封全真掌教，再行分化教眾。此外，二版有一蒙古貴官前來宣旨，但書中並未述及此人名姓，新三版的這位貴官有了名字，叫做「阿不花」。

八．金輪法王與小龍女夾洞相鬥，一版金輪法王是用金輪與銀輪，二版改用銀輪與鉛輪。

九．周伯通中了彩雪蛛之毒，經過三次運氣後，仍然支持不住，一版周伯通說：「唉！這味毒是治它不好的了！」二版改為周伯通說：「唉！老頑童這次可不好玩了！」

第二十六回〈神鵰重劍〉版本回較

——全真教要傾全教之力挑了古墓派

全真教的創派始祖王重陽是「上馬領軍可抗大金國，下馬習武可當中神通」的愛國大俠，開創的全真教亦是令人景仰的俠宗義教。不過，一代不如一代，王重陽的徒兒丘處機、郝大通、孫不二等人，全成了一群冥頑難通的「牛鼻子」，或許他們在《射鵰》中還能勉強算是二三流人物，但在《神鵰》的武林排行榜裡，頂多就只能屬三四流之列。

且先看看一、二版《神鵰》的全真五子，究竟幹了些什麼好事。

二版全真五子在大勝關先是見到楊過、小龍女氣走金輪法王師徒，後來又見到楊過手不動、足不抬即可制伏趙志敬，小龍女也只一招就震得趙志敬重傷，再之後還聽到楊龍雙劍合璧，殺得金輪法王大敗。全真五子看在眼裡，不禁憂愁在心裡。想起當年郝大通傷了孫婆婆性命，全真教五子開始臆測楊過、小龍女、李莫愁三人必將上終南山尋仇，然而，若與古墓派相較，全真教武功似乎不堪一擊。在恐懼感的脅迫下，全真五子決定閉關靜修，鑽研武功對抗古墓派。

經過玉虛洞中一陣苦修後，全真五子參出一招武功，這招武功一版叫「百川匯海」，五子出關時已練得八成火候，二版改為「七星聚會」，五子只練得三四成火候。

五子出關後，一見小龍女鬥金輪國師四人的招式，當下即自感慚愧，因他五人在洞中修練時，都是針對先前所見的楊過、小龍女武功來參悟，豈知眼前所見的小龍女招術，又已更上一層樓，他五人根本無從抵擋。

後來尹志平為護救小龍女，胸口撞上小龍女劍尖而逝去。丘處機眼見愛徒身死，心中大慟，二版此時還說，丘處機半年中日思夜想，多半盡是如何抵擋小龍女招術，再無別念。因為視小龍女為全真教的假想敵，丘處機當下發招攻擊小龍女，並展開全真五子合鬥小龍女一人的惡戰。

倘依二版的寫法，全真教不僅小鼻子小眼睛，還得了「迫害妄想症」。為了參悟新武功，全真五子閉關修練，全真教還上下全體護持，而全真五子閉關的目標，竟是要扳倒古墓派。至於要將古墓派扳倒的原因，乃是因為郝大通曾傷害孫婆婆，全真教上下因此恐懼心作祟，害怕古墓派門人將會懷著高明武功殺上門來，故而必須傾全教之力出招反制古墓派。

這樣的全真教不正是典型的罹患了「迫害妄想症」？

改寫二版為新三版時，金庸決定療癒全真教的「迫害妄想症」，扭轉全真教只著眼於江湖恩怨的小鼻子小眼睛形象。

新三版先是增寫了一小段全真教甄志丙一行七名道人，奉劉處玄、丘處機之命前來襄陽探明軍情之事。倘能探知蒙古進攻襄陽的戰況，全真教即可在蒙軍後方殺兵毀糧，並為大宋應援。七名道人來到襄陽之時，恰巧遇上金輪國師等硬手乘郭靖受傷，進城偷襲，全真道人們於是結成「天罡北斗陣」，與朱子柳聯手，將瀟湘子、達爾巴、霍都等人逐出襄陽城。而後，李志常等五道人先回重陽宮稟告軍情，甄志丙、趙志敬二人則留在襄陽城，與郭靖夫婦商定雙方互相配合的攻守之策。

至於以丘處機為首的全真五子閉關研發新武功的目的，除了二版所說的防禦古墓派進襲外，新三版還增寫說，當年小龍女生日時，達爾巴、霍都輕易即攻入重陽宮，霍都竟數招之間就將郝大通打成重傷，重陽宮因此被燒成一片瓦礫。全真教號稱武學正宗，全真七子亦不墮祖業，但想起金輪國師的蒙古密宗武功如此高深，著實心有餘悸，因此全真五子才要閉關鑽研厲害武功。

新三版將全真五子的發心改為不僅要興教，還要保國衛民，經過這麼一改，全真教的格局就比只求抗衡古墓派恢宏多了。

因為發心不同，全真五子在新三版的思考也迥異於二版。創「七星聚會」後，全真五子出關，見小龍女獨鬥金輪國師四人，五子自愧不如小龍女，新三版將五人的心思改為「五人創出了

『七星聚會』，勝得蒙古密宗，於兩國相爭，也大有功用。內爭事小，禦外事大，輸給古墓派不打緊，蒙古人卻萬萬輸不得。」

又因新三版將全真教的主要敵人修正為蒙古，不再著力於對古墓派的幫會仇鬥，因而二版中曾有的「丘處機半年中日思夜想，多半盡是如何抵擋小龍女的招術。」等鳥肚雞腸的描述，新三版將之悉數刪除，不復存在。

總而言之，一、二版的全真教是為了橫挑古墓派小龍女才參悟武功，新三版則改為全真教是為了對抗蒙古，保國衛民，方參悟及苦修武功。從一、二版修訂成新三版，全真教的格局明顯變大了！

【王二指閒話】

金庸是懷有濃厚歷史情結的武俠小說作家，在創作的歷程裡，金庸屢次將小說與史實相扣合，也一再將歷史上真存實在的組織團體改寫為武功門派。

採擷史實中的組織以為武俠故事之用，金庸慣用的方式有兩種，一種是「端碗不拿羹」，這種方式是只取組織之名，組織內的人物與事蹟則由自己虛擬創造，如《天龍》、《倚天》中的丐幫、少林寺等等幫派，就都以「端碗不拿羹」的技法創作。另一種創作方式是「端碗連羹拿」，這種方式是既取史實中的組織團體為己用，也將組織內的人物一併編派為江湖人物。

金庸筆下「端碗連羹拿」的史實團體可以概分三類：

第一類是朝廷皇室：如《天龍》、《射鵰》將大理段家皇室改寫為武林門派，段氏皇族的段正明、段譽等皇帝也全都被創作成善使「一陽指」、「六脈神劍」等功夫的武功高手。

第二類是武術門派：如《倚天》中有武當派，史料中的張三丰與武當七子也都成了小說中的江湖好手；再如《鹿鼎》中有天地會，歷史人物陳近南也成了武林高手。

第三類是宗教門派：如《倚天》中有明教，歷史人物彭瑩玉因身屬明教，也被連帶寫進小說中；《射鵰》、《神鵰》中寫及全真教，全真七子也因此由道士變身為江湖人物。

雖說金庸屢次引用歷史組織以為小說之用，但他對歷史大多會給予高度的尊重。這些半虛半實的歷史組織或許因應情節需求，出現過某些負面人物，如段延慶之於大理段家，朱元璋之於明教，風際中之於天地會，但大體而言，只要是歷史團體進入金庸小說，幾乎都瑕不掩瑜，也能得到正面的整體評價。

全真教確實是金庸創作過程中的一個異數，若照二版《神鵰》的鋪陳，全真教武功既不入流，丘處機等一群道士也只是熱衷於江湖械鬥的暴力集團。在蒙古大軍鐵蹄已經踏進中土時，全真教道士掛心的，竟然只是扳倒古墓派，這樣的全真教整體形象自然偏於負面。

莫非金庸是獨薄全真教？想來這也是不可能的，因為金庸在《射鵰》書末，還罕見地寫了篇〈關於「全真教」〉論文，文中引述清末陳友珊所著的《長春道教源流》，讚王重陽曰：「王重陽，有宋忠義也……據此則重陽不惟忠憤，且實曾糾眾與金兵抗矣。」此外，金庸也這麼說全真七子：「全真七子和以後歷任教祖未必都會武功，他們鍊氣修習內功，主要是健身卻病之術。」可知金庸仍是尊崇全真教的。

二版《神鵰》將全真教描寫成胸襟狹隘的江湖惡鬥教派，或許是金庸撰寫小說時，一心想要將古墓派塑造成更新更好更強的門派，卻無意中矮化了全真教。為了彌補這個疏漏，二版改寫為新三版時，金庸花了許多功夫，將全真教改造成擾亂蒙軍敵後的愛國團體，這麼一來，全真教就是光明磊落的忠義組織了。

相信起王重陽於地下，見到新三版的改寫，也會大力按個「讚」，大聲說句：「好！」

第二十六回還有一些修改：

一．小龍女與瀟湘子、尹克西、尼摩星惡鬥後，二版說瀟湘子三人原本互不為下，誰也不佩服誰，勾心鬥角，均要設法壓服對方，但經歷這場驚心動魄的惡鬥，三人都有死裡逃生之感，相互間的敵意少了許多。然而，對照此後的故事，顯然三人仍明爭暗鬥不休，新三版因此將這段說法刪去了。

二．小龍女與金輪國師互鬥時，二版說小龍女一人使兩般劍法，出招雖快，威力終究不如與楊過聯手，因為真實武功她仍與金輪國師相差甚遠，即令瀟湘子等人也強勝於她。小龍女佔了上風，實是仗了先聲奪人之功。這一小段新三版全刪，因為如此說法，太也貶低小龍女當時的功力了。

三．楊過為郭芙持劍斷臂後，因不願見郭靖而離開襄陽城，新三版較二版增寫，楊過是不讓他（郭靖）來救傷補過。。

四．楊過持玄鐵重劍隨神鵰練劍，又加上服食蛇膽，體內情花之毒越來越輕，新三版增寫：即令對小龍女苦苦相思，也不起難當難忍的劇痛了。

五．楊過練玄鐵重劍劍招，新三版較二版增寫，楊過想，玉女心經劍法求輕求快，也並非錯了，只因女流之輩，難使沉重兵器，難練厚重勁力，只得從「快捷飄忽」著眼，這與「勁雄凝重」是武學中的兩大正途。「重劍無鋒」與「天羅地網」皆是武學中的至高造詣。這段增寫應是金庸要避免讀者認為「玄鐵重劍」比「玉女心經」高明，更因此而否定《神鵰》上半部辛苦打造的《玉女心經》武功。

六．楊過悟得劍術真理後，欲師法獨孤求敗打得天下群雄束手，方甘心就死，新三版增寫楊過想：「何況我死之前，必得再與姑姑相會。」因此才重入武林。

七．楊過上襄陽城牆，先是用玄鐵重劍在城牆的花崗石打洞，逐步爬上，到最後數丈時，二版說是用「壁虎遊牆功」翻上，新三版刪了「壁虎遊牆功」之名。

八．楊過不想直接面對郭靖、黃蓉，除因怕自己不敵郭靖的降龍十八掌外，二版說黃蓉的打狗棒法，楊過所知只十之六七，新三版改為打狗棒楊過所知者不過十之七八，能運使者更不過十之六七。

九．小龍女與尼摩星惡鬥，一版說小龍女在尼摩星左肩刺了五個洞，還呈梅花型，四個小孔圍著中間一孔，排列得整整齊齊，二版改為小龍女刺破尼摩星左肩一個小洞。

十．一版說小龍女武功再強，也決不能抵敵金輪國師、尼摩星、尹克西、瀟湘子四大高手的聯攻，換作周伯通、黃藥師、郭靖這幾人，也無法以一敵四。這段誇大金輪法王四人聯手力量的描述，二版刪除了，因為照書中情節來看，這四人就算聯手，武功仍不至於這般所向披靡。

十一．小龍女受傷後，楊過突然現身，一版說楊過對小龍女話未說完，小龍女已在楊過懷中暈去，二版刪掉了小龍女暈去的情節。

十二．郭芙斬斷楊過的手臂後，一版說郭靖受傷不輕，昏昏沉沉之間女兒哭進房來，還說斬斷了楊過一臂，郭靖大驚之下，撐了一把門栓當拐杖，趕到楊過房來，見楊過全身血污，急奔而出。這一段二版全刪了。

十三．獨孤求敗的「劍塚」，一版說離地五六十丈，二版改為離地約二十餘丈。

十四．玄鐵重劍的重量，一版說是六七十斤，二版改為七八十斤。

十五．神鵰給楊過吃的療傷健體補品，一版是「朱果」，二版改為「蛇膽」。

十六．一版說楊過與神鵰練劍，又服食朱果，此後上懸崖，雖提六七十斤重劍，反而輕飄飄的縱躍而上。二版刪去「輕飄飄」的誇張敘述。

郭靖要用降龍十八掌打郭芙小屁屁
——第二十七回〈鬥智鬥力〉版本回較

楊過被郭芙斬斷右臂，從此以後跟《書劍》無塵道人、《鹿鼎》九難等人一樣，成為金庸書系中的「獨臂高手」。在神鵰襄助下，楊過的「慣用手」順利由右手轉成左手，並練得玄鐵重劍神功。

神功既成，燃燒著復仇之火，楊過回襄陽郭靖家來了。

且來看這段故事的版本變革。

來到郭靖宅第時，楊過先躲在郭靖家門外，聽郭靖一家的談話，二版修訂成新三版時，金庸大大加料，細述郭家夫妻親子間的私語，讓讀者們更加明瞭「江湖第一家庭」的家居生活。

二版楊過由郭靖與黃蓉的爭執切入，竊聽郭家人的談話，爭吵的主題是楊過抱走郭襄，是否不懷好意地要到絕情谷換解藥。

新三版楊過所見所聞較二版更多，新三版說楊過藏身大樹之後，先見到郭芙著一身黑衣，越牆回家。回房之後，丫鬟告訴郭芙，黃蓉已三次差人來問她回來沒有，郭芙則說她是出門尋找郭襄的蹤跡。

丫鬟於是回報郭靖夫婦，說郭芙尋找郭襄後，已然回府。郭靖向丫鬟說：「你跟她說，不用再裝模作樣的去找人，沒用的！我要見她，自會見她。」

聞郭靖之言，黃蓉柔聲安撫郭靖，說郭芙就是斬斷楊過手臂，害怕責罰，才會不知逃到哪裡躲了十多天。黃蓉還調皮地為女兒緩頰：「靖哥哥！你聽我勸，這便見她一見，狠狠的責罵她一頓，再或用毛竹板重重打她一頓，她怕你怕得狠了，這些天瘦了快十斤了。你真氣不過，使你的降龍十八掌打她幾下屁股，不就完了。」說到降龍十八掌時，黃蓉的語音已經帶著笑意。

郭靖回黃蓉道：「哼！我使降龍十八掌打她，她配嗎？這一下，豈不把她屁股打得稀爛！」，黃蓉說：「你做爹爹的，落手輕些，不就成了。」而後郭靖開始悔恨自責，說他郭家對不起楊過，又說楊過從小要強好勝，如今少了一條手臂，武功全失，在世上任人欺侮，過幾年定會鬱鬱死去，而即使要收留楊過在郭家，郭芙還是會天天欺侮他。

新三版於此處扣回二版的情節，兩個版本接下來都是黃蓉哀愁地要郭靖去找郭襄，但郭靖說郭襄找回來後，黃蓉若還是像對郭芙這般嬌縱，教得郭襄亦無法無天，這樣的女兒有還不如無。黃蓉則大發嬌嗔，說郭芙是心疼妹子，才鑄下大錯，還說：「倘若是我啊！楊過若不把女兒還我，我連他左臂也砍了下來。」」這句話氣得郭靖一拳打塌了一張紅木桌子。

而後郭芙進了門來，郭靖見到女兒，更生傷心之情，他向郭芙說，楊過幾次三番救他郭家大小之命，又說到楊康「當年慘死在嘉興王鐵槍廟中，雖不是你媽媽下手所害，他卻是因你媽媽而死。」」二版說楊過在屋外，聽到楊康「慘死在嘉興王鐵槍廟中」，因而仇恨翻湧，新三版改說楊過憤恨的，不只是郭靖說楊康「慘死在嘉興王鐵槍廟中」，更是郭靖口中「他卻是因你媽媽而死」這更要命的一句話。

重情重義的郭靖而後提劍要斬斷郭芙右臂以向楊過贖罪。郭靖所提之劍，一版是紫薇軟劍，二版是淑女劍，新三版再改為君子劍。正當郭靖要下手時，黃蓉手持打狗棒擋住郭靖，保護郭芙逃出府去。

黃蓉要郭靖饒了郭芙，郭靖則說他恨不得斬斷自己一臂以償楊過，新三版還增說郭靖右手拿著君子劍從空虛擬，黃蓉雖知他不會真的自己斷臂，但知丈夫古板重義，畢竟有些害怕，遂將劍接過，插入劍鞘，拿在手裡。

而後，為了取得郭靖令牌，護持郭芙離開襄陽城，黃蓉使詐騙得郭靖手抱兒子，再突然以「蘭花拂穴手」點郭靖穴道，而後將郭靖父子放在床上，二版黃蓉告訴郭靖她送郭芙出城後，回來再做幾個小菜，敬他三杯，向他陪罪，新三版黃蓉還加說：「你原諒了蓉兒這一次。你一生體諒我多了，再多一次也不打緊。」

黃蓉、郭芙出城後，新三版順勢將襄陽的周邊地理寫得更詳實，二版未寫明的地名，新三版全都增寫補實了，新三版說襄陽以北除「樊城」外，幾無人煙，而黃蓉母女用餐的所在是「新城鎮」，若是過了此城，郭芙要到「宜城」才有東西吃，郭芙因此必須備點糧食方能上道。

看過新三版的增寫後，讀者們或許會深慶無緣生在江湖第一家庭，既不必叫郭靖「爸爸」，也不必喊黃蓉「媽媽」，要不然，從小參加考試，倘使國文不及格，爸爸就以「降龍十八掌」，啪啪打個「降龍兩巴掌」，數學若粗心錯八題，媽媽又是一頓「打狗棒法」，往屁股上竹棒炒肉絲。在這般「鐵的紀律」下，想來不領「殘障手冊」都很難！

【王二指閒話】

《神鵰》是承繼《射鵰》而來的小說。雖然金庸在《射鵰》中已經打造了好幾座以「俠」字為名的金字招牌高樓，但到了創作《神鵰》時，金庸仍須為新小說再構築幾棟專屬於《神鵰》的

「俠」字新高樓。然而，在金庸的創作過程裡，為了突顯《神鵰》的樓高，或許在不經意間，竟敲矮了幾棟《射鵰》的高樓。

受到「敲低彼樓，突顯此樓」之害的《射鵰》人物，比較明顯的是黃蓉、王重陽、及全真五子等人。關於王重陽與全真五子，前面的文章已有討論，概略說之，以王重陽而言，原本在《射鵰》中，王重陽是「置國家與武林於己先」的出塵人物，但在《神鵰》裡，為了讓楊過學得《九陰真經》，金庸竟將王重陽改成是與女友爭強鬥勝的氣度狹小男人，只為了證明自己遠較林朝英高明，王重陽即任性地在古墓刻下了《九陰真經》。

此外，全真七子在《射鵰》中是勇於與黃藥師一爭高下的正義俠士，在《神鵰》裡卻淪為武功不入流，只能襯托小龍女高明功夫的全真五子。

然而，若與王重陽及全真五子相較，受「敲樓」寫法影響最大的應該還是黃蓉。

《神鵰》的主角是楊過，楊過是一代大俠，然而，小說要雕塑出大俠楊過的武林生涯，總不能只是讓他練《玉女心經》及《九陰真經》，功成即為大俠。真正的高手都必須接受實戰的考驗，並且在實戰中成長，因此，小說必須從多重角度幫主角安排「試劍石」。在《神鵰》書中，楊過武功上的試劍石是公孫止、金輪國師等反面人物，而智力上的試劍石，金庸幫楊過安排的，竟是身為《射鵰》女主角的黃蓉。

為了映襯楊過，黃蓉從《射鵰》嬌俏聰明的女主角，淪為《神鵰》中以小人之心，度君子之腹的氣量狹窄長輩。在黃蓉與楊過的鬥智過程裡，《神鵰》一再以黃蓉的機謀詐巧，襯托出楊過明明心中有計謀，卻不願構陷他人的良善。在楊過屢次以黃蓉當智謀試金石之後，讀者們即可由黃蓉的「小智」，對比出楊過的「大慧」。

《神鵰》的故事就是如此，以矮化黃蓉彰顯楊過的智勇雙全。

修訂二版為新三版時，金庸應該也想彌補「敲樓」寫法造成的故事瑕疵。說來一部成功的文學作品，絕不能一再比較人物的功力誰高誰低，角色的聰明誰上誰下，而是要以深刻精彩的人物刻劃，表現書中人物各俱其長，各有其短，各個鮮明的形象，讓人物深植讀者心中。

在新三版的這一回裡，金庸加寫了一些黃蓉的言行，讓黃蓉延續《射鵰》中嬌俏可愛的形象，也在《神鵰》中展現她調皮慧黠的個性。即使在「敲樓」寫法下，修訂仍無法拯救二版《神鵰》黃蓉形象之十一，但經由刻意的增寫，總是多少能回復《射鵰》以四冊書本之力雕塑，深印讀者心中，黃蓉所獨具的活潑俏皮鮮明特色。

第二十七回還有一些修改：

一．李莫愁鬥黃蓉時，以冰魄銀針射黃蓉，黃蓉則以蘋果收下冰魄銀針，並反過來以銀針刺李莫愁，新三版還較二版細寫，黃蓉收去毒針，讓毒針尖端破蘋果皮而出，轉過蘋果向外，再對準李莫愁手掌。

二．李莫愁中冰魄銀針後，二版說毒素自掌心逐步上行，只要行到心窩之間，終於也要不治。這幾句話新三版刪了。

三．黃蓉與李莫愁交手後，回荊棘圈尋不著郭襄，二版說黃蓉上樹，但一眼望去足足有數十里，竟沒見到絲毫可疑的事物。新三版將黃蓉所見的地理寫實，改為黃蓉向北望到樊城，向南望到宜城，路上也不見有何動靜。

四．楊過在市鎮上見到郭芙時，郭芙所使的是她平日所用的利劍，二版說：小龍女的淑女劍雖利，她自是不願使用。新三版改說：那君子、淑女雙劍雖利，都留在臥室之中，匆匆不及攜走。

五．楊過見到郭芙時，二版說郭芙滿臉懼色，新三版增說郭芙嬌弱無助，楚楚可憐。此外，楊過下不了手斬郭芙的右臂報仇，新三版增說是因楊過對郭芙心中升起一股憐惜之情。

六．楊過上重陽宮前，伏在山道上，此處新三版較二版增寫近兩頁的情節，增寫的內容約略是說，楊過先是聽全真教弟子提到趙志敬法旨，說蒙古武士到重陽宮，一概恭敬放行，楊過方知趙志敬已任代掌教。他覺得趙志敬卑鄙下流，投降蒙古人並不稀奇。而後又聽全真教弟子說趙志敬吩咐白衣女子不得上山，但在趙志敬之前，甄志丙已先下令見到小龍女不可失禮數，因此小龍女早已上山。這一段增寫是要彌補二版的疏漏，在二版的故事裡，小龍女與金輪國師等人進重陽宮時，似乎是長驅直入，直達重陽宮，既未與山下弟子爭鬥，亦無弟子來報上山貴客，這樣的重陽宮顯然紀律過於鬆散。

七．楊過以玄鐵重劍打敗尼摩星，並要他回天竺去，二版說尼摩星臉如死灰，僵在當地，說不出話來。新三版改為尼摩星說了句：「你的功夫古怪大大的。」新三版是要突顯尼摩星的「印度腔中國話」。

八．二版尹克西憑著西域商賈的鑑物敏感，判斷楊過的重劍是玄鐵所製，新三版增說玄鐵是由天上落下的隕石中提煉而得。至於玄鐵重劍的重量，二版說是八八六十四斤，新三版改為九九八十一斤。

九．黃蓉與李莫愁爭鬥，一版說黃蓉使用碧綠竹杖。但此時打狗棒應是在幫主魯有腳手上，二版因此改為淡黃竹杖。

十．為了擾亂李莫愁的心神，黃蓉使計假做姿態要殺郭襄，一版黃蓉還告訴李莫愁：「這孩兒既非善種，留在世上作甚？」然而，「非善種」三字豈不是羞辱黃蓉自己，以及她老公郭靖？二版因此將黃蓉的話改為：「這孩兒來歷不明，留在世上作甚？」

十一．黃蓉割荊棘佈陣圍住郭襄，一版使用的是成吉思汗金刀，一版還說郭靖成婚後，為怕黃蓉心有芥蒂，遂將成吉思汗金刀轉送黃蓉。二版改為黃蓉使用的是金柄小佩刀。

十二．一版說李莫愁比黃蓉大得多，功力自也較她深厚，二版減少了李莫愁的年齡，因此連帶刪去這個說法。

十三．楊過與小龍女重逢後，一版楊過先是告訴小龍女：「姑姑！我早知斷了一臂之後，你一定會更加的憐惜我。」二版刪去了楊過這幾句話。

十四．楊過打敗尼摩星後，一版楊過告訴尼摩星：「我今日饒你一命，你還有臉再在中原逗留嗎？」這句話顯得楊過氣度太也狹窄。二版改為楊過告訴尼摩星：「今日饒你一命，快快回天竺去吧！」

十五・楊過向瀟湘子叫戰，一版瀟湘子說楊過只有一臂，自己若用雙手，顯得不夠公道，於是左手往腰帶裡一插，右手擺動哭喪棒，道：「我也只使一臂，這才叫你死而無怨。」一版的瀟湘子言行極度托大，二版將這段情節全數刪除了。

十六・尹克西金龍鞭上的寶石，一版的黑玉，二版改為白玉，想來是白玉較黑玉更珍貴。

十七・這一回金輪法王戰楊過，一版是先用錫輪，二版改為先用鉛輪。

十八・金輪法王使銅輪削馬光佐頭皮，一版讚金輪法王說：法王手中竟如一張薄薄的剃刀，稍高便切不到頭皮，稍低則傷了馬光祖性命，出手輕重竟是不爽分毫。這段描述大長金輪法王氣勢，二版將之刪除了。

楊過與小龍女的戀愛，是一連串對於愛情的考驗。先是師徒戀必須挑戰傳統的道德觀，再是小龍女為甄志丙迷姦，挑戰楊過能否放下傳統大男人的「處女情結」，三是小龍女身受重傷，朝不保夕，挑戰楊過是否願意維持這段沒有明天的愛情。楊過連過三關後，仍然決定繼續珍愛小龍女，即使明天有可能成為鰥夫，今天的他還是願意娶小龍女為妻。

小龍女在重陽宮身受重傷後，楊過決定帶她回古墓療傷，而回古墓必須先經過溪水，為了讓小龍女安全渡溪，一版楊過是先將他手上的郭襄放進木箱，扶著小龍女，如板車般拖著木箱走，直到溪流邊，才將小龍女抱進木箱，再將郭襄遞到小龍女懷裡，拉著箱子潛進古墓。二版楊過較一版體貼，打從一開始他就將小龍女放進木箱，小龍女再抱著郭襄，楊過則扛著木箱而行，到了溪流之邊，楊過低頭吻了吻小龍女面頰，合上箱蓋，再拉著箱子潛水進古墓。

回到古墓後，小龍女拿出林朝英當年的鳳冠霞帔，扮起新娘，而後楊龍二人又拿出當年王重陽寫給林朝英的情書，一起偷看了起來。在其中一封信裡，王重陽曾說寒玉床可以「起沉痾，療絕症」。見到這封信，楊過頓時間心中如見光明，相信小龍女可以寒玉床治癒，不過，小龍女心中卻犯疑，她想起當年師父就是受傷難癒而死，倘使寒玉床當真可以治病，師父傷重之時，怎會不以寒玉床自療呢？

於是小龍女開始回想當年師父受傷的往事，這段回憶一版與二版的情節大異其趣。

先說大家較熟悉的二版故事。

二版楊過問小龍女她師父是如何受的傷？小龍女說師父深居古墓，有一年李莫愁在外闖禍，師父出墓接應，竟中了敵人暗算。接回李莫愁後，那惡人又在墓外叫嚷挑戰，還想強攻古墓，師父在危急之時，對那惡人發出金針，並在惡人中針麻癢之時，乘勢點了他穴道。哪知後來李莫愁竟偷偷解了惡人穴道，那惡人突起發難，師父才中了他的毒手。

楊過問惡人是誰，小龍女說師父不願意告訴她，因為師父認為若是告訴她，說不定日後她會起心報仇。

後來小龍女夢中囈語，說孫婆婆告訴她是歐陽鋒傷了師父。醒來之後，小龍女又猛然想起，當年孫婆婆說世上能傷師父者寥寥無幾，而歐陽鋒是出名的惡人，於是孫婆婆問師父：「是不是歐陽鋒？是不是歐陽鋒？」師父總是搖頭，微笑了一下，就此斷氣。

歐陽鋒是楊過義父，楊過深知其武功，瞬間心有所悟，他告訴小龍女，歐陽鋒根本沒被她師父點中穴道，因此李莫愁也不可能幫歐陽鋒解過穴，這是因為歐陽鋒可以經脈逆行，將穴道移位，因而即使他被點中穴道，也會變成沒點中。

楊過就此破解了當年的一樁懸案，更因此而想出以經脈逆行幫助小龍女療傷的方法。

一版的描述與二版不同，一版小龍女告訴楊過師父舊事，先是對楊過說：「我師父本是林師祖的丫鬟，她稟性柔順，心地善良，從來不動怒氣，你那裡猜得到她竟會去製作冰魄銀針這種厲害陰毒的暗器？」接著，小龍女說起一大段師父的往事：「她深居古墓，極少外出，但有一年為了師姐，出外料理一件要事，竟中了一個惡人的暗算。師父吃了虧，也就算了，不去和他計較，那知這惡人得寸進尺，竟將師姊擄了去，師父的武功本來遠勝於他，只是暗器功夫，卻是不如，於是創製玉蜂金針和冰魄銀針兩件暗器，這才打敗了他，將師姐奪回。但這一役師父也是身受重傷，雖然拖了多年，終於無法治癒。師姐的五毒神掌功夫，便是那惡人教的，她和那惡人相處日久，不知不覺受了他的薰陶，性情大變，我師父為此，一直到死始終鬱鬱不樂。」

楊過聽完後，告訴小龍女，她師父較愛惜幼徒。楊過的理由是，以金針與銀針相較，金針細小，銀針長大，臨敵之際卻是金針勝於銀針。師父將金針傳小龍女，卻傳銀針於李莫愁，可知師父偏心。

一版小龍女又提起師父本已將惡人點穴，但李莫愁感念惡人傳她五毒神掌，因此偷偷解了惡人穴道，而後惡人突起發難，師父方慘遭毒手。雖說如此，但小龍女自己心中也犯疑，她不解的是，師父點穴用的是林朝英所創的獨門手法，但這手法師父根本沒傳授予李莫愁，李莫愁又如何能為惡人解穴？

而後小龍女夢中說及歐陽鋒，醒來後楊過問起，小龍女反問楊過：「我說了歐陽鋒嗎？歐陽鋒是誰？」原來一版楊過認歐陽鋒為義父後，聽全真教諸道說過歐陽鋒是外號「西毒」的壞人，因此從未對小龍女提起歐陽鋒之事，小龍女也從未聽過歐陽鋒之名。但經楊過一問，小龍女剎那間回想了起來，孫婆婆當年推測打傷師父的鐵定是歐陽鋒，因為武林中只有歐陽鋒會使五毒神掌的陰毒功夫，於是孫婆婆問師父：「是不是歐陽鋒？是不是歐陽鋒？」師父總是搖頭，微笑了一下，就此斷氣。

一版的這段故事說到這裡，接下來與二版一樣，楊過由歐陽鋒的轉移穴位功夫，推論出李莫愁並未解穴，並進而想出以歐陽鋒的經脈逆行之法療治小龍女的重病。

一版的故事確實既矛盾又錯亂，在一版《射鵰》中，擁有「五毒神掌」絕技的，明明就是裘千仞，怎麼到了《神鵰》，「五毒神掌」又變成是歐陽鋒的獨門功夫？而孫婆婆又為什麼會認為武林中只有歐陽鋒會使「五毒神掌」？小龍女的師父又怎麼會微笑同意呢？

不過，若照一版的描述，姑且接受殺害小龍女師父的惡人當真是歐陽鋒。如此說來，一版的李莫愁原來是清純可愛的少女，後來被歐陽鋒帶壞了，才變成使壞的女惡魔。歐陽鋒竟能徹底轉變一個人的性格，這也太不可思議了！

【王二指閒話】

金庸是創作力豐富的作家，在人性的刻畫上尤其細膩。

在金庸早期的小說裡，人物性格的由來，幾乎都可以從原生家庭中找到答案，譬如《射鵰》一書中，黃藥師性格邪怪，他女兒黃蓉也是大家眼中的小妖女；郭靖的母親是村姑型的樸實婦人，郭靖的個性也就是樸拙木訥；完顏洪烈一心懸念大金皇位，養子楊康從小受他薰陶，因而也貪戀富貴榮華。

而《神鵰》的人物塑型，在一版的原始創意中，基本上還是維持這種「原生家庭決定論」的模式，如秦南琴全家皆慘死於蛇吻，秦南秦又是被楊康強暴才生下楊過，因此性格偏激，楊過從小耳濡目染於秦南琴，故而有著強烈的反社會人格。小龍女則是受師父調教必須壓抑情感，在師父長年言教身教的影響下，小龍女養出了冰山美人的性格。

李莫愁的性格又是源自何處呢？向來習慣將小說人物來龍去脈交代得一清二楚的金庸，對於清心寡慾一脈相傳的古墓派，為何會調教出殺人不眨眼的女魔頭李莫愁，也想給個合理的解釋。

若以兒童模仿父母行為模式的觀點來看，形同「原生家庭」的古墓派，以及等同母親角色的師父，都無法為李莫愁偏差行為的由來提供答案，於是，在一版《神鵰》裡，金庸針對李莫愁的犯罪心理提出了說法，原來她是受歐陽鋒的潛移默化，才會變成江湖上的「小毒物」。

牛魔王調教出紅孩兒，大魔王培育出小惡魔，說李莫愁的「歹毒」心性是傳承自某個大惡人，似乎也頗為合理，只是一版將這個惡人編派成歐陽鋒，故事就不太周延了。試想歐陽鋒若是在二次華山論劍前即擄走李莫愁，以白駝山一脈單傳的規矩，歐陽鋒當然不能在歐陽克之外別傳女弟子，李莫愁也就不可能得到歐陽鋒的「毒家」真傳；而倘使歐陽鋒是在二次華山論劍後才擄走李莫愁，此時的歐陽鋒已變成「歐陽瘋」，連自己是誰都搞不清楚，行事瘋瘋癲癲，惡行亦銳減，李莫愁又怎能學得歐陽鋒壞到骨頭裡的邪惡精髓呢？

或許把李莫愁的邪惡心理歸因於歐陽鋒真的太過牽強，因此二版將相關情節全數刪除。而若以心理分析而言，李莫愁真要成為女魔頭，根本無需歐陽鋒，單是出身「古墓派」就已經理由充足了。

投師古墓派後，為了符合「養生十二少」的修鍊之道，李莫愁無從宣洩心中任何情緒，因此長年都處於情緒壓抑的「假性高EQ」的狀態。而後她行走江湖，卻在愛戀陸展元後，又被陸展元拋棄，導致李莫愁數十年積累的憤恨憂傷如火山般爆發。從此以後，李莫愁殺人放火，想藉由造成他人的痛苦，發洩自己的怨怒哀傷，然而，這樣的抒發方式並沒有辦法讓她怨消恨散，於是她的人生越走越偏，傷人越來越多，自己也越過越痛苦。

在《神鵰》第二十九回中，楊過曾評說李莫愁：「她不甘心自己獨個兒可憐，要天下人人都如她一般傷心難過。」楊過的話才是李莫愁無端傷人變態心理的正解。不過，李莫愁也不必自傷寂寞，因為吾道不孤，緊接著在《倚天》中，峨嵋派也跟古墓派一樣，都是高道德標準的高壓抑門派，周芷若則跟李莫愁一樣，亦是悶在門派的教條下，一肚子憤恨哀傷無從宣洩。

彷彿重演李莫愁與陸展元的故事一般，周芷若最後也因張無忌情變而變成殺人女魔頭。而若真如一版所說，李莫愁是受歐陽鋒調教才心性大變，難道我們也要推想，莫非周芷若小時候亦曾被成崑擄走，受成崑薰陶，才會這般歹毒行事？

第二十八回還有一些修改：

一·楊過與小龍女於重陽宮拜堂，向王重陽磕頭祝禱後，新三版楊過較二版增說：「祖師爺，弟子楊過冒犯了全真教，真正對不住之至，這裡跟您老人家磕頭陪罪。弟子對祖師爺，心中實是尊敬萬分。全真教今後若有所需，弟子奉命驅策，必效奔走之勞。」這段增寫加大了楊過的氣度，也彰顯了楊過對武林耆宿的恭謹有禮。

二·周伯通將趙志敬罩在大鐘內，二版王處一自己奮力將鐘扳開，撥入石頭，墊在鐘下。新三版減低了王處一的功力，改為王處一要三名弟子相助，才將大鐘扳開。

三·尹志平逝後，二版王處一說：「志平功不掩過，小節自然有虧，卻是大義凜然。」但這樣的考語顯得全真教的道德標準也太寬鬆，新三版因此改為王處一對甄志丙的評語是：「志丙功不掩過，為人持身，確有大過，然而大義凜然。」如此說詞較能顯出全真教的自律。

四·趙志敬藏身大鐘下，玉蜂群入而攻之，眾人聽到他先是狂呼慘叫，而後寂然無聲，二版說眾人想的是趙志敬中毒過多，已然死了。但武林人物真能如此斷人生死嗎?新三版改為眾人想的是趙志敬不知是否中毒過多，死活難知。

五．楊過設法以寒玉床及逆行經脈之法為小龍女療傷，二版楊過告訴小龍女，從前林朝英受傷，想來必是受陽剛內力而受傷，因為不是傷於陰柔內力，所以不須逆行經脈，即可用寒玉床療傷。新三版楊過還對小龍女加說：「你逆行經脈，將道家武功以陰為主的陰力化為陽剛之氣，通入寒玉床去。」新三版將寒玉床的療傷原理解說得更踏實。

六．楊過以經脈逆行輔以寒玉床為小龍女療傷，二版說若小龍女無深湛的內功根基，與楊過所學又非同一門派，則縱然歐陽鋒復生，黃藥師親至，也無法衝破逆通經脈的無數難關。然而，逆行經脈雖是師法歐陽鋒，寒玉床卻無關黃藥師，新三版因此將黃藥師更正為王重陽。

七．李莫愁向黃蓉解釋，為何她會誤會郭襄是楊過女兒，二版李莫愁說：「楊過待這女孩兒極好，料來決無加害之意。」新三版李莫愁再加說：「他為了救護這娃兒，幾乎連自己性命也不要了。」這兩句話的說服力更強。

八．小龍女身受重傷，命若游絲時，楊過要讓小龍女知道，自己願意娶她為妻，一版楊過想的是「眼前為時無多，務須讓她心滿意足。」但這樣的說法，彷佛楊過只是在滿足小龍女死前的最後心願。二版改為楊過想的是「眼前為時無多，務須讓她明白我的心意。」這才像是楊過真正的心情。此外，一版楊過曾告訴小龍女：「姑姑，說什麼師徒的名份，說什麼名節清白，只要你我兩心相愛，世上還有什麼命苦不命苦？旁人怎麼說怎麼想，由得他們自尋煩惱去。」這樣溫柔和雅的語氣更像出自小龍女。二版改為楊過說的是：「甚麼師徒名份，甚麼名節清白，咱們統統當是放屁。」這般剛烈的語句才像楊過的說話風格。

九・一版說到王重陽畫像時，提及當年穆念慈與秦南琴本要自盡，而後在鐵掌峰下的道院見此王重陽畫像，看到畫像上「活死人」三字而心有所悟，因而未一死了之，並為孫不二收留。又因秦南琴未自盡，世上始有楊過，因此王重陽畫像與楊過頗有淵源。這段說法二版刪除了。

十・一版說全真五子之中，以劉處玄最有智計，二版刪了此說。

十一・一版楊過抱住小龍女離開重陽宮時，是將玄鐵重劍往腰中一掛。但玄鐵重劍的重量只怕腰帶根本無法負荷，二版因此改為楊過將玄鐵重劍往背上一插。

十二・老頑童學習指揮玉蜂卻不得其法，一版讚老頑童說：「老頑童雖然天真爛漫，行事滑稽，生性原極聰明，否則武功怎能練到如此超凡入聖的地步？」又讚玉蜂「原是異種，身軀既大，尾針又有劇毒」。這些讚語二版都刪除了。

十三・一版寫及重陽宮中全真教諸道故事時，中間插進了一句「據歷史記載，尹志平繼丘處機為全真教掌教。」二版將這句話移到回末的「注」中，這是因為一版是報紙連載，連載小說在情節中適時加「注」，會比完成一個段落後才寫「注」合宜。

十四．小龍女受傷後，丘處機想贈予她的治傷藥，一版是「熊膽丸」，二版改為「九轉靈寶丸」。

十五．楊過與小龍女上重陽宮藏經閣後，全真教道人不敢追擊，一版說是因藏經閣樓梯狹窄，無法展開天罡北斗陣，二版改為是因全真教道人怕了玉蜂。

十六．黃蓉告訴郭芙說，楊過抱走郭襄，是因為郭芙冤枉楊過偷了她妹子，楊過便偷給她瞧瞧。一版還讚黃蓉：「小龍女與郭靖把楊過想得太好，而李莫愁與郭芙又把他想得太壞，到這時候，楊過在這世上的真正知己，卻要算是黃蓉呢！」二版將這段讚語刪了。

黃蓉懷疑耶律齊是蒙古spy——第二十九回〈劫難重重〉版本回較

《神鵰》的上半段故事已經邁入了尾聲，金庸也打算給筆下未婚的俊男美女一個交代。為了不讓俠士俠女變成曠男怨女，金庸大點鴛鴦譜，幫俊男美女們配對，在月老金庸的紅線牽引下，耶律燕與武敦儒成了一對比翼鳥，完顏萍和武修文化為一雙連理枝，此外，出身「江湖第一家庭」郭家的魯莽千金郭芙也有了自己的並蒂花，她的真命天子就是來自蒙古的耶律齊。

黃蓉初次見到未來佳婿耶律齊，是在與公孫止惡鬥時。看過耶律齊的武功劍法，黃蓉直覺斷定耶律齊必是出身全真一派，但問耶律齊是全真七子哪一位門下，耶律齊卻說：「我師父囑咐晚輩，不可說他老人家的名諱。」不過，即使耶律齊不說，黃蓉還是猜出來了，更當場哈哈大笑。

在黃蓉與耶律齊聯手向讀者賣了關子之後，答案隨即揭曉，原來耶律齊是老頑童周伯通的弟子。兩人的師徒因緣起於十二年前，當時耶律齊年幼，老頑童與他玩得投機，於是收他為徒。雖然周伯通傳授耶律齊的武功不多，但耶律齊聰穎強毅，練功甚勤，竟也成為小一輩中的傑出人物。

而為什麼老頑童傳耶律齊武功，卻又不許耶律齊自稱是老頑童的嫡傳弟子呢？二版說是因為老頑童見他規規矩矩，不是小頑童模樣，不許他自稱老頑童徒兒，新三版則除了二版所說的理由外，還增說是因為耶律齊學不會左右互搏功夫，老頑童大覺沒癮，這才不許他自稱周伯通徒兒。

此外，丘處機提起蒙古兵即將攻山時，老頑童要耶律齊顯點師父教的武功攻敵，此處一版又解釋說，老頑童初時教耶律齊不可洩露師承，是盼他在江湖上一鳴驚人，大大露臉，這才宣揚出來。二版改成老頑童是嫌耶律齊全無頑皮之性，半點不似老頑童如此名師出的高徒，因此才要他別洩露師承自周伯通。

雖然耶律齊是老頑童的弟子，但在一版《神鵰》中，機警的黃蓉對耶律齊的出身可是大為提防的，一版黃蓉曾私下問耶律齊：「你跟耶律楚材老先生怎生稱呼？」耶律齊回答：「那便是家父。」聽聞耶律齊的出身後，一版描述了黃蓉對耶律齊的想法，說黃蓉見耶律齊箭法了得，又聽他說潛水之能勝於游水，猜想到他與蒙古人必有干連。而後得知耶律齊是耶律楚材的兒子，黃蓉又想，在西征之役時，她曾與耶律楚材有數面之緣，知道耶律楚材是蒙古的丞相，成吉思汗當年還對他言聽計從。此時蒙古已然南下侵宋，蒙古與宋人亦早成生死之敵，黃蓉的心裡因此難免對耶律齊有一層疑慮。

黃蓉疑慮的，當然是怕耶律齊身負蒙古spy（間諜）重責，前來大宋竊取軍政情報，又或者是憂心耶律齊會如霍都般混入幫派，伺機破壞民間愛國團體。

但畢竟故事後來的發展，黃蓉看耶律齊，變成丈母娘看女婿，越看越對眼，二版因此藉由修訂，將一版黃蓉猜忌耶律齊的描述全刪了。

不過，為了讓黃蓉與讀者對耶律齊完全放心，新三版又增寫了一段耶律齊的來歷，說耶律齊之父耶律楚材是契丹皇族，為報女真金國滅遼之仇，投身成吉思汗、窩闊台二汗手下，還官居宰相，後來因忠正立朝，忤了皇后旨意，遭到罷斥，其子耶律鑄亦為朝廷所殺。耶律齊保護母親、妹子，逃到南朝，做了南下難民，與大宋尋常百姓無異。

新三版的解釋是要告訴讀者，耶律齊出身契丹，後來隨父親入籍蒙古。雖說他曾經是大宋國的敵人，但在耶律家遭受政治迫害，致使他父兄慘死，更迫使他攜家帶眷流亡大宋後，他對蒙古已不可能殘存任何一絲一毫的眷戀之情。這樣的說辭不知道能不能讓讀者對耶律齊完全放心，但至少從二版《神鵰》之後，黃蓉一見面就信任耶律齊，更將女兒許配給他，蒙古宰相之子耶律齊也就因此成了大宋抗蒙精神領袖郭靖家的乘龍快婿。

倘使聰慧與機警如黃蓉，都像二版與新三版的描述這般輕易信人容人，那麼，《倚天》中汝陽王一家誤信范遙，讓他混進汝陽王府當了多年spy，想來趙敏亦不需自責識人不明，畢竟「大度容人」、「輕易信人」，她與黃蓉是一樣的，只是黃蓉較趙敏幸運，耶律齊真的不是范遙，而是「投奔大宋的蒙古義士」。黃蓉壓對寶了，耶律齊確實心向大宋，而且一離開祖國後，馬上因毀家之恨而燃燒起復仇之火，並準備加入對抗祖國的戰爭！

【王二指閒話】

金庸在新三版武俠小說總序中說：「我初期所寫的小說，漢人皇朝的正統觀念很強。到了後期，中華民族各族一視同仁的觀念成為基調，那是我的歷史觀比較有了些進步之故。」讀者也可以發現，金庸在改版時，若是舊的版本對某一民族有所貶抑，他必定會刻意進行修訂，以表達對該民族的尊重，因此，一版《碧血劍》明顯貶抑滿族，修訂為二版後，就增加了一大段皇太極大談治國理念的情節；此外，修訂一版為二版，及修訂二版為新三版時，金庸一再將成吉思汗與忽必烈修改寫得格局更寬，心胸更大，以表達對蒙古人的尊重；還有，為了避免小說損及藏人，金庸將二版出身藏族的靈智上人、金輪法王與藏邊五醜全都更改了籍貫，讓他們變成出身青海或蒙古，這也是要表達對藏族的尊重。

對於不同民族的損抑可以透過增刪修改，讓女真、契丹、蒙古、西藏、吐蕃、滿清、甚至波斯都受到與漢族同等的尊重，但金庸小說一貫「漢民族本位主義」的描述卻是難以修改的，因為這是文學技巧。

觀看棒球比賽時，如果只是研究每一隊的所長及所短，卻未對某一支球隊產生認同感，那就難以成為棒球迷。反之，只要內心認同某一支球隊，會為了球隊的勝利而歡呼，為了球隊的失敗而惋惜，那就有可能成為球隊的長期支持者，並成為真正的棒球迷。這樣的棒球迷可以漏夜守在球場看球賽，也可以守在電視機前看轉播，他關心球隊的最新戰況，也會注意球賽的相關訊息。

文學創作的技巧跟開發球迷的道理完全一樣，以金庸小說而言，只要讀者進入故事，金庸一定會引領讀者認同俠士，以及俠士出身的漢族，並與俠士一起展開捍衛漢族、對抗異族的俠義之路。

以郭靖為例，郭靖的父親郭嘯天因受金國王子與宋國官員聯合構陷而死於非命，妻子李萍北逃蒙古，而後生下遺腹子郭靖，郭靖長成後回歸大宋，並幫助大宋對抗入侵的蒙古。如此的情節讀者是能認同的。

但若將民族角度顛倒過來，改為郭靖的父親受宋朝官員迫害而死，母親北逃蒙古，並生下郭靖，郭靖長大後出任蒙古大將，還前來大宋攻城略地，這樣的郭靖將會被讀者貼上「漢奸」的標籤，也會受到厭惡。

有趣的是，讀者或許無法認同歸籍蒙古的郭靖，卻能接納歸籍漢族的耶律齊。在《神鵰》故事裡，耶律齊出身契丹，而後入籍蒙古，父親耶律楚材還擔任蒙古丞相多年，後來耶律楚材受蒙古皇室迫害，耶律齊於是前來大宋尋求安全庇護，而後更出任民間抗蒙組織丐幫的幫主，並反過來抗擊自己的父母之邦蒙古。這樣的耶律齊不僅不會被讀者貼上「蒙奸」的標籤，還會被視為「唾棄蒙古而棄暗投明的歸宋義士」，站在讀者的「漢民族本位主義」觀點，耶律齊不是賣國賊，而是英雄。

這就是文學的創作技巧，金庸作品的訴求對象，原本就以「泛漢人」為主要族群，因而金庸以「漢民族本位主義」當號召，將郭靖、楊過等主角設在漢人這邊，而讀者大多也是漢人，本就認同漢族的國度，於是，讀者跟郭靖、楊過就變成「同一國」的。這麼一來，就跟看球賽一樣，讀者會關心有郭靖、楊過這些球員的「大宋隊」，也會期待「大宋隊」痛擊「大蒙隊」，更會成為小說的忠實讀者。

說來「漢民族本位主義」的創作技巧並無關「揚漢抑滿」或「讚宋謗蒙」，每個民族都有其優缺點，也都是平等的，身為作者的金庸，只不過是想讓讀者融入情節，因此才將讀者的認同感拉到主角所屬的民族。

在《射鵰》故事裡，楊康出生在大金國，若以美國「綠卡」的屬地政策來看，他根本是不折不扣的金國人，但楊康卻被小說扣上「認賊做父」的大帽子，讀者也都厭惡他。反觀《神鵰》中的耶律齊，青年時期才因政治鬥爭失敗，投奔敵國，並反過來抗擊祖國，然而，讀者卻能接受耶律齊叛國後，又得意地出任丐幫幫主，並成為郭靖的女婿。對照楊康與耶律齊，我們就能發現金庸「漢民族本位主義」策略的成功，讀者一進入金庸小說的世界，就被金庸說服，成了「郭靖與楊過這一國」的支持者。

第二十九回還有一些修改：

一．公孫止鬥黃蓉與李莫愁時，二版公孫止說：「那裡鑽出這兩個厲害女將來?偏又這般美貌。」新三版公孫止再加說：「我這些年不出谷來尋妻覓妾，當真錯過了不少良緣。」而後，公孫止見到郭芙，新三版公孫止又讚黃蓉與郭芙「倒像是姊妹」。總之，新三版越是改寫，公孫止就越是好色下流。

二．武三通同意郭芙該斷一臂以還楊過，郭芙聞言積憤在心，而後眾人商議尋找楊過，武三通自稱若非黃蓉在場，自己必然暴跳如雷，一籌莫展，二版郭芙說：「可不是嗎？」，新三版改為郭芙說：「當真如此！暴跳如雷，猶似老天爺放那個氣！」新三版的用詞更突顯郭芙的莽撞。

三．武三通請黃蓉領導大家尋楊過，二版武三通對黃蓉說的是：「自然是你掛帥印。」新三版改為武三通說：「自然是穆桂英掛帥。」

四．周伯通說耶律齊可以加入全真七子而成全真八子，新三版增寫解釋說，周伯通的徒兒並非道士，但周伯通早忘了。

五．二版黃蓉請李莫愁帶領她們一行人至古墓出口，還說李莫愁若不願，他們七個人仍可分散等候，直至楊龍出墓買米打柴，但黃蓉似乎算錯了，她們的這一行算來有黃蓉母女、武家父子、耶律兄妹、完顏萍，共是八人，而非七人，新三版因此更正為八人。

六．二版李莫愁被楊過封入石棺後，恨極了世上每一個人，還思及死後成為厲鬼，要害死楊過、小龍女、武三通、黃蓉，新三版再加上她最恨的何沅君與陸展元。

七．郭芙與武家父子等人隔火仰望楊龍二人，二版說郭芙自慚形穢，新三版增寫了原因，說郭芙自慚形穢，乃因楊過以德報怨，奮不顧身救自己性命，當真是大仁大義。

八・一版郭芙見完顏萍被公孫止所傷而暈去，肩頭鮮血汩汩流出，遂取出金創藥給她敷上，並撕下衣襟，替完顏萍包紮傷口。然而，細心助人實在不像是郭芙的行為，二版因此將這些描寫刪除了。

九・武三通說要到絕情谷救天竺僧與朱子柳，一版黃蓉提議先找楊過，因為楊過武藝高強，是個有力的臂助。然而，此時郭芙剛斬斷楊過一臂，黃蓉怎能再出言勞煩楊過襄助救人呢？二版因此刪了黃蓉這幾句話。

十・一版李莫愁不知楊過雖只一臂，武功卻更勝往昔。潛進古墓時，李莫愁盤算，須乘楊龍不防，先傷了小龍女，楊過則因已斷一臂，不足為患。二版改為李莫愁只怕自已敵不過楊龍二人的任何一個。

十一・一版寫及楊龍二人練逆衝經脈之法時，援引《類經》曰：「人有四海，胃者水穀之海，衝脈者十二經之海，壇中者氣之海，腦者髓之海是也。」因此「壇中穴」是大穴中大穴，最是緊要不過。這段援引二版刪了。

十二・一版說《玉女心經》放在小龍女包袱中，二版改為是刻在石室頂上，楊過原本還要讓李莫愁到該石室中慢慢參悟。

十三・一版楊過進入某間石室，石室中有五具棺材，李莫愁不知此為祖師及師父殮骨之所，只在心中暗想，師父偏心，未告訴她古墓中的隱僻之處，因此她不知此處有五具棺材。楊過見棺材則心生不祥，自覺「冥冥中自有天意，今日終歸和她（小龍女）要死在這裡。」二版改為李莫愁本就知道石室中有五具石棺，其中一具還是通往古墓外的門戶，她自己即是由此進古墓。而楊過誘騙李莫愁進石棺之物，一版是裝有《玉女心經》的包袱，二版改為鞋子。

丐幫也要「隔江分治」，劃分「南北丐幫」
——第三十回〈離合無常〉版本回較

洪七公外號「北丐」，由「北」字可知，即使在南宋時期，金國已經佔領江北，以漢人為主的乞丐群仍未隨著宋室渡江而南遷，丐幫幫眾遊走的區域依然遍及北宋時代漢人統治的大江南北。

因為勢力龐大，丐幫必然對其所在的國家有其影響力，那麼，丐幫的組織精神又是什麼呢？在《射鵰》第二十七回中，魯有腳曾力陳丐幫的祖訓是「忠義報國」，可知「報國」即是丐幫的目標。然而，「報國」立義雖高，詞語的定義卻是模糊的，尤其是在《神鵰》背景的南宋時代。南宋的中國以長江劃分，南方仍是「大宋國」，北方則起先是「大金國」，後來又變成「蒙古國」，對這些長期居住北方「大金國」與「蒙古國」轄區的群丐們來說，談起「忠義報國」，到底要報的是自己居住的「大金國」或「蒙古國」？還是隔著長江的祖國「大宋國」？

在《神鵰》第三十回裡，就有這麼段故事，說到丐幫差點分裂為「北丐幫」與「南丐幫」，各自效忠其轄區政府所在的蒙古國與大宋國，。

這段故事說得比較清楚的是一版，一版說楊過與小龍女住在山上一間木屋中，一天，見胖瘦二丐踏雪而來，瘦丐肩後負著大紅葫蘆，似是洪七公遺物，此人就是一版第十二回荊紫關英雄大會時，持洪七公紅葫蘆，代傳洪七公號令，激勵群丐忠義報國的瘦丐，胖丐則是行為奸邪的彭長老。

瘦丐告訴彭長老，金輪法王一行剿滅全真教，鎩羽而歸，彭長老笑道，這才能讓蒙古皇帝知道，「要取中國的錦繡江山，須得靠中國人。」原來彭長老是奉蒙古皇帝之命，準備再起一支「南派丐幫」，蒙古皇帝也已承諾，只要「南派丐幫」成立，便許彭長老「鎮南大將軍」官銜，至於瘦丐協助彭長老，則是希望彭長老傳授他「攝魂大法」。

兩人開始說起將丐幫分裂成「南北丐幫」的計劃，彭長老要瘦丐到兩湖三湘傳洪七公號令，說南北隔絕，丐眾連絡不易，須得分為兩部。分為南北兩部後，彭長老先扶簡長老為南派丐幫幫主，此因簡長老年紀大，門下弟子也多，旁人較不會起疑，而後彭長老再用攝魂大法控制簡長老，簡長老即會傳位於彭長老，彭長老也就順利登上南派丐幫幫主之位了。

計劃雖算精密，但瘦丐卻心生怯意，他認為洪七公逝世已久，若再拿假葫蘆假傳洪七公號令，只怕起疑的人會越來越多，再說倘使襄陽圍解，黃蓉出來追究，他能有幾條性命？彭長老則回瘦丐說，他們的動作必須進行得快，至於黃蓉，早已身陷圍城的她，只怕連自己的小命都難保。

楊過竊聽他二人對話，才知瘦丐所持大紅葫蘆是假，他二人持假葫蘆，冒洪七公之名招搖，所傳又是忠義仁俠、為國為民的好事，因此丐幫幫眾竟無一人起疑。彭長老準備等到幫眾信心堅定，才俟機設法別組支派，把天下第一大幫的丐幫攪得四分五裂。

一版彭長老的周詳計劃，二版全數刪除了，二版的瘦丐也沒有那個假造的紅葫蘆。二版的故事只說彭長老若起「南派丐幫」，蒙古將封他「鎮南大將軍」之銜，瘦丐則依然是彭長老的得力助手。

二版修訂成新三版後，再將蒙古授意彭長老成立的「南派丐幫」改為「北派丐幫」。想來若是成立「南派丐幫」，就只能分裂丐幫，而若彭長老出掌「北派丐幫」，蒙古王室的勢力就能伸入丐幫，並左右丐幫的動向。

新三版還有一處小修改，就是將彭長老的絕技「攝魂大法」更名為「攝心術」。

丐幫實在是個奇妙的團體，推想丐幫的幫眾裡，或許有些人是期待幫會的庇護才入幫，也有些人是像黃蓉、耶律齊這般，為了成為幫主才入幫，但除了這些少數人外，大多數的幫眾應該都是貨真價實的乞丐。

然而，如果可以好好生活，誰會願意行乞維生？說來平民之所以會淪為乞丐，多是因為國家施政不力，無法振興國民經濟，加上官員魚肉百姓，導致民生凋敝，窮人沒有飯吃，在萬不得已的無奈下，只好淪為乞丐。然而，這些被貧窮所迫才加入乞丐行列的丐幫幫眾，不只不會反抗政府，還反過來高舉「忠義」大旗，拼命要捍衛這個讓人民沒飯吃的國家與政府，更有意思的是，蒙古政府還要跟大宋搶著要這些「愛國不落人後」的乞丐，這還真是值得研究的有趣現象！

【王二指閒話】

《倚天》第三十七回說，江湖上向來有言「明教、丐幫、少林派」，各教門以明教居首，天下幫會推丐幫為尊，武學門派則以少林派為第一，足見丐幫在武林中一直高踞著龍頭地位。

但若相較起明教、全真教或少林派，丐幫顯然是文化程度較低，也較無核心思想的門派。明教、全真教或少林派等宗教教眾，必須課誦明教、道教或佛教等宗教典籍，因此對教義至少都還有基本的認知。又因認知明確，即使天鷹教曾脫離明教自立，或是少林派後來分為南北少林，教眾們還是能朝同樣的理想前進。

丐幫就不同了，丐幫是叫化子組成的團體，文化水準原本較低，也沒有明確的組織目標，因此丐幫的發展走向，往往決定於幫主的領導風格。然而，原本負有「乞丐皇帝」重責大任的丐幫幫主，雖說掌管對內的任命調派、升遷獎懲，以及對外的宣戰媾和、揚威開創等大權，但在金庸書系裡，卻鮮少見到非常勤勉負責的幫主。

除了魯有腳、耶律齊等「開創不足，守成有餘」的幫主外，我們試用幾位歷史上的帝王來比評金庸書系中，幾位較具特色的丐幫幫主。

一、唐太宗型的喬峰：喬峰在幫主任內，對幫眾的功過考評瞭若指掌，更能身先士卒，率領幫眾力抗入侵的遼人。他努力擴展丐幫，並帶領丐幫威震武林，可以媲美唐太宗李世民。

二、宋徽宗型的洪七公：洪七公疏於管理丐幫政務，將統御丐幫的責任委託魯有腳，自己則將心力大多投入於發展武功，亦準備於華山論劍爭奪天下第一。洪七公的行為與高居帝位，卻無心治國，反將心思投入藝術，發明「瘦金體」的宋徽宗頗為雷同。

三、明朝萬曆皇帝型的黃蓉：黃蓉繼洪七公之後出掌丐幫，但身為幫主的黃蓉，竟將幫務完全丟給魯有腳，自己隱居到桃花島多年。這與明朝萬曆皇帝的領導風格有些類似，萬曆皇帝三十年不出宮門，不理朝政，中樞廷臣多的是不知皇帝長相為何的官員。

南宋的丐幫在洪七公與黃蓉這兩位「名震江湖，卻疏於理事」的幫主領導之後，幫眾對丐幫的發展走向更加模糊，因此洪七公重病時，楊康竊取打狗棒假冒幫主，提議將丐幫南移，長老們馬上內鬨起來，更差點被楊康帶著舉幫南遷。

在洪七公的領導下，立場早已模糊的丐幫，又經過黃蓉多年的「斷頭」（幫主神龍見首不見尾）統御，以及魯有腳不夠強勢的領導，倘若蒙古真要安排內應，導引丐幫內鬨，撕裂丐幫為隔江分治的南北兩派，也確實有機會成功。可知丐幫若真分裂，問題絕不在於蒙古，而在於自己的內部紀律早已鬆散，立幫精神也早已式微。

第三十回還有一些修改：

一．一燈大師偕慈恩至絕情谷，二版說一燈大師在湖廣南路接到朱子柳的求救信，新三版改為在荊湖北路。此外，二版說慈恩出家十餘年，新三版改為近二十年。

二．二版說一燈大師若出「一陽指」，可勝慈恩鐵掌一招半式。新三版將「一陽指」改為

「先天功一陽指」。

三．二版慈恩說裘千尺一向只跟她二哥說得來，但這是明顯的錯誤，因為裘千仞自己就是裘千尺的二哥。跟裘千尺較有話說的，應該是她的大哥裘千丈，新三版因此將「二哥」訂正為「大哥」。

四．二版一燈大師大讚楊龍二人，說只有郭靖、黃蓉夫婦，方能和楊龍比肩。新三版一燈大師再增說，達觀知命、漠視生死，郭黃夫婦比之楊龍卻有所不如。

五．楊過與慈恩武鬥，造成楊龍二人所在的木屋倒塌，新三版較二版增寫，小龍女抱了郭襄，拾塊木板在她頭頂擋雪。這是要增加小龍女的體貼與細膩。

六．楊過告訴一燈大師，他的師承來自妻子，新三版較二版增說，一燈大師是南傳佛徒，戒律雖多，但教中居士並無師徒不得成婚的規矩，因此楊過娶師為妻之事不足為奇。

七．李莫愁、洪凌波師徒與程英、陸無雙表姊妹於兩丈寬的圓形草地互鬥，草地外邊圍滿了情花，一版說不管從東西南北那一個方位出來，至少都有二十來丈的地面生滿情花，二版改為八九丈地面生滿情花，新三版又增寫說此時正當冬季，情花早謝，花枝上只賸千百枝尖刺，因而出情花之圍必為情花所刺。

八．李莫愁四人受困情花之圍，二版四人猜測花樹中安有機關陷阱，或是毒箭暗器，新三版改為四人見到情花無數尖刺，早覺厲害。

九．二版程英所使武器為簫，新三版將簫改為短棒，並說鐵棒外鍍純銀，雕出幾個假孔，有如一枝銀簫，形狀顏色都頗美觀。二版還說程英使「玉簫劍法」是以簫代劍。若將簫與棒相較，顯然棒是比簫更接近劍的，而以程英的武功層次來說，「以棒代劍」也會比「以簫代劍」合理。

十．二版說李莫愁師徒與程英表姊妹是被老頑童引進絕情谷，新三版增說老頑童是因絕情谷死樣活氣，有神沒氣，瞧著一百個不順眼，因此想為絕情谷多增對頭，鬧個天翻地覆，這才將四人引進來。

十一．陸無雙與郭芙鬥嘴時，新三版增寫了一小段對陸無雙心理的描述，說陸無雙一來劇憐楊過斷臂，二來見小龍女秀美若仙。雖見楊過對小龍女情重親熱，不免嫉妒，但隨即見到楊過腿上鮮血淋漓，全是為救自己表姊妹而致，因而嫉妒小龍女之心全轉而去惱怒郭芙了。

十二．陸無雙的柳葉刀在與李莫愁師徒互鬥時掉入情花叢，二版說陸無雙與程英後來與武氏兄弟一齊攻李莫愁。新三版改為陸無雙沒兵刃，只空手在表姊身邊迴護，而後楊過才使彈指神功，以小石塊將柳葉刀彈出情花叢，回到陸無雙手上。

十三・二版裘千尺突以鐵棗射郭芙，先對郭芙說：「好！你是郭靖和黃蓉的女兒，你是郭靖和黃蓉的……」，「女兒」二字未出即射鐵棗。但裘千尺若將語句停在斷句處，比較容易讓對方有所警覺，新三版改為裘千尺說：「好！你是郭靖和黃蓉的女兒，你是郭靖和黃蓉……」，「的女兒」未出口即射暗器。改寫後的語詞停在非斷句處，更能讓對方猝不及防。

十四・一版讚慈恩的鐵掌威力大得異乎尋常，竟和洪七公的降龍十八掌，歐陽鋒的蛤蟆功，金輪法王的掌力並駕齊驅。二版刪了這段讚美之詞。

十五・一版慈恩罵一燈大師說：「你假惺惺作甚？回手啊，幹嘛不回手？你東邪、西毒、南帝、北丐、中神通有什麼了不起？未必及得上我這鐵掌水上飄裘大幫主。你還手啊，你不還手，自己枉送性命，可別怨我。」這段慈恩的罵詞流彈四射，未免傷及太多人。二版刪為慈恩只說：「你假惺惺作甚？快還手啊，你不還手，枉自送了性命，可別怨我！」

十六・楊過與慈恩相鬥後，木屋毀損，一版慈恩扶正木柱，將木板拼拼湊湊，搭成一間差可容身的破屋。但裘大幫主當真也可以當木匠蓋房屋嗎？不論可不可以，二版都刪去了搭屋之說。

十七・一燈大師詢問楊過，小龍女是如何將經脈打通的。一版一燈大師心中還生疑：「難道世上除了我的一陽指神功，尚有打通關脈療傷的法門。」這段話顯得一燈大師太也目中無人，二版因此刪去了。

十八．楊過施展輕功追小龍女與慈恩二人，一燈大師緊隨其後，並笑問楊過內力深厚，師承是誰，一版說楊過微微一驚，因他以為自己已把一燈大師拋得老遠。這般描述顯出楊過也太不知天高地厚，二版因此刪去了。

十九．一燈大師問楊過服過什麼增長內力的靈藥，一版楊過說服過數十枚鮮紅果子，一燈大師再細問楊過紅色鮮果的特色，原來紅色鮮果是比桃子略小，鮮甜無核的果子。楊過對於無實之果怎能傳種，亦覺奇怪，一燈大師告訴楊過這果子叫「朱果」，比千年靈芝，成形人參還珍貴，且此朱果生在危崖峭壁人所難至之處，或十年結一次實，或二十年結一次實，或數百年也不結一次。這一整段二版全數改寫，改為楊過所服為奇蛇之膽，而此毒蛇身上金光閃閃，頭頂生有肉角，形狀十分怪異，一燈大師想起此蛇是佛經中記載的「菩斯曲蛇」，原來中土竟然也有，又說此蛇行走如風，極難捕捉。

二十．一版楊過一行前往絕情谷，小龍女見到一株松樹上刺有「絕情谷向此去」幾字，因字透黑色，楊過判斷是以冰魄銀針所刺，但小龍女說李莫愁未去過絕情谷，理應不識路，楊過則認為黃蓉與郭芙手上留有冰魄銀針，武三通又知路徑，或許是黃蓉一行人所留之字。這一段二版刪除了。

二一．程英表姊妹與李莫愁師徒惡鬥時，一版說程英得黃藥師真傳後，將若干武學精義轉授了表妹。然而，未經黃藥師許可，程英理當不會私下授業他人，二版因此刪去程英私授陸無雙之說。

二二．武三通一行比楊龍早到絕情谷，一版說是因武三通識得路徑，帶完顏萍一行抄近路。但以公孫止的細心佈局，絕情谷真能有近路可抄嗎？二版因此刪去了「抄近路」的說法。

二三．楊過在絕情谷公開自己已娶小龍女為妻後，一版說，不但裘千尺一怔，連程英、陸無雙、公孫綠萼都芳心大震。二版刪去了這一段。

楊過對公孫綠萼最致命的讚美——第三十一回〈半枚靈丹〉版本回較

《神鵰俠侶》是金庸小說中，唯一分成上下兩卷的作品，上下兩卷間隔了十六年。從楊過登場至小龍女失蹤的第一回到第三十二回故事稱為「上卷」，「上卷」結束時，金庸徹底幫楊過清理了「桃花叢」。楊過的桃花實在開得太錦簇了，為了讓小龍女在爾後的十六年放心去「失蹤」，金庸拿起了大剪刀，準備剪掉楊過身上所有的桃花，只留下小龍女這朵。

這一回金庸要幫楊過剪掉的一朵桃花，就是絕情谷小美女公孫綠萼。

且來看看這段故事的版本差異。

話說多情種子楊過在絕情谷走一回後，惹得谷主女兒公孫綠萼對他愛苗滋長，芳心唯繫，然而，落花有意，流水看似有情卻無情，楊過出谷一遭又回谷，帶回來的，卻是他的新婚妻子小龍女。

楊過跟小龍女新婚夫妻兩情繾綣，公孫綠萼卻無意間聽聞楊龍二人的對話。原來楊過深中情花之毒，小龍女心疼憐惜，想勸楊過另娶公孫綠萼為妻，以得到丈母娘裘千尺的絕情丹，但楊過告訴小龍女：「咱兩人之間決不容有第三人攔入。」

聽聞楊過之言，小龍女嗚咽地告訴楊過：「那公孫姑娘……我瞧她人很好啊，你便聽了我的話罷。」楊過朗聲一笑，二版楊過接著說：「公孫姑娘自然是好，其實天下好女子難道少了？」並再對小龍女說一次「只是你我既然兩心如一，怎容另有他念？」，新三版再將楊過讚美公孫綠萼的話做了點增添，改為楊過說：「公孫姑娘自然是好。不但好，而且非常之好！其實天下好女子難道少了？」

聽到楊龍的對話，公孫綠萼傷心無已，而後見到程英、陸無雙前來，二版公孫綠萼心想：「別說和龍姑娘相比，便是程陸二位姑娘，她們的品貌武功，過去和他的交情，又豈是我所能及？」新三版公孫綠萼再多想一句：「他……他能說我『非常之好』，也就夠了！」

至於公孫綠萼對楊過的心思，一版說她固已知楊過對小龍女情深義重，但總盼見他一面，是以在絕情谷中等候，二版改為更深切的說法，說公孫綠萼是隱隱存了「二女共事一夫」的念頭，後來聽了楊過的話，尤其是新三版添上那一句最致命的讚美後，公孫綠萼知道相思成空，已成定局，遂萬念俱灰，決意不想活了。

而後公孫綠萼又聽到公孫止想用情花傷害她，騙得裘千尺取出絕情丹，再拿絕情丹去討好李莫愁。傷慟於父親的無情後，公孫綠萼心生一計，她準備以情花自刺，再向母親索拿絕情丹，而後轉獻楊過，叫楊過夫妻團圓，並感激她這一心一意待他的苦命姑娘。

以情花自刺後，公孫綠萼求救於母親裘千尺，裘千尺亦準備給她絕情丹，同時還交代她，絕情丹只剩半枚，花毒無法除盡，但只要不去想臭男人，便決計無礙。二版此時又說，裘千尺苦受丈夫的折磨，楊過又不肯做她女婿，她恨極了天下的男人，女兒如能終身不嫁，正合她心願，可說再好也沒有了。新三版刪去了二版的說法，畢竟天下父母心，裘千尺當真會因自己婚姻失敗而希望女兒終身不嫁嗎？相較之下，新三版較二版增寫裘千尺向公孫綠萼多說了句：「楊過此人冷血無情，讓他死了，理也別理。」還比較像母親安撫女兒的說詞。

心上人的一句話真能叫人生，也能叫人死，公孫綠萼決定拂逆裘千尺之意，將絕情丹獻給楊過。但大廳取丹之時，公孫止卻突然殺出來搶丹，而後楊過、小龍女也進到大廳來。公孫止挾公孫綠萼為人質，楊過本要力戰公孫止，卻怕傷及公孫綠萼，一版楊過心中曾想：「我豈能為了搶奪救我自己的丹藥，卻去害了公孫姑娘的性命。」這個想法二版刪了，因為楊過理應不至於對絕情丹這般念茲在茲。而後公孫綠萼見楊過眼光中充滿關懷之情，芳心大慰：「他為了我，寧可不要解藥！我死也瞑目了。」遂將額頭撞向公孫止手上黑劍，就此花落人亡。

在這一回的故事裡，有段令人百思不解的情節，那就是在第二十回裘千尺給楊過半枚絕情丹時，曾告訴楊過「服下半枚丹藥，毒勢聚在一處，發作反快了一倍。」因此她要楊過取回郭靖、黃蓉首級，還須得快去快回，才能在毒發前服下另外半枚。但這一回公孫綠萼中情花毒後，裘千尺卻要以半枚絕情丹為她解毒，若照第二十回的說法，公孫綠萼服下半枚絕情丹，豈不是更快毒發？然而，從一版修訂到新三版，金庸均未針對這處前後矛盾的情節，做出合理的解釋。

【王二指閒話】

走筆到第三十一回，金庸已經密鑼緊鼓，在為《神鵰》上卷籌劃「閉幕式」了，這場閉幕式的重點有二：一是將反派的結局做個交代，《神鵰》上卷以李莫愁始，亦以李莫愁終，李莫愁在第三十二回中情花毒後，將吟誦「問世間，情為何物？」一闋詞，並傷情而逝，下卷的反派即由金輪國師獨挑大樑。重點之二是青年男女的愛情必須做個了結，或是婚配，或是自梳，不能繼續糾葛到下半部。

楊過桃花開滿身後，金庸決定讓小龍女成為楊過唯一的「正果」。而若是要讓小龍女穩坐「正宮」寶座，金庸就必須快刀斬亂麻，讓其他對楊過有情意的女子，在《神鵰》上卷落幕前，全都離開楊過的愛情世界。

金庸筆下的女主角，一生幾乎都只能遇到一個品德高雅的異性，那就是男主角；但男主角就不同了，他們的四周往往都圍繞著許多才貌俱佳、溫柔嫻淑的女子。但男主角也別高興得太早，因為金庸向來是女主角的隨扈，他的「禦女心經」神功會防禦諸大女配角，讓她們不管怎麼接近男主角，最後都無法修成正果。

在「一夫一妻」的考量下，為了保護男女主角的家庭，金庸必須終結男主角的舊情人。關於金庸處理舊情人的技法，依照舊情人對男主角的用情方式，可以概分為兩種模式。

一、知所進退型：如《神鵰》程英、陸無雙一見小龍女，當下自歎弗如，不敢再起委身楊過之想。又如《笑傲》儀琳也沒勇氣奪任盈盈之所愛。這般知所進退型的女子，因為「只敢愛男主角，不敢嫁男主角。」不至於干擾男女主角的愛情與家庭，因此，「失之愛情，收之人生。」金庸對她們的結局的安排也較為寬容，不會讓她們遭遇太大的波折。

二、非份之想型：如《神鵰》公孫綠萼竟萌「二女共事一夫」的念頭，或如《倚天》周芷若渴望嫁給張無忌夫人。對這些有非份之想的女子，金庸的「禦女心經」馬上一劍揮出，將之從男主角的世界驅逐出境，因而公孫綠萼以香消玉殞收場，周芷若則被寫成女魔頭，失去愛情競爭力。

在金庸一貫的創作模式裡，男主角的舊情人不是如「知所進退」的程陸二人般自動隱退，就是像「非份之想」的公孫綠萼般慘遭賜死。但在《神鵰》一書裡，卻有一個金庸創作模式上的特殊例外，那就是完顏萍。

完顏萍在受楊過教功時，曾對楊過心生情意，楊過也曾在她眼皮上熱吻。但如此與楊過有過肉體與感情親密接觸的完顏萍，金庸竟讓她「船過水無痕」，完全沒加入程陸等人迷戀楊過的行列，最後更將她許配給了武修文。邂逅武修文後，完顏萍再與楊過重逢，居然連一眼也沒多看楊過，一句話也沒跟楊過多說，彷彿完全遺忘了曾與楊過有過的情意。

不知道是不是《神鵰》中的美女實在太多，金庸創作到後來，自己也忘了還有一個完顏萍愛過楊過，因此沒幫兩人的感情鋪陳一個正式的結局。又若是金庸沒有遺忘完顏萍，那麼，完顏萍就是金庸筆下「好聚好散」的典範，既然感情「無疾而終」，那就「男婚女嫁，各不相干。」完顏萍也就不必心心念念懸繫著楊過了。

第三十一回還有一些修改：

一．絕情谷的面積，一版是一萬餘畝，二版增為三萬餘畝，新三版再增為四萬餘畝。一版還提到公孫止歷代祖先為避世亂，在此幽居，為恐外人入侵，到處佈置機關，一代又一代，逐步加添，到公孫止與裘千尺手中，各處路徑的變幻相剋，雖尚不能和桃花島比，但工程之龐大和繁複，卻已遠勝，即令是谷主的親信弟子，也只能知悉十之七八。楊過因得到公孫綠萼的繪圖指點，才能前往尋找朱子柳與天竺僧，一版這些描述二版都刪除了。此外，楊過按圖尋朱子柳二人，發現兩人是在燒磚瓦的大窯中，一版楊過心想，絕情谷不與外人交通，各物均須自給，有一座磚窯原本不奇，這段楊過的想法二版也刪了。

二・天竺僧以身試情花之毒，但因無男女之情，毒性較不會發作。二版說他「四大皆空，勝於常人」。新三版改為更貼切的「無愛無欲，勝於常人」。

三・楊龍覓得天竺僧與朱子柳，但天竺僧已昏迷，二版說此時一燈重傷未癒，慈恩善惡難測，楊過若只守著天竺僧一人，未免過於自私。新三版增說楊過若只守著天竺僧一人，其意只在小龍女一人，不顧旁人之危，未免過於自私。

四・慈恩想起殺兄大仇時，新三版較二版增說，慈恩與大哥年長後雖然失和，幼年、少年、青年之時卻友愛甚篤，因而心中恩仇起伏。

五・二版陸無雙大罵郭芙，說除非是傻瓜，才不喜歡程英而喜歡郭芙。新三版陸無雙對郭芙加說：「你給我表姊做個丫鬟也不配。」

六・郭芙使「玉漏催銀箭」攻陸無雙，二版說這是黃蓉的家傳絕技，新三版更清楚地說這就是玉簫劍法。

七・慈恩掌擊郭芙，黃蓉、耶律齊、武三通同時來救郭芙，而後慈恩抓走黃蓉手上的郭襄，郭芙呆立當地，二版說郭芙心中一片混亂，新三版則說郭芙是妹子遭奪，嚇得心中混亂。新三版的說法似乎是蛇足的，因為郭芙差點為慈恩所殺，本就可能驚嚇發呆，何須再多解釋說郭芙心中混亂是因「妹子遭奪」？

八・與慈恩交手時，黃蓉將郭襄踢到耶律齊手上，二版說黃蓉是擔心若俯身抱女兒，說不定慈恩心神又有變化，新三版再增說黃蓉心想：「（慈恩）難保不會發掌拍向自己頭頂。」

九・公孫綠萼心萌死意後，在絕情谷亂走，二版說她走到谷西，見一座山峰衝天而起，正是谷中絕險之地絕情峰，絕情峰的山腰處有一山崖，即為「斷腸崖」。新三版刪去「絕情峰」之名。

十・二版黃蓉為求絕情丹救楊過，對裘千尺大釋善意，說願以肉身接裘千尺三枚棗核釘。新三版黃蓉還對裘千尺加說：「小妹倘若不死，便全力助你。」意即願幫裘千尺蕩平內敵。

十一・楊過在「火浣室」聽朱子柳說天竺僧之事時，一版有一綠衣弟子從背後偷襲楊過，楊過舉肘撞那人胸口，但尚未碰及敵人身子，那人已摔倒在地，原來是朱子柳隨手抓起石壁上的碎片，以一陽指神功送出，打中那人穴道，那人才因此摔倒。這段故事二版刪去。

十二．楊過三人由「火浣室」出來時，一版說小龍女在外等得急了，正想進去瞧瞧。但「急」字用在不急不徐的小龍女身上，實屬不宜，二版因此刪了這段。

十三．陸無雙鬥郭芙時，一版說陸無雙是個性子激烈，天不怕地不怕的姑娘，李莫愁如此毒辣，她也敢背師盜書而逃，可見其餘。二版刪去這段說法。

十四．黃蓉假扮瑛姑，說起當年裘千仞殺其幼子之事，終使慈恩迷途知返，一版讚黃蓉曰：「瞧準了敵人的最大心病，一擊中的，此是大智，竟有膽子出言要他掐死自己女兒，此是大勇。」二版將這段讚語濃縮為「大智大勇」四字。

十五．一版李莫愁因被小紅鳥啄瞎一眼，所以是獨目，同樣是獨目的公孫止出言討李莫愁歡心，曾說他倆「不但是『同病相憐』，而且還是『獨具隻眼』，不不，是『各具隻眼』。」二版刪去了小紅鳥，李莫愁也未瞎眼，因此刪去了公孫止這段話。

十六．一版說黃蓉擋裘千尺三枚棗核釘是「七分武功，三分僥倖。」二版刪去此說法。

十七．裘千尺將絕情丹藏在大廳青磚下，一版黃蓉心中形容此舉是「韓信用兵，置之險地而後生這遺意的變著。」但這比喻並不恰當，二版因此刪除了。

小龍女不在，楊過與陸無雙練起了玉女心經
——第三十二回〈情是何物〉版本回較

《神鵰》分為上下二卷，第一回到第三十二回是「上卷」——「情之卷」，主題是楊過愛戀纏綣的情事，第三十三回至第四十回是「下卷」——「俠之卷」，主題是楊過成為神鵰俠後，義行廣施的俠事。

第三十二回是「情之卷」的最終回，在這一回裡，楊過的新婚妻子、舊情人、愛慕者、女弟子、小冤家，全數到絕情谷大會師，金庸要一舉讓楊過與所有異性在感情上做個階段性的了斷。

且來看看這段故事的版本變革。

話說楊過與小龍女在絕情谷遇到程英、陸無雙表姊妹後，四人聊了起來，一版談到陸無雙，說她自與楊過相識以來，雖然漸漸情愫暗生，口裡卻總是叫他「傻蛋」。二版刪掉了陸無雙「情愫暗生」之說。

新婚之後的楊過想著程陸二人對他情意深重，心中不免歉咎，尤其是陸無雙，明知自己娶小龍女為妻，卻無怨懟之狀。新三版還增說陸無雙「對小龍女也不表妒恨」。舊情人能與新婚妻子

如此和諧共處，讓楊過大感欣慰。

而後四人回到大廳，與朱子柳等人一齊阻止公孫止逃逸，並截奪公孫止手上的絕情丹。楊過的玄鐵重劍迫得公孫止落荒而逃，可是公孫止仍取走了絕情丹，並與李莫愁一齊逃出。群英於是兵分兩路追擊公孫止與李莫愁，楊龍程陸追趕公孫止，朱子柳、武氏父子及完顏萍追趕李莫愁，一版說朱子柳等人追至四條岔路處，不知該走哪一條，朱子柳道：「這絕情谷中的道路按奇門之術佈置，只是變化之法極為古奧，與近世所傳大不相同，一時之間難以猜度。」完顏萍卻見樹上有新砍刀痕，朱子柳一行於是順著樹木或泥土的刀痕而行，忽而往南，再而折向西，路旁樹木越來越密，地勢也越來越險峻，但最後終於趕到公孫止所在懸崖。

這些新刀痕是陸無雙所刻，原來程陸二人隨楊龍追趕公孫止，但見公孫止所走之路盤旋奔馳，恐被他引入迷宮，無法回去，心細的程英因此叫陸無雙沿途留下記號，想不到這些刀痕竟成為朱子柳一行的指路標誌。

一版的這段故事二版刪掉了，或許這樣的描述會讓絕情谷像極桃花島，公孫止也會分去黃藥師奇門五術的獨門風采，二版因此改為楊龍與朱子柳一行均順利趕到公孫止所在懸崖。

接下來，在眾人驚歎下，小龍女展開了「救夫個人秀」。在僅可容身的懸崖之上，小龍女以周伯通所授分身合擊之術，運使雙劍，與公孫止的黑金雙刃展開對決，最後戰得公孫止雙刃紛紛墮落懸崖，並逼使公孫止交出絕情丹。

一版於此處說，陸無雙初時對小龍女得配楊過，私心不免有憤憤不平之感，此刻一戰之後，縱在內心深處，也知自己萬萬不及，無可比並。這段話二版刪了，總之，為了減少楊過的風流孽債，一版修訂為二版時，金庸盡量將陸無雙對楊過的愛慕之情隱諱，以免造成楊過情感上的負擔。

而後小龍女將絕情丹交給楊過，但楊過為表明絕不獨活之心，又將絕情丹拋下懸崖。接著，裘千尺發笑聲企圖引來公孫止，小龍女因仍希望楊過情花之毒得治，提議再去問問裘千尺還有沒有絕情丹留下。聞小龍女之言，楊過心想絕情丹無法同時救他夫妻兩人之命，堅不願往，但程英又出來相勸，要楊過不可拂逆眾人一片好心，楊過這才點頭首肯。一版陸無雙此時又抿嘴笑道：「傻蛋，這才是聽話的乖孩子。」二版將這句陸無雙略帶調笑之意的話語刪了。

此後眾人見到裘千尺與公孫止雙雙墜入地底山洞，一切塵埃因此落定，確知得到絕情丹的希望完全破滅，而後黃蓉由天竺僧死時手握斷腸草，含笑而終，推斷斷腸草應是情花之毒的解藥。黃蓉欲請小龍女勸楊過服食斷腸草，將小龍女拉到一旁說話，但又怕楊過起疑，因此告訴楊過：「你放心，她既已和你成婚，我不會勸她跟你離異。」一版楊過回黃蓉說：「你不妨勸著試試。」二版將楊過這句頗為無禮的話語刪了。

聽過黃蓉的勸說後，為誘使楊過服斷腸草，小龍女於是夜失蹤，只留下「十六年後，在此重會，夫妻情深，勿失信約。」十六個大字，以及「小龍女囑夫君楊郎，珍重千萬，務求相聚。」三句話，楊過確信字跡為小龍女親留，一版說是因小龍女寫「楊」字，右邊總是多寫一劃。二版改為小龍女習慣「楊」字的「日」字下少寫一劃，即寫成「木易楊」，這是別人假冒不來的。黃蓉為安楊過之心，編了一則「大智島南海神尼將小龍女帶走」的故事，一版黃蓉還騙楊過說四十八年前南海神尼曾至中土，教黃藥師一套掌法，二版將四十八年前改為三十二年前。

於是，為了等待十六年後小龍女歸來，楊過決定服用斷腸草，黃蓉一行也準備離開絕情谷回襄陽，但程英、陸無雙決定留下來陪楊過服藥治病，郭芙見狀，譏笑陸無雙：「十六年後楊大嫂便要回來，你不用痴心妄想。」郭芙這一語擊中陸無雙，二版陸無雙氣得拔出柳葉刀又要戰郭芙，新三版則將陸無雙反應的激烈度降低，改為陸無雙不再抽刀，只回罵郭芙，說楊過之苦，全是郭芙所害。

黃蓉一行離去前，告訴楊過若十天半月無小龍女音訊，便至襄陽，新三版黃蓉還加說「只盼龍家妹子途中能差人傳個訊或寫封信來。」以呼應「南海神尼」之說。

小龍女離去後，楊過為免與程英、陸無雙發生感情糾葛，索性與程陸二人結拜為兄妹。而後於服藥其間，楊過心想左右無事，當要練功精進。因程英已得黃藥師真傳，楊過決定教導陸無雙古墓派《玉女心經》的本門功夫，一版說《玉女心經》早為李莫愁所得，並隨李莫愁葬身火窟，二版刪去此說。而楊過教陸無雙的方法，二版是將《玉女心經》的口訣，自淺至深說給陸無雙聽，要陸無雙記口訣，練功時再請程英相助。此後陸無雙專心致志記誦《玉女心經》，遇到無法明曉之處，楊過即要她囫圇吞棗硬記，將近一月後，陸無雙終能反覆背誦，再無遺漏。

然而，奇怪的是，楊過不是最痛恨當年趙志敬「只背口訣，不授武功」的教法嗎？為何他竟得到趙志敬真傳，對陸無雙如法炮製？新三版因此做了修改，改為陸無雙不能明曉之處，楊過便加指點。

但這一改又產生了新問題，因為新三版增說之處也曾提到，《玉女心經》的精要本在聯手抗敵，兩心相通，當年林朝英未能與王重陽在這最要緊的關鍵上心心相印，因此遺恨而終。後來傳到小龍女、楊過手裡，方能完成。

那麼，楊過若要指點陸無雙，難道他要趁著小龍女不在，將當年他與小龍女邊練功邊調情的旖旎春光，複製到陸無雙身上？失去小龍女後，仍在「哀傷期」的楊過當然不可能這樣做，新三版還增寫解釋說，楊過深知陸無雙對己鍾情，自己卻未能回報，於這《玉女心經》中兩心相通的部分，便草草略過，不加詳述，以免更惹陸無雙煩惱。新三版還說，好在《玉女心經》中其他神妙武功甚多，陸無雙習到之後，武功大進，此後雖不再與郭芙動手，但自知已高出郭芙何止倍蓰，再不屑以她為對手，見之只微微一笑，便不加理睬了。

但想來陸無雙亦是含蓄害羞的女子，連阿紫對喬峰那一點示愛的勇氣都沒有，否則，若陸無雙真的纏著楊過，今天也問：「大哥，『亭亭如蓋』我想不懂？」明天又是：「大哥，『願為鐵甲』到底怎麼練？」哄得楊過非跟她親密練功不可。在陸無雙一天又一天纏著楊過教功，陪伴楊過渡過「哀傷期」後，倘然楊過某天重振精神，「拈花惹草」的性格又死灰復燃，那麼，「神鵰俠」之「侶」究竟是誰，只怕還真的是在未定之天！

【王二指間話】

「十六年後，在此重會，夫妻情深，勿失信約。」在崖壁上留下十六字「簡訊」給楊過後，小龍女從此人間蒸發。想要知道小龍女究竟到哪兒去的想法，將楊過與讀者的好奇心拉到最高點。

《神鵰》上卷的故事就在小龍女的失蹤中結束，於是，從《神鵰》成書以來，讀者們始終討論不休的問題出現了，那就是：若以小說精彩度的觀點而言，小龍女究竟應該在十六年後，甜甜蜜蜜地回到楊過身邊，上演一齣「大團圓」？亦或小龍女的故事應該到此嘎然而止，留下一記「美麗的驚歎號」？

某些讀者的觀點是，小龍女十六年後死而復活，自絕情谷底重回人間，讓小說顯得俗氣，也失去了故事的美感。

當然，兩造說法都有其道理。說來小龍女十六年後是否重臨人間，並不影響《神鵰俠侶》這部小說的完整性，十六年後，小龍女若能與楊過再續前緣，固然是同聲慶讚的喜劇；但即使小龍女羽化成仙，楊過成為失去阿朱的喬峰，以悲情英雄的姿態行俠仗義，《神鵰》依然是一部出色的悲劇小說。

讀者們更關心的是，會不會在金庸的原始構想裡，本來要讓小龍女香消玉殞於絕情谷，但後來迫於報紙銷售業績，才硬將悲劇轉成喜劇，讓小龍女復活，討讀者歡心？就如金庸的好友倪匡所說：「金庸在寫《神鵰》時，喜劇收場，絕對可以諒解，因為那時，正是《明報》初創時期，《神鵰》在報上連載。若是小龍女忽然從此不見，楊過淒淒涼涼，鬱鬱獨生，寂寞人世，只怕讀者一怒之下，再也不看《明報》。」

關於小龍女是否應該重返人間的話題，某位讀者曾問金庸是否後悔《神鵰》的結局讓小龍女復活，金庸在「金庸看金庸小說」的問答中回道：「小龍女如果沒有活著，我第一個會先哭。」此外，在「金庸限時批」中，也有讀者問金庸，小龍女於十六年後與楊過重逢，是否應讀者要求而寫？金庸的回答是：「我寫小說，不受讀者反應的影響。我要楊過、小龍女團聚，不是由於朋友或讀者的意見，而是自己同情他二人的愛情，不捨得這樣可愛的一對情侶到死不能相會。」

雖然讀者常懷疑金庸是「應讀者要求」，才將原本已死於絕情谷的小龍女寫活過來，但我們從「神鵰俠侶」這書名來看，就知道讀者的懷疑絕不成立。

讀者們須明白，金庸小說雖經兩次改版，但除了《連城訣》之外，所有小說的書名都沒有更動過，而且書名都是從報紙連載的第一天就確定的。

由金庸所訂的書名來看，金庸早期創作武俠小說時，心中雖已有小說的大綱，但大綱或許是粗略的，細節更是隨寫隨想的。因為沒有辦法完全確定小說的走向，故此金庸最早的作品，使用的是《書劍恩仇錄》、《碧血劍》之類含糊籠統、不著邊際的書名。然而，隨著寫作的進步與成熟，金庸越來越能於腹稿階段即將大綱與佈局構思完善，因此書名當然能扣合小說內容。

《射鵰英雄傳》是金庸創作歷程中過渡時期的作品，我懷疑金庸在構思《射鵰》時，原始佈局或許是要將「武林」大幅拉到蒙古，或甚至以「大漠射鵰」當英雄們的較武之技，因此才鋪陳大段成吉思汗事蹟當時代背景，並以草原民族的「射鵰」為書名，但隨著故事推衍，蒙古的部份多是歷史故事，武林重頭戲則全都挪移到中原與江南，更以「華山論劍」為英雄較勁之法，如此一來，究竟「射鵰」兩字，何干此書？細究全書，若書名用《華山英雄傳》或《論劍英雄傳》，或許在名實相符上還勝《射鵰英雄傳》三分。但小說書名既訂，也每日持續連載，連載完成時，故事還名聞於當世，結集成書後，自當繼續「射鵰」，不宜更動。

然而，自《神鵰》以後，金庸的寫作功力已然相當成熟，因此從故事連載之前，金庸即將小說大綱做了完整的構思，而書名就是小說重點之所繫。那麼，以書名來推測，金庸在報紙連載命名《神鵰俠侶》之時，就已經決定要讓神鵰俠與其伴侶情意繾綣，直至書末，因此，書名既不是「神鵰大俠傳奇」，也不是「神鵰俠與小龍女」，而是切切實實的「神鵰俠侶」。若如讀者所臆測，小龍女死於絕情谷，而後迫於報紙銷售壓力，金庸才讓小龍女復生，那麼，小龍女殞命時，根本連跟神鵰打過照面都沒有，怎麼拼湊出「神鵰」「俠」「侶」這樣的組合呢？

從書名來推論，我相信小龍女十六年後從絕情谷復出，正如金庸所說，並非朋友、讀者或報紙業績的影響，而是從金庸草擬腹稿大綱時，就決定要讓小龍女與楊過有情人終成美眷。由此可見，小龍女這場跳崖以勸說楊過服食斷腸草，打從金庸的原始構想，就是「暫別江湖」，也就是基於情節需要，暫時離開武林大舞台而已。

第三十二回還有一些修改：

一．公孫止搶得絕情丹後，二版說黃蓉持打狗棒鬥公孫止，但此處是誤寫，因為當時打狗棒應當在丐幫幫主魯有腳手上，新三版因此將打狗棒更正為竹棒。而後楊過出手，公孫止驚訝於相隔月餘，楊過斷了右臂，武功精進若斯，這裡也有錯誤，新三版將「月餘」更正為正確的「相隔三月」。

二．小龍女於石樑上向公孫止索要絕情丹，二版小龍女曾對公孫止說一句：「此丹於你無用。」但小龍女應知公孫止想將此丹獻給李莫愁，新三版因此刪了此話，。

三．小龍女以分身合擊鬥公孫止的黑金雙劍，神妙非公孫止所能敵，公孫止刀劍雖變幻百端，但刀仍是刀，劍仍是劍，二版說「只不過多了一件兵刃而已。」但此說法似有不妥，新三版改為更貼切的「只不過刀劍幻象甚多而已。」

四．小龍女傳授周伯通指揮玉蜂之術，二版周伯通對小龍女說：「龍姑娘，多謝你教導。」新三版改為周伯通說：「龍姑娘，我教你雙手使不同武功，你教我指揮蜜蜂。妳是我師父，我又是你師父，我變成了我自己的祖師爺，一塌裡胡塗，哈哈！」新三版將周伯通改得更逗趣。

五．二版李莫愁身中情花之毒後，滿腔怨恨，曾說「世上的好人壞人我都要殺。」新三版將李莫愁的話改為「世上的男人女人我都要殺。」這句話更符合李莫愁的一貫思維。

六．裘千尺命婢女在地洞口佈置陷阱欲害公孫止，陷阱鋪好後，二版說裘千尺擊斃婢女，但裘千尺無法使用雙手，如何能擊斃他人？新三版更正為裘千尺用棗核釘射殺婢女。

七．楊過以為小龍女的失蹤，又是因黃蓉的勸說才不告而別，二版楊過對黃蓉說：「我……我……我好恨你……」新三版改為楊過對黃蓉說：「你……你……為什麼自始至終對我這麼狠毒……」。

八．一燈大師襄助楊過服食斷腸草，先點楊過「少海」、「通里」、「神門」、「少沖」四穴，二版說此四穴屬「手少陽心經」，點後楊過心中鬱塞之意大減。新三版將「少沖」穴改為「極泉」穴，並將「手少陽心經」更正為「手少陰心經」。

九．二版楊過於潮水中練劍，大浪當頭時，楊過使「右臂」往水中一按，躍過浪頭，但此時楊過已無右臂，新三版因此改為楊過雙足在海底岩石上使勁一撐，出水躍過浪頭。

十．楊過與小龍女於絕情谷遇見程英、陸無雙表姊妹，四人聊了起來，一版小龍女說天竺僧是療毒聖手，必能醫治她，二版小龍女對天竺僧沒這麼大信心，只說：「天竺僧醒轉之後，是否有法可以解毒，實所難言。」

十一．公孫止搶得絕情丹後，準備將絕情丹送給李莫愁服食，一版說他先讓李莫愁遏制了毒性，然後騰出時日來調製藥材，重配丹藥給她清毒。但想來公孫止十多年都調製不出絕情丹，應也無把握十天半月間就能配製出來給李莫愁服用，二版因此將這段刪了。

十二．裘千尺以棗核釘射公孫止，忽爾轉向射黃蓉，一版說棗核釘打入了黃蓉的右肩，黃蓉雖避開了要害，但棗核釘實在太強，黃蓉因此手臂痠軟，打狗棒掉在地上，自她從洪七公手上接過打狗棒以來，這是第一次打狗棒脫手，這是因一來裘千尺過度狡詐，二來是黃蓉的軟蝟甲給了郭芙，否則就算棗核釘十枚八枚打在身上，亦不致有損；二版將裘千尺的功力降低了，改為黃蓉以打狗棒擋棗核釘，導致手臂痠軟，打狗棒掉到地上，但黃蓉並未受傷。二版黃蓉持打狗棒當然是誤寫，打狗棒理當在丐幫幫主魯有腳手上，新三版因此將打狗棒更正為竹棒。

十三．公孫止佈下帶刀魚網陣要捕殺群英，黃蓉叫郭芙：「舉劍護住頭臉，強攻破網。」一版說黃蓉要郭芙力戰，是因為郭芙身披軟蝟甲，漁網利刃傷她不得，二版刪去了這說法。

十四・楊過以玄鐵重劍斬破三張帶刀漁網後，公孫止喝令弟子：「五網齊上！這小子已是強弩之末，攻他個措手不及。」但公孫止可真見到楊過顯露疲態？二版因此改為公孫止喝道：「五網齊上！他一劍難破五網！」。

十五・李莫愁殺了天竺僧，朱子柳憤而攻擊李莫愁，一版說李莫愁領教過武三通的一陽指，但朱子柳出指有聲，顯然比武三通更強，眼見他雖處劣勢，仍奮指對攻，心下暗讚他功夫了得。然而，身處險境的李莫愁當真會暗讚敵人嗎？二版因此將這段刪了。

十六・楊過破帶刀漁網陣後，公孫止見李莫愁被朱子柳追到大廳，原要跟李莫愁會合，一版公孫止揮刀砍向擋他的耶律燕，程英持簫來戰，公孫止還讚：「這裡一個幼年女子竟有如此功夫。」連刺兩劍，均被程英以簫化開，陸無雙亦挺柳葉刀上前夾擊。這段公孫止與諸女的爭鬥，二版全刪了。

十七・小龍女在山崖上大鬥公孫止，郭芙見到後，急叫黃蓉想辦法幫小龍女。一版說郭芙雖生性莽撞，且甚嬌寵，但心地卻甚善良，二版刪了這謬讚郭芙的說法。

十八・裘千尺發出笑聲要引來公孫止，一版說她的笑聲如寒夜梟鳴，極是刺耳，又說笑聲遠遠傳來，仍是震人耳鼓，動人心魄，想這發笑者的內力實是深厚之極。二版將裘千尺的功力減分，只說她的聲音「有若梟鳴，極是刺耳」。

十九．裘千尺與公孫止雙雙跌入地底山洞，一版楊過感歎：「好姻緣變作了冤家！」二版改為楊過說：「報應，報應！」此外，一版說公孫止與裘千尺二人生時切齒為讎，到頭來卻同日同時而死，同地同穴而葬，二版將這幾句話當冗句刪了。

二十．楊過與小龍女見到武氏兄弟與耶律燕、完顏萍玩在一起，一版楊過說武氏兄弟先前為了郭芙拼得你死我活，一轉眼卻又移情別向，因而感慨：「有的人一生一世只為一個人鍾情，有的人你可分不出他到底是真情還是假意。」然而，武氏兄弟只是另覓良緣，怎能說他們先前對郭芙就是「假意」呢？二版因此將楊過的話改為：「有的人一生一世只為一個人鍾情，但似公孫止、裘千尺這般，卻又難說得很了。」

二一．楊過再見神鵰時，一版的神鵰恰正制住一頭花豹，二版改為制住豺狼。

二二．楊過隨神鵰練功練劍，一版說楊過覺得一年內內力劍術進展均慢，感覺煩躁。二版改為楊過雖內力劍術進展均微，但自知修為本來已至頗高境界，百尺竿頭再求進步，實甚艱難，倒也不甚煩躁。

郭襄是很好拐騙的單純少女——第三十三回〈風陵夜話〉版本回較

《神鵰俠侶》下卷——「俠之卷」自本回展開，神鵰大俠在「俠之卷」的出場方式，與《笑傲江湖》的令狐冲極為類似，在令狐冲尚未出場前，讀者已然從儀琳說給五嶽派眾高手聽的故事裡，知曉了令狐冲的俠績，也對令狐冲有了悠然神往之情。神鵰大俠楊過亦是神龍不見其蹤的俠士，讀者們閱讀《神鵰》，即是與郭襄一起坐在風陵渡，聆聽宋五、王惟忠將軍之子說神鵰大俠的行俠偉蹟，又因為故事太過精彩，讀者們與郭襄一樣，均渴望一睹神鵰大俠的廬山真面目。

在宋五等人暢談神鵰大俠顯赫的俠威後，神鵰大俠才在讀者們的期待中光榮登場。郭襄是把神鵰大俠由「傳說世界」請回「江湖世界」的中間人，故事必須由她說起。

且來看郭襄尋楊過故事的版本差異。

話說郭襄與郭破虜隨郭芙至風陵渡，因客店無房，三人遂隨一干等待天明河冰融化的群眾一起烤火，並展開精彩的「風陵夜話」。這一晚大家閒嗑牙的主題，就是神鵰大俠。一版眾人傳說中的神鵰大俠形象是少了一條右臂，馬鞍後面還帶著一頭極大極醜的怪鳥。二版改為神鵰大俠騎一匹馬，牽一匹馬，牽著的那匹馬上，還竟乘坐著一頭模樣希奇古怪的大鳥。

聽眾人說話時，郭芙三人一邊用餐，一版說郭芙酒量甚豪，郭破虜也陪著她喝，郭襄卻是滴酒不沾。二版改為郭襄也陪著郭芙喝了些酒。

而後，郭襄認真聽神鵰大俠救王惟忠子裔、誅陳大方、審丁大全、贖宋五，殺人父而救人母的豪俠義舉，不由得悠然神往，聽到精彩處，郭襄還將頭上鑲有明珠的金釵拔下來兑酒，請大家共飲，一版郭芙說這支金釵，單是明珠就值二三百兩，二版改為百多兩，郭芙因此斥責郭襄怎可賣來請人喝酒，新三版還增寫說，店小二不敢伸手接金釵。而既然店小二不敢收下金釵，推測這攤酒錢最後應是郭芙掏腰包買單了。

聽聞神鵰大俠的俠事後，一版說郭襄即便素來不會飲酒，也舉杯喝了一大口，還說道「好辣」，杯酒下肚後，臉上紅撲撲的倍增嬌艷，容色光麗，難以逼視。二版改為郭襄原本就會喝酒，這時喝了一大口。酒後，一版郭襄說：「若能見神鵰俠一面，能聽他說幾句話，便是要我折三年壽，也所甘願。」二版將郭襄的話改為「若能見他一面，能聽他說幾句話，我……我又可比甚麼都歡喜。」二版郭襄的談吐更見真情。

而後，原本蜷縮一旁的大頭鬼說話了，他說願意領郭襄去見神鵰俠。這位大頭鬼，一版本叫「轟天雷」，身長不過三尺，大頭、大手掌、大腳板，軀體卻甚瘦削。二版改為大頭鬼身長不到四尺，新三版又改為身長剛及四尺。

大頭鬼是將郭襄引入楊過世界的人物，關於他與郭襄之間的互動，新三版大有增寫。郭襄請大家喝酒時，新三版增說郭襄還特別斟一碗酒、拿一碗肉跟一雙筷子，送到大頭鬼面前，請他賞臉喝酒。而後大頭鬼即自願領郭襄往見神鵰俠，他告訴郭襄：「你今日如不見他，只怕日後再也見不到了。」二版郭襄回大頭鬼：「為甚麼？」新三版改為郭襄更有禮貌地問：「只盼憑著前輩的金面，或許他肯見我。」

至於大頭鬼願帶郭襄往見神鵰俠的原因，新三版增寫大頭鬼對郭襄說的理由是：「你父母為國為民，我素來十分敬仰，這個小妹妹爽快豪邁，又請我喝酒吃肉，我挺願幫她個小忙。」聞大頭鬼之言後，郭襄願隨他去見神鵰俠，宋五等人連忙勸阻郭襄，說大頭鬼是西山一窟鬼之一，但郭襄求見神鵰俠之心急切。新三版增寫郭襄還告訴大家說，大頭鬼是好人，新三版大頭鬼則對宋五獰笑，並增說：「小姑娘說我是好人，你卻說我不是好人？」而後大頭鬼打傷了宋五，並帶著郭襄離去。

與西山一窟鬼會合後，大頭鬼全力迴護郭襄，而後煞神鬼因郭襄出言美讚神鵰俠，憤而指責郭襄，新三版增寫大頭鬼向煞神鬼說：「這小姑娘為人挺好，請我喝酒吃肉。」

在大頭鬼穿針引線下，郭襄終於見到傳說中的神鵰大俠，一版神鵰俠身著雪白長袍，二版改為灰布長袍。郭襄第一眼見到神鵰俠時，因不知他戴有人皮面具，只見他臉色焦黃、木僵枯槁，大失所望，心想：「世上竟有如此相貌奇醜之人。」但再看神鵰俠雙眸，竟是精光四射，英氣逼人。

被楊過眼神「放電」電倒後，郭襄心口發熱，不由自主暈生雙頰。也就從那一刻起，楊過又多了一名新的愛慕者。

這可還真奇了！郭襄的媽咪黃蓉不是「防人專家」嗎？怎麼教出來的女兒，單純地跟白紙一樣？若郭襄生在今日，黃蓉可得監控郭襄上網了，因為郭襄可能會是最容易拐騙的女網友，只要網路那頭的網友告訴她，可以帶她去看某個心儀的偶像，她就馬上化妝打扮，單獨赴網友的約會，這還能不叫人為她捏一把冷汗嗎？

【王二指閒話】

郭襄是金庸創作路程上的里程碑，在郭襄之前，俠士們都染著憂鬱的藍色，從郭襄開始，俠士們不再那麼憂鬱，散發出的則是喜悅的紅色。

在《神鵰》之前，金庸創作完成的小說是《書劍》、《碧血》與《射鵰》。《書劍》陳家洛背負著漢人家國被滿人侵佔的國仇，身為「紅花會」大當家的他，必須勸說乾隆「叛滿歸漢」；《碧血》袁承志身懷父親袁崇煥被崇禎凌遲的家恨，向崇禎報父仇血恨即是他生平最大的目標；《射鵰》郭靖則是父親死於完顏洪烈搶奪包惜弱的計謀，因此他從小聽從母命，認真習武，準備將來找完顏洪烈復仇；《神鵰》楊過也是肩負著父親楊康被郭靖夫妻所殺的大恨，一心想要手刃郭靖。

這些大俠主角們自幼即背負著沉重的十字架，在敵意與仇恨的簇擁下，他們踏上江湖血路，並悲壯地邁向復仇的目標。

郭襄是金庸筆下第一個以天真與快樂的心，踏進武林的人物，她誠信待人，喜悅助人，更以最友善的眼光看待江湖。

創作郭襄之後，金庸筆下的主角俠士，從張無忌、段譽、石破天、令狐冲到韋小寶，幾乎都跟郭襄一樣，對武林懷抱著善意。若與《神鵰》之前的俠士相較，《倚天》之後的俠士在行走江湖時，心情上有著更多的喜悅、希望與樂觀，或許他們依然肩負上一代的恩怨情仇，但他們不會再像楊過之前的主角，對仇恨那般念茲在茲。

郭襄是「大俠對武林敵意與善意」的分水嶺，從郭襄以後，金庸小說的「沉重感」降低了。

郭襄沒有成為金庸一部小說的主角，說來是讓讀者有些遺憾的，因為金庸寫盡了各種各樣的大俠，卻沒有任何一部長篇小說的第一主角是「女俠」（在金庸筆下，惟有極短篇《白馬嘯西風》以「女俠」李文秀為第一主角）。不過，從創作的角度看，接續《神鵰》的新小說，倘使以郭襄為第一主角，這部小說將承繼《射鵰》、《神鵰》林林總總的人物與情節，因而寫作上將會面臨比《神鵰》被《射鵰》綁手綁腳還嚴重的狀況，可知從文學的觀點來看，郭襄是不可能成為新小說主角的。

然而，郭襄確實在金庸書系中擔負了極重要的責任，她除了貫穿《神鵰》的下部外，還是金庸刻意安排的《倚天》開場人物，金庸要倚重郭襄，將《神鵰》的舊讀者拉住，讓他們繼續看《倚天》，也繼續購買〈明報〉，因此，郭襄跟她的大哥哥楊過，說來還為金庸小說做過同樣的貢獻，當年就是因為小嬰兒楊過賣力抓蛇，才將《射鵰》的讀者順利拉往《神鵰》，詳情可以看《彩筆金庸改射鵰》的〈小嬰兒楊過已在為《神鵰俠侶》打書〉這一篇，郭襄承繼了楊過的薪火，也將為《倚天》開出新局。看來楊過與郭襄這對大哥哥與小妹子，還真是金庸「射鵰三部曲」一脈相傳的「最佳行銷」。

第三十三回還有一些修改：

一．郭芙三姊弟行經風陵渡的季節，二版說是二月初春之時，新三版改為三月殘春之際。因初春與殘春不同，風陵渡店伴說的話也不一樣，二版店伴告訴郭芙：「明兒冰結得實了，說不定就能過河。」新三版改為店伴說的是：「明兒天時轉暖，河面融了冰，說不定就能過河。」

二．「安渡老店」在郭芙一行到來的這晚，二版說每間房都塞了三四人，新三版改為更擠的五六人。

三．二版郭芙與郭襄稱郭破虜為「三弟」，新三版改為「小弟」。「小弟」較「三弟」為妥。

四．萬獸山莊史氏五兄弟的老五，二版叫八手仙猴史孟捷，新三版改名八手仙猿史少捷。按華人傳統，兄弟可依伯仲叔季或孟仲叔季排行，伯（孟）仲叔季即老大、老二、老三、老四的代稱，若史家五兄弟的老五叫史「孟」捷，豈不是又變成了老大？新三版因此將他改名為史少捷。

五．西山一窟鬼合戰萬獸山莊五昆仲，笑臉鬼以毒霧毒暈史季強後，原本因病未加入戰鬥的史叔剛亦起而戰諸鬼，他先把吊死鬼的長索拉斷，而後，二版說笑臉鬼等五鬼圍戰史叔剛，新三版改為四鬼戰史叔剛，新三版應是未把長索斷裂，失去武器的吊死鬼算在內。

六．神鵰大俠救王惟忠將軍之子，一版說神鵰大俠由河北趕到臨安，四日四夜，不得一睡，二版改為神鵰大俠是由江西趕到臨安。

七．宋五說神鵰大俠當宰相，方能天下太平，郭芙聞言反譏宋五，兩人隨後還小有交手，一版說郭芙除將宋五手中火棒打落外，還將火棒打得彎曲如鉤，二版改為郭芙將宋五手中火棒打落，火星燒及宋五鬍子。

八．郭芙責罵郭襄：「你再跟我抬槓，明兒我不要你跟我一塊走。」一版郭襄頂嘴說：「是麼?你不帶我，若是我回不到襄陽，你做姊姊的脫得了干係嗎?」但後來是郭襄自己脫隊去找神鵰大俠，因此郭襄原本頂郭芙的話語並不恰當，二版遂將之刪除了。

九．神鵰大俠救宋五，一版是由縣官處盜得八千兩，再拿四千兩銀子賄賂縣官，二版折半，改為神鵰大俠盜了四千兩，二千兩用來賄賂縣官。

十．蒙古千戶要美貌母女贖其父親的贖金，一版是一千兩，二版改為五百兩。

十一．西山一窟鬼的其餘九鬼呼喚大頭鬼後，大頭鬼離開安渡老店，一版大頭鬼是衝破屋頂躍出，二版改為撞穿大門而出。

十二．萬獸山莊老三史叔剛，一版外號「金甲獅王」，但或許「金甲獅王」與「金毛獅王」太過相像，二版因此改為「青甲獅王」。

十三．一版史季強中笑臉鬼之毒，是因史季強與笑臉鬼戰鬥時，將笑臉鬼的雙鞭折斷。笑臉鬼的雙鞭本做中空，內藏見風化霧的毒粉，原來應是在鞭柄處按機括方能噴毒傷人，但史季強一杵擊斷鐵鞭，毒亦噴出而傷之，史季強才因此中毒。二版改為笑臉鬼伸手入懷，抓一把毒粉，灑向史季強，史季強因而中毒。

楊過的色心似乎又對郭襄蠢蠢欲動了

——第三十四回〈排難解紛〉版本回較

少年時風流倜儻，以當「少女殺手」為樂的楊過，最後塵埃落定，娶了小龍女為妻。然而，還沒享受夠新婚燕爾的甜蜜，小龍女竟瞬間人間蒸發，不知所蹤，而後楊過接受了黃蓉的說法，相信小龍女已經遠赴中土之外的大智島，並將於大智島上療養身體及進修武術。

讓讀者頗為疑惑的是，身為「少女殺手」的楊過，在老婆出國其間，真能「守身如玉」，或甚至「守心如玉」嗎？楊過難道不會寂寞難耐，心癢偷吃？

我們且從楊過與郭襄之間的互動，看這位青年「守活寡」的「半鰥夫」楊過，如何處理老婆不在時，「孤家寡人」的寂寞心情？

郭襄初識楊過時，楊過戴著黃藥師那張人皮面具。而為什麼楊過要故意戴上人皮面具呢？此乃因楊過少年時風流孽緣太多，累得公孫綠蕚為他喪命，程英與陸無雙鬱鬱終身，一版楊過因而心想，如果自己容貌醜陋，就不致有這許多罪過，因此戴上了人皮面具，二版將楊過的想法刪去了，新三版又增寫說，楊過自知性格風流，見到年輕美貌女子，往往與之言笑不禁，相處親密，雖無輕薄之念，卻引起對方遐想，惹下不少無謂相思，自知不合，常自努力剋制，但情緣一來，有時不由自主，因此戴著人皮面具。

新三版楊過終於有自知之明了，那就像洪七公抗拒不了美食的誘惑，貪吃是洪七公自己的習性，美食可沒有主動向洪七公招手；楊過的風流孽緣也一樣，人家程英、陸無雙、公孫綠萼可不是見你英俊就成為「花癡」，如果不是你言語輕佻，刻意挑逗，諸女怎麼會掉入情障？新三版楊過總算想懂了這道理。

然而，想懂是一回事，言行又是另一回事，年少風流的楊過，即使內心有了醒悟，他又真能在美女面前「克己復禮」嗎？且來看他如何與郭襄相處！

話說郭襄要楊過帶她到黑龍潭一齊捉九尾靈狐，小妹妹郭襄伸出右手牽楊過的左手，楊過被她握住，覺得她的小手柔軟嬌嫩，不禁微微發窘，又覺若要掙脫，似乎顯得無禮，後來因要伸手指出黑龍潭的位置，才藉機將手自郭襄手中抽出來。

由這段故事可知，郭襄主動牽住楊過的手時，楊過的心情也微微蕩漾了起來。後來郭襄叫楊過「大哥哥」，語聲溫柔親切，楊過又是心中一凜，並暗想：「決不能再惹人墮入情障。這小姑娘年幼無知，天真爛漫，還是及早和她分手，免得多生是非。」可見楊過打從初相見時，對郭襄設想的就是男女之情，因此他必須剋制自己，小心翼翼地不讓自己又擄獲郭襄的芳心。

至於郭襄對楊過的仰慕，起先是基於對英雄的崇拜。而後郭襄陪著楊過調解慈恩的昔年恩怨，在楊過縱聲長嘯，逼出瑛姑時，二版楊過取出手帕撕成四份，各塞兩片在郭襄與慈恩耳朵中，新三版又增寫，楊過因怕慈恩傷後身子虛弱，除了布片外，再於地上抓些泥土，塞入慈恩耳中布片之外。見到楊過的俠行，郭襄的心裡深印著楊過的英偉與體貼。

而後楊過答應瑛姑，願意帶回老頑童與她相會。在前往百花谷的路上，楊過見郭襄對自己頗為依戀，心中暗想：「我若真有這麼一個小妹妹為伴，浪蕩江湖，卻也減少幾分寂寞。」新三版在「小妹妹」之上又加「善解人意的」幾字，可知楊過既希望郭襄陪伴自己，又怕郭襄像公孫綠萼那般，愛自己愛到出人命，因而內心頗為掙扎，有趣的是，新三版除增寫楊過遐思郭襄外，還增寫神鵰「見她（郭襄）對自己有禮，心生好感。」看來新三版「神鵰大俠」鳥人組的一人一鵰，都較二版更喜愛小妹妹郭襄。

進入百花谷後，楊過談到瑛姑，周伯通馬上要將他驅逐出境，一版說楊過經過十多年的歷練，狂性稍斂，豪氣不減。二版刪了這幾句形容。而後，楊過被周伯通一言所激，決定與周伯通比武較量，周伯通使出七十二路「空明拳」，楊過亦出左掌相迎，一版說周伯通是楊過的「生平第一勁敵」，但想來兩人只是較量武技，怎能說是「敵」？二版因此刪了這話。而與周伯通比武時，一版神鵰亦左翅護胸，右翅微展，站在當地給楊過掠陣。不過，此戰是楊過昇級至「天下五絕」境界的第一戰，若神鵰插手相助，就變成一人一鵰合戰周伯通，也就無法證實楊過已與周伯通旗鼓相當了，二版因此刪除了神鵰掠陣的情節。

在楊過與周伯通交手時，郭襄因一心偏袒楊過，挺身說周伯通雙手鬥楊過獨臂不公平，周伯通於是決定單手戰楊過。二版周伯通使出《九陰真經》中的「大伏魔拳法」，新三版改為周伯通使的是從《九陰真經》中自行變化出來的拳法。楊過使的則是他自創的「黯然銷魂掌」。這場較量之後，因「黯然銷魂掌」招名招式都極度迷人，「武癡」周伯通竟當場磕頭拜請楊過收他為徒。

經由楊過與周伯通的這場比武，可知楊過自行鑽研出來的「黯然銷魂掌」，已能與天下五絕的絕學等量齊觀，也就是說，楊過已經達到了「五絕」的境界。

至於周伯通渴望一聞的「黯然銷魂掌」一十七招招名，一版是：心驚肉跳、杞人憂天、無中生有、拖泥帶水、莫名其妙、若有所失、倒行逆施、隔靴搔癢、力不從心、行屍走肉、庸人自擾、文不對題、六神不安、窮途末路、面無人色、畫餅充飢、想入非非，二版改為：徘徊空谷、力不從心、行屍走肉、倒行逆施、心驚肉跳、杞人憂天、無中生有、拖泥帶水、廢寢忘食、孤形隻影、飲恨吞聲、六神不安、窮途末路、面無人色、想入非非、呆若木雞，二版只寫了十六招，明顯漏了一招，新三版已將這招補上，這一招是「魂牽夢縈」。

楊過練掌時，二版曾說他將海邊的大海龜背殼打得粉碎。為免讀者覺得楊過不尊重其他動物的生命，新三版改為楊過是將海灘的一塊岩石打得粉碎。

以「黯然銷魂掌」與周伯通「以武會友」，再加上動之以情後，周伯通總算同意前去與瑛姑相見了。楊過「大功告成」，卻沒辦法跟郭襄「親個嘴兒」，此際郭襄問起小龍女之事，二版楊過將他在重陽宮學藝，逃入古墓為小龍女收留，以及與小龍女日久生情，而後結為夫婦之事擇要說了。郭襄聆聽後，祝福楊過與小龍女能夠相會，從此不再分離。

新三版這段大幅加料，改為楊過對郭襄說的是：「她是我師父，我小時候給人欺負，她收留了我，教我武功。她待我很好，我真心喜歡她，她也真心喜歡我。我要娶她做妻子，很多很多人不許，說師徒不能婚配，我們不理，還是結成了夫妻。」郭襄拍手大叫：「好極了！這才對啦！大哥哥，你是真正的大英雄，你夫人也是大英雄，人家許不許，呸！去他媽的……啊喲，對不起，我學人家說了句粗話。」不禁臉孔紅了，伸手按住自己嘴巴。

而後，楊過大喜，情不自禁抱起了郭襄身子，就學周伯通那樣，輕輕轉三個圈子，將她向上拋起，接住放落，說道：「小妹子，你真心誠意贊成我們結為夫妻，真正多謝你了！」一旁的神鵰也展開右翅，在郭襄背上輕輕撫了一下。楊過又對郭襄說：「反對我們的人太多，我們運氣不好，我夫人中了毒，求人醫治，暫且離我而去，約定十六年後相會，算來相會的日子也不久了。」而後，郭襄與二版一樣，祈求楊過與小龍女相會。

關於楊過對郭襄的想法與心情，金庸在新三版第三十六回另有增寫詳述，說楊過見郭襄溫和豪邁，天真活潑，人又秀美，心中便甚喜歡，又想到她初生之時，自己曾為她捨生忘死的爭奪，不禁充滿了愛護之意，又見她對己真誠依戀，自此對她全是一片柔情美意。若有人加害，他便捨了性命，也要維護她周全。

楊過對郭襄究屬什麼心情？愛情乎？非愛情乎？讀者們就自己揣測吧！

然而，身為讀者的我們，還是忍不住要說，楊大俠，您真的是「江山易改，本性難移」！難道身為「情場老手」的您當真不知，過度親膩的身體接觸，會讓情竇初開的少女有懷春之想嗎？看來真要讓您謹守「色戒」，戴張面具還不夠，如果不縫上您那善於哄騙少女的嘴，再廢了您那條左臂，想來您還是會繼續當「少女殺手」，累犯不休了！

【王二指問話】

在金庸書系中，男主角幾乎都是愛情與俠事同時進展，只有兩位大俠得以在青年時代覓得情感的歸宿，青中年之後則專心投入其行俠的事業，當一名「專業俠士」。這兩位「專業大俠」，一位是《神鵰》中的郭靖，另一位則是《神鵰》下卷的楊過。

郭靖與楊過雖然都高舉「為國為民」的旗號，但對於何謂「行俠」，兩人的定義完全不同。郭靖雄鎮襄陽，儼然是政府授階的將軍，他所謂的「行俠」，頗像是出任「政府官員」，只要能盡忠職守地固守襄陽，於郭靖而言，就算是「俠之大者」；楊過則與郭靖有著完全不同的認知，關於「行俠」，楊過更像「票選出來的民意代表」，只要有人出言求懇，楊過就有如「服務選民」一般，盡心盡力，為其排憂解困。

以神明為喻，郭靖較像「代天巡狩、保境安民」的「武聖郭公」、「郭府千歲」，楊過則如「有求必應」的「土地公」，又如「聞聲救苦」的「觀世音菩薩」。

然而，楊過的俠行，真的堪稱一代大俠嗎？這倒是要令人打個大問號，因為「聞聲救苦」雖是義舉，但如果「俠義之行」竟能藉由傷害他人，滿足或取悅有求於自己的對象，那就是「市恩」，也即是為求一己俠名，刻意在向群眾賣好。

我們用風陵夜話等幾則楊過的「俠行」來分析：

一、楊過割煞神鬼雙耳，起因是煞神鬼的妻妾爭吵，第三小妾又向楊過哭訴，楊過因此怒割煞神鬼一對耳朵。楊過對煞神鬼定下的罪名是「你倘若喜歡她，為何娶了她又娶別個？要是不喜歡她，當初又何必娶她？」然而，人家或許只是夫妻勃谿，「床頭吵，床尾和。」他神鵰俠卻自以為是，主動主持正義，還動手割人耳朵。若照楊過的標準，郭靖不將華箏婚約放在心上，又另追求黃蓉；張無忌與周芷若舉行婚禮，婚禮剛進行又因趙敏而悔婚；段譽苦追王語嫣，最後卻娶木婉清等諸妻妾；韋小寶還一次娶七個老婆，如此說來，若華箏、周芷若諸女哭訴於楊過，郭靖、張無忌等渾蛋豈非個個都該割耳朵？

二、王惟忠將軍之子將奸臣誤國之事告訴神鵰俠，楊過聽其言後，憤而出手，殺害王惟忠之子口中的誤國奸臣陳大方，並將陳大方的首級高懸臨安東門鐘樓簷角的長竿之上。若以楊過這種「求助者口中的奸臣」即該殺，那麼，明末的袁崇煥被北京百姓共同唾棄為通敵者，倘使楊過也聽聞百姓流言，豈不也要殺袁崇煥，高懸其頭於長竿之上？

三、宋五殺人入獄，另一土豪因賄賂縣官，縣官便將土豪之罪亦加在宋五身上，神鵰俠聽聞宋五老母痛哭，接受其所求，也去賄賂縣官，將罪推給土豪，釋放宋五。照楊過「罪犯家屬求我，就該救。」完全無視國家法律，那麼，若丁典與狄雲關在一起，就看是凌霜華或戚芳來求楊過，楊過只要保護求他的這方，就算害死狄雲或丁典也無所謂。

還好楊過正式出場後，既化史氏昆仲、西山一窟鬼間的干戈為玉帛，又為老頑童、瑛姑、一燈大師解開陳年心結，還率領江湖高手大敗蒙古軍，這幾樁俠行做得實在漂亮，不然，以「風陵夜話」那幾則「俠蹟」來看，楊過的「聞聲救苦」，簡直就是「信我者得永生」，自奉神明，管他是誰，求我者我就救。而楊過的這般「行俠」，往往只聽請託者的一面之詞，就用自己的道德標準，硬在他人頭上套上罪名，單以此點來看，這「楊菩薩」還真有幾分「滅絕師太」的霸道，即使稱他一聲「滅絕道長」，說來也不為過！

第三十四回還有一些修改：

一．瑛姑所居黑龍潭，二版的形容是「死氣沉沉」，新三版改為「潭面甚廣，白雪掩蓋下，延展一片，似乎無窮無盡。」

二・楊過給郭襄滑水的樹枝，二版是五尺來長，新三版改為四尺來長。新三版應是將郭襄的腳丫子減小了。

三・二版說黑龍潭中有個小島，新三版改說黑龍潭本來是湖，湖中原有一個小島。

四・關於一燈大師的「千里傳音」，二版有這麼段說明：「此功夫雖然號稱『千里傳音』，自然不當真聲聞千里，但只要中間並無大山之類阻隔，功夫高深之人可以音送數里，而且聽來如同人在身側，越是內功深湛，傳音越是柔和。」這段說明新三版刪了。

五・一燈大師求見瑛姑，瑛姑不願出面，二版說瑛姑心中怨毒難解，始終不願和他見面。新三版則為配合《射鵰》的修訂，改說瑛姑雖已與一燈解仇釋愆，卻仍不願和他相見。

六・二版一燈大師自陳他與慈恩和尚在「南湖」隱居，新三版改為在「湘西」隱居。

七・楊過發長嘯要逼出瑛姑，郭襄在一旁聞聽楊過的長嘯，一版說郭襄好似人在曠野，一個個焦雷在她身畔追打，心頭說不出的惶恐驚懼。二版刪改為郭襄心頭說不出的惶恐驚懼。新三版又改回一版的郭襄好似人在曠野，一個個焦雷在她身畔追打，心頭說不出的惶恐驚懼。新三版竟又改回一版內容，可知金庸在修訂新三版時，或許曾參考過一版的原創意。

八・二版一燈大師在楊過長嘯時，伸手握住郭襄手掌，以內力助郭襄鎮定，新三版增寫一燈大師另一手抓住慈恩手掌，助他抵禦嘯聲。

九．聽聞瑛姑的求懇，楊過決定出面幫瑛姑請來她思念之人，二版一燈大師告訴楊過：「她說的是周伯通周師兄。」新三版一燈大師再加說：「那個孩兒，便是周師兄生的。」這是要讓楊過先對周伯通與瑛姑之事知個梗概。

十．二版周伯通見到楊過一行時，曾對神鵰叫陣：「我倒試試你這隻扁毛畜生有多大能耐！」新三版將周伯通這句無禮於神鵰的話語刪除了。

十一．受郭襄「你只須一隻手縛在腰帶之中，大家獨臂對獨臂，不就公平了」的言語刺激，老頑童決定單手與楊過比武，新三版還增說老頑童當年在桃花島上，便曾和黃藥師如此打過。

十二．楊過對周伯通的稱呼，二版叫「周老前輩」，新三版改為周伯通更喜歡的「伯通老兄」。

十三．楊過轉述從瑛姑處聽得旁人害死周伯通兒子的事給老頑童聽，二版說周伯通數十年來始終不知瑛姑曾和他生有一子，聽了楊過之言不由得大奇。新三版改為周伯通過去雖曾聽瑛姑說和他生有一子，但此事他避如蛇蠍，連在心中也不肯多想一下，從來不覺真有此事，這時聽楊過的話說得鄭重，心中一凜，不由得大奇。雖說新三版的改寫似乎不太圓融，頗有強做解釋的感覺，但至少比二版周延。

十四．慈恩得到周伯通與瑛姑的原諒後，心下再無遺憾，溘然長逝，新三版增說慈恩自知「來生轉世，可入善道」。慈恩逝世之後，新三版又增寫一燈大師在慈恩身邊誦念六字「大明咒」與十二字「金剛上師咒」。關於新三版的改寫，金庸在本回的注中有解釋，說有些讀者覺得慈恩死前懺悔，求瑛姑原諒，似乎是接受基督教臨終懺悔的教義，金庸因此在新三版加上一些佛教臨終儀軌的描寫。

十五．郭襄隨楊過去抓靈狐，一版說郭襄落後楊過二十來丈，但楊過應該不會讓郭襄離開自己這麼遠，二版因此改為郭襄落後十來丈。

十六．楊過以樹枝縛在郭襄腳底，帶她在黑龍潭滑水，一版郭襄說「有趣。」比之坐鵰背飛翔，這又是另一種滋味，二版改為郭襄說「當真好玩！」

十七．百花谷距離黑龍潭，一版說是二百餘里，二版縮為百餘里。

十八．郭襄發覺她要求周伯通單手與楊過對打，似乎傷及楊過獨臂的自尊心，於是將周伯通右臂從腰帶中拉出來。一版還說郭襄雙手一扯，拉斷了周伯通腰帶，二版刪去了拉斷腰帶之說。

十九．周伯通想逼楊過使出「黯淡銷魂掌」，楊過卻故意以全真派掌法及《九陰真經》武功抵敵，一版在此又介紹了《九陰真經》，說《九陰真經》乃是天下武學的總綱，所有正規武功，可說無所不包，楊過以強勁內力運使，不論老頑童如何變招，總是攻他不下。這段內容在一版修訂為二版時，被當冗說明刪除了。

戰情吃緊，郭靖卻在前線襄陽大吃大喝
——第三十五回〈三枚金珍〉、第三十六回〈生辰大禮〉版本回較

蒙古鐵蹄即將大軍壓境，處在大宋最前線的襄陽城，理當進入了神經緊繃的戒嚴狀態，然而，既是呂文煥軍中的「郭教頭」，又是統領武林的「郭大俠」郭靖，這時究竟在忙些什麼呢？天啊！他竟然大擺宴席，準備連續大宴賓客，吃吃喝喝十天，這是怎麼回事？蒙古已經「漁陽鼙鼓動地來」，他郭靖卻還沉醉於「霓裳羽衣曲」裡。難道郭靖是諸葛亮，準備撥一撥瑤琴，就嚇退忽必烈的蒙古大軍嗎？且來看看第三十五、三十六兩回的「郭靖英雄大宴」。

郭靖開英雄大宴的日期，二版是十月十五日，新三版改為九月十五日。日期的更動是因為蒙古來襲的時節，理當是秋高氣爽、草長馬肥的秋季，這樣的季節較適合蒙古鐵騎馳驟，因此九月十五是比較合理的。

因為英雄大宴的日期更動，郭襄的生日也由二版的十月二十四日，提早成新三版的九月二十四日。（郭襄的生日自然是以陰曆計算，換算成陽曆的話，二版的郭襄大約屬「射手座」，

新三版則改屬「天蠍座」）。

至於郭靖要擺「英雄大宴」的緣由，是因為蒙古兵分兩路，南路由大汗蒙哥御駕親征，預備攻下大理後，自南北攻；北路則由皇弟忽必烈統帥，由北而南，兩路大軍預擬會師襄樊，一舉滅宋。當南路大軍進逼大理時，郭靖盱衡戰局，決定廣發英雄帖，邀請天下英雄至襄陽，藉「英雄大宴」之機共商抗敵大計。不過，蒙古軍行神速，不久便滅了大理，新三版還強調「大理既滅得早，進攻襄樊之期也提早了。」

關於郭靖、黃蓉的費心籌辦英雄大宴，新三版較二版多了一段描述，說英雄大宴邀請的人數眾多，郭靖、黃蓉怕請柬送得不周，既失禮數，又得罪人，因此籌劃周詳，籌辦的時間花得甚多。他們料想蒙古進攻之期多半會在草長馬肥的秋冬之際，但行軍多變，中間或有阻撓，最早要到重陽前後方能攻到襄樊，於是將大宴日期定在九月中旬，當大敵來攻之時群雄未散，可乘勢相助禦敵。與郭靖最親近的友方如全真教、丐幫等處，則一早於春天即將請柬送出，以盼早日來助。會期定於九月十五，預定連開十天。

而英雄大宴邀請的「英雄」究竟是哪些人呢？一版提到有朱子柳、泗水魚隱、武三通、武敦儒夫妻、武修文夫妻、柯鎮惡、全真教掌教李志常一行、丐幫諸長老等七、八袋幫首、陸冠英夫婦……等等，然而，武敦儒夫妻與武修文夫妻是郭靖的弟子，怎能算是賓客呢？二版因此將武敦儒夫妻、武修文夫妻改成是襄助魯有腳與耶律齊處理賓客之事的大宴主人。此外，新三版還將全真教掌教李志常改為宋道安。

群雄聚會後，英雄大宴正式開席，席開四百桌，襄陽城安撫使呂文煥及守城大將王堅均向各路英雄敬酒。筵席間眾人說起蒙古殘暴，屠殺百姓，群雄無不扼腕憤慨，當晚大家便推舉郭靖為會盟盟主，人人歃血為盟，誓死抗敵。

在連續數日的宴席中，群雄對於如何聯絡各路豪傑、如何擾亂蒙古後軍、如何協助城防，均已商議妥善。新三版另增說，惟偵得蒙古大軍攻城欲用火藥火砲，厲害難當，群豪不知如何應付，均感憂慮。

諷刺的是，當郭靖的英雄大宴還在杯盤狼藉，群豪也還在划酒聲中醉茫茫地高喊抗擊蒙古時，楊過率領的江湖「別動隊」已經主動出擊了。楊過一出馬，立即消滅了蒙古兩支先鋒部隊，這兩支先鋒部隊，二版說在新野與鄧州遭楊過七百餘俠士阻擊，全軍覆沒，新三版改為在唐州與鄧州被楊過全殲。而後，楊過又指揮豪傑們燒毀南陽的蒙古火藥庫，解決了郭靖所邀群豪最恐懼的火藥火砲。南陽縱火這一役，一版說是聖因師太、人廚子等八十一位高手的傑作，二版改成是聖因師太等三百餘好手的戰功。

楊過的江湖勁旅大殺蒙古鐵騎的威風之後，仍在英雄大宴中吃喝的郭靖才終於決定有所作為。二版郭靖聽完捷報後，叫來武氏兄弟：「你二人各帶二千弓弩手掩襲南陽。倘使軍隊部隊整齊，那就不要下手，要是驚慌混亂，可乘勢發箭射殺。」二人聽令而去。然而，這樣的郭靖彷彿只是要撿拾楊過的戰功，新三版因此將這一段悉數刪除。

楊過殲滅兩支蒙古先鋒部隊後，蒙古大軍即被暫時鎮住，英雄大宴的群雄們也就可以繼續美酒佳餚，不必上戰場了。但令人百思不解的是，蒙古進襲時，前線的襄陽將士不是正需要肉足飯飽、添加冬裝嗎？為什麼郭靖那流水般的銀子不花在鼓舞軍隊士氣，卻寧可大擺酒宴，與武林英雄飲宴吃喝？難道郭靖期待的是這群臨時聚首的「傭兵」，取代他郭大俠一手調教出來的大宋正規軍，雄鎮大宋北門？在這場連續十天，耗資無算的英雄大宴之後，不知機伶的郭夫人與愛國的郭大俠有沒有撥撥算盤，仔細算算，究竟錢有沒有花在刀口上？銀子灑得值也不值？

【王二指閒話】

蒙古大軍壓境，大宋面臨亡國滅種的危機，為求救亡圖存，此際的襄陽，除了呂文煥統帥的國家正規軍之外，民間愛國人士也自發組織「義勇軍」，以圖抗蒙保國。《神鵰俠侶》中的「義勇軍」有兩支，一支是郭靖領導的郭家軍，另一支是楊過領導的楊家軍。

以戰功來看，楊家軍顯然是行動快捷，阻敵於襄陽城外的勁旅。楊過打的是「敢死隊」戰術，利用宋人熟知地形地物的優勢，對蒙軍進行游擊戰與伏擊戰。楊家軍除成功殲滅兩支蒙古先鋒隊外，還燒毀了蒙古積存於南陽的火藥及糧草。

相較之下，郭家軍的戰略顯然是趨於保守的，郭靖自組的義勇軍準備打的是短兵相接的「平原戰」，或是襄陽城內的「城市戰」，因此郭靖與群雄們議論的重點是城防之術，憂心的則是蒙古攻城的火藥火砲。

楊家軍在戰陣中「以攻為守」，較之郭家軍的墨守襄陽，楊家軍的機動性與攻擊力似乎都更強。然而，這兩支軍隊的組成份子本來就不一樣。楊過多年來經營於施恩江湖的俠事，因此，他手下的江湖好手，多的是為報恩償情而來的好漢，西山一窟鬼、史氏昆仲等人受過楊過的活命大恩，算是楊過的「楊家將」，聖因師太、韓無垢等人與楊過有著過命的交情，也算是楊過的「楊門女將」。因為群豪均願接受楊過的指揮與命令，楊過率領的是一整支的「嫡系部隊」，「楊家軍」也確實是一支上下一心的強勁游擊隊。

反觀郭靖，在伴隨黃蓉隱居桃花島多年後，郭靖又長年投入襄陽的練兵守城大業，因此郭靖對江湖是陌生的。在襄陽面臨蒙古破城危機時，郭靖才廣發英雄帖，舉辦英雄大宴，邀請江湖好手群聚襄陽當抗蒙「志士」。雖說郭靖身負絕頂武功，亦長年苦守襄陽，然而，江湖好手們難道會因此就信服郭靖，賣郭靖的帳嗎？這就好像駱賓王寫了〈為徐敬業討武曌檄〉，文采還獲武則天讚揚，但若駱賓王也舉辦「才子大宴」，莫非天下文人都得賣他的帳，奉他駱賓王為統帥，一起為文聲討武則天？或許黃蓉還比較有自知之明，她曾對郭靖說過：「自來樹大招風，人怕出名，只怕天下武學之士，倒有一半不願你做這武林盟主呢。」可知來赴英雄大宴的俠士們，多半是基於「英雄」之名的虛榮感，而不是為了愛國才前來投效郭家軍。

江湖好漢們前來襄助郭靖，卻又未必服從郭靖指揮，故而郭靖領導的只是一支「雜牌軍」，這支「雜牌軍」有可能「認同郭靖的理念，卻未必全力支持郭靖的行動」。因此在楊家軍已經殲敵於唐州、鄧州時，郭家軍仍尚在議論每個人該做些什麼，也還在恐懼蒙古的火藥火砲，活像一群不敢給貓掛鈴鐺，只敢大聲說話的老鼠。

不過，反過來說，楊過的楊家軍雖比郭靖的「雜牌軍」佔了「嫡系部隊」的優勢，卻也無法持久，因為楊過手下的高手大多是為報恩而來，一戰之後，恩情已償，這些江湖好漢也有自己的事業家庭，總不能叫他們一戰之後又一戰，指戈蒙古心臟，揮師北上吧？因而一戰之後，楊家軍就此解散，又因群豪已償楊過之恩，楊過恐也無理由再將之聚為軍隊。

以文學創作的角度而言，郭靖其實頗像孫悟空。史實中的唐三藏自大唐跋山涉水，艱苦著絕前往天竺，最後終於取回佛經，吳承恩的《西遊記》卻先將唐三藏矮化為軟耳根的糊塗蟲，再讓唐三藏收伏聰明果敢的徒兒孫悟空，而後孫悟空一路斬妖殺魔，助唐三藏到天竺取回佛經。金庸的創作模式與《西遊記》雷同，他也將歷史上死守襄陽的呂文煥貶抑為怯戰昏庸的守城將領，再安排忠義的俠士郭靖主動投靠呂文煥，並協助呂文煥守襄陽。然而，就像齊天大聖必須「尊重歷史」，不能乘著筋斗雲到天竺瞬間取回佛經，郭靖也得「尊重歷史」，不能用他的降龍十八掌擊殺蒙哥、忽必烈，也無法統率他的「郭家軍」直搗蒙古。

儘管郭靖堅守襄陽，是金庸小說中的「武聖郭公」、「郭聖帝君」，他卻還是得謹守「孫悟空」的身份，配合史上真有其人的「唐三藏」呂文煥演出，故而郭靖只能苦守襄陽，直到城破殉國。至於只能偶一為之，不能老是奏捷的宋蒙之戰，還是由楊過來獨享勝利的戰功即可，因為楊家軍充其量也只能打這麼一次游擊戰，而若是郭靖出馬，還得讓他以一身武功戰無不勝，攻無不克，那麼，小說就必然得竄改歷史，將蒙古收進大宋的版圖了。

第三十五回還有一些修改：

一．楊過所為好事中，二版的「令慈恩安心而死」，新三版改為「讓慈恩臨終起慈悲心，深信輪迴得能轉入善道」。改寫的原因如前回所說，是要加深慈恩臨終儀軌的佛教化。

二．見到尼摩星殘障的外表，二版郭襄叫郭芙「別傷著了他」。新三版改為郭襄叫郭芙「別打他」。新三版郭襄顯然心腸更好。

三．在羊太傅廟中，本要攻擊郭襄的尼摩星竟莫名其妙死亡，郭芙問郭襄是誰救她，郭襄說是魯有腳的鬼魂，而後，二版郭襄又說：「剛才人影不見，定是魯老伯在暗中呵護我了。你知道，他生前跟我是最好的。」新三版將郭襄這段話刪了，想來郭襄當時受到極度驚嚇，又懷疑是楊過救了她，心慌意亂之際，理當也不會有心思編故事敷衍郭芙。

四．尼摩星死後，黃蓉又到羊太傅廟追查。二版黃蓉手持白蠟短桿，新三版改持青竹短桿。

五．郭襄辦完英雄小宴後，向黃蓉說九死生與百草仙都很佩服郭靖，新三版郭襄還對黃蓉增說：「那個韓無垢姊姊和聖因師太又都讚你是女中豪傑，當世英雄，我就代你謙遜幾句，說不敢當，其實我心中卻說：『正是！多謝！說得真對！』」

六．萬獸山莊設宴席款待楊過，一版的菜色是獅吻虎腿，熊掌象鼻，二版改為猩唇、狼腿、熊掌、鹿胎。

七．郭芙與尼摩星交手時，一版說：其實尼摩星與郭芙的功力相差甚遠，只因郭芙受父母兩人之教，學的是當世最強最妙的武功，這才勉強支持了數十招。這段描述二版刪去了。

八．尼摩星鐵杖被郭襄的金絲芙蓉鐲打落後，以十根手指撲向郭芙姊妹。一版說尼摩星指甲尖利，二版刪去此說。

九．一版尼摩星被郭襄的青玉簪射殺，死前說了聲「嘿」，二版將「嘿」改為「古怪的」。

十．郭襄的丫鬟，一版叫「銀姑」，二版改叫「小棒頭」，二版還增說郭襄給自己丫鬟取的名字也是大大的與眾不同。

十一．郭襄的英雄小宴中，一版說吃喝最多的是黑衣女尼，即聖因師太，二版刪去此說。

第三十六回還有一些修改：

一．這一回的回目二版是「獻禮祝壽」，但「獻禮祝壽」一詞太老氣，新三版將回目改為「生辰大禮」。

二．關於丐幫的集會，二版說群丐按路軍州縣，圍著高台坐地，新三版則依宋制，將「按路軍州縣」更正為「按路府州軍縣」。

三．梁長老叮囑要比武爭丐幫幫主的豪傑，不得在台上了斷舊仇陳怨。二版還說：要知比武決勝，各逞絕技，倘若下手不容情，動不動便有死傷，這時正當聚義以抗外敵，如何可以自相殘殺？因此梁長老鄭重告誡，意思說有人乘機報仇，大家便要群起而攻之。這段說明或許像是「蛇足」，新三版因此刪去了。

四．郭襄要向老天爺說生日的三個心願，二版說郭襄覺得這時左右無人，可告知老天爺。新三版改為郭襄覺得待會楊過來了不便，因此要先告訴老天爺。

五．郭襄與楊過前往大校場，黃蓉知楊過即將前來，新三版較二版增寫，黃蓉設想諸般兇險情狀，一一籌思對策。

六・蒙古兩先鋒隊齊為楊過所殲，大校場大擺酒筵慶功，新三版較二版增寫，郭襄斟了三大碗酒給神鵰飲用，神鵰一口一碗，意興甚豪。

七・製造煙火的漢口名匠，二版叫「黃一炮」，新三版改名「黃一砲」。

八・梁長老急於立新幫主以尋打狗棒，並鋤殺霍都，二版何師我駁梁長老：「梁長老這句話，錯之極也，可說是反因為果，本末倒置。」新三版刪去了「可說是反因為果，本末倒置」兩句。

九・耶律齊與何師我比武，二版說：待鬥到五十招以上，耶律齊漸漸心驚，不論自己如何變招，對方始終從容化解，實是生平罕見的強敵，但他卻不乘勢搶攻，似乎旨在消耗自己的內力，然後大舉出擊。這段描述大長霍都志氣，大滅耶律齊威風，新三版因此刪去了。

十・黃蓉懷疑楊過誘惑郭襄，是要以情愛將郭襄折磨得生不如死，報郭家害他父親妻子之仇，一版又提到黃蓉知楊過智謀之高，尚不及自己。但這樣的說法顯得黃蓉太也自滿托大，二版因此刪去了。

十一・大頭鬼帶神鵰到襄陽見郭襄，神鵰見到郭襄，原本傲然昂立，一版還說神鵰似乎毫沒將這小姑娘瞧在眼裡，二版刪了這說法。後來郭襄問神鵰喝不喝酒，大頭鬼說：「你請神鵰喝酒，那牠再喜歡也沒有了。」一版郭襄遂飛身奔到廚房，捧了一小罈陳酒，而後，神鵰以鐵嘴啄開瓦罈，伸嘴入罈，片刻喝個乾淨。黃蓉見之，心中暗罵：「襄兒這小鬼當真該打，胡亂拿我這九花玉露酒去給一頭扁毛畜生喝，豈不糟蹋了？」原來這是黃蓉依黃藥師配製九花玉露丸的方子，採集花露及藥草，再釀入一等一的陳年佳釀而成，若非至交好友，決不輕易奉客。神鵰飲畢，郭襄笑道：「鵰大哥酒量真好，咱們走吧！」才一同前往大校場。這一大段二版都刪去了。

十二．耶律齊迎戰藍天和時，一版說藍天和一掌拍向耶律齊胸口，台下群雄聽來，耶律齊非死即重傷，若藍天和把耶律齊打死了，他是郭大俠、郭夫人的愛婿，只怕馬上會掀起軒然大波。二版將這段刪改為耶律齊右掌揮出，與藍天和雙掌相交，登時黏著不動，變成了各以內力相拼的局面。

十三．打敗藍天和後，因耶律齊是郭靖夫婦的愛婿，又是周伯通弟子，一版說全真派的俗家弟子、東邪南帝各系的弟子均不再與之爭鬥。但想來當時與會的群雄，能有多少全真派及東邪南帝弟子呢？二版因此改為凡是與郭靖夫婦、全真教有交情的好手，都不再與爭。

十四．耶律齊鬥霍都，一版說當時高台上一根火把映出兩個影子，十多根火把照耀著相鬥的兩人，高台上數十個人影或濃或淡，飛舞來去，當真是好看煞人。二版將一版浪漫的描述刪改為：火把照映之下，高台上兩人拳掌飛舞，形影迴旋，當真好看煞人。

十五．將達爾巴抓到大校場的八大高手，一版說其中三人是嵩山少林寺達摩院的監院無色禪師、趙老拳師，青靈子。但《倚天》第一回又說無色禪師參加的是南陽縱火之役，而非捕捉達爾巴之役，二版因此改為八大高手中的其中四人，分別是與少林寺方丈天鳴禪師齊名的五台山佛光寺方丈曇華大師、趙老爵爺、聾啞頭陀、及崑崙派掌門青靈子。

投胎恨晚，郭襄趕不及生為「大龍女」
——第三十七回〈三世恩怨〉版本回較

青少之年的楊過，小龍女愛他的柔情，陸無雙喜歡他的急智，程英欣賞他的俠道，公孫綠萼眷戀他的蜜語，諸女都有其特別欣賞楊過之處。青中年之後，楊過於吸引少女芳心一途，已然練出「草木竹石」均可為劍的神功，他的一顰一笑，一招一式，都能把郭襄迷得神魂顛倒。

且來看看金庸在改版中越寫越露骨，郭襄對楊過的一番情意。

故事從楊過送給郭襄三件生日大禮說起。原本就已經對楊過心儀不已的郭襄，在楊過又幾乎將襄陽城與丐幫當成生日禮物送給她之後，內心生出更強烈的崇拜與愛慕感。然而，楊過來到襄陽城後，只跟郭襄說了兩句話，而後即飄然離去。

楊過遠走後，黃蓉知曉女兒心中傷痛，問郭襄：「襄兒，怎麼啦？今天不快活麼？」，郭襄道：「不，我快活得很。」二版的郭襄滿眶淚水，幾乎掉下淚來。新三版改為郭襄滿眶淚水，跟著淚珠兒便掉落胸前。

而後，黃蓉對郭襄說了郭楊兩家的三世恩怨，郭襄才明白楊過與他郭家淵源之深，二版說，郭襄原本還以為楊過只是她邂逅相逢的一位少年俠士，只因他倜儻英俊、神采飛揚，這才使她芳心可可。

然而，若照二版的描述，郭襄愛上的就只不過是楊過的帥氣外表。新三版因此將「倜儻英俊」四字改為「仁義任俠」，「仁義任俠」才是楊過最吸引郭襄的個人特質。

聽完黃蓉的話後，郭襄對楊過更加如醉如痴，心中卻一片混亂。

而後，黃蓉告訴郭襄，十六年前，小龍女留下「珍重萬千」等字後，影蹤即無覓，黃蓉還說，這或許是小龍女在重傷無救之下，因為深愛楊過，想勸楊過服食斷腸草，不得已而行的計策，至於所謂「南海神尼」之說，只是黃蓉胡謅出來，與失蹤的小龍女共唱的雙簧，而為了增加可信度，黃蓉還瞎扯南海神尼也教過黃藥師掌法，以徵楊過之信。

聽完母親的說詞，新三版增寫：「郭襄心中大驚，突然放聲大哭，不能自制，黃蓉輕拍她背安慰，過了一會了，郭襄這才止哭。」而後，黃蓉說本想請黃藥師幫忙圓謊，但黃藥師在解決霍都之事後，已然與楊過連袂離去。

因為擔心黃藥師洩露機關，新三版的郭襄於是告訴黃蓉「我快去找他（楊過）」。

黃蓉接著又告訴郭襄，楊過若順利與小龍女相會，郭襄要跟他們一起遊玩，那當然可以，但若楊過找不到小龍女，千萬別跟楊過在一起，因為楊過發起狂來，甚麼事都做得出。新三版還增說郭襄尋思：「他如怪上了我家，最好用黯然銷魂掌一掌把我打死了。他出了氣，就不會發狂了。或者後來想到不該殺我，心裡對我有點可憐，他就完全好了。」

而後黃蓉又向郭襄說了楊康與穆念慈的舊事，郭襄聽完後，已然神情困頓，黃蓉看著郭襄入眠，這才回房，新三版加說郭襄入睡後，睡夢之中，時發嗚咽之聲。

翌日郭襄即出門尋訪楊過，想勸他萬萬不可自盡。她留下一則短柬，告訴郭靖黃蓉：「女兒去勸楊大哥千萬不要自尋短見。」而後即出襄陽而去。新三版郭襄較二版體貼，短柬中還加說「女兒一切小心，請勿掛念。」以安父母之心。

自襄陽出走後，郭襄沒遇到她喜歡的大哥哥楊過，卻遇上了歡喜她的大和尚金輪國師，關於金輪國師的「愛徒情事」，第三十八回另有詳述。

新三版第三十八回還增寫了一段郭襄對楊過的心思，細述郭襄對楊過深刻的情意。

這段故事說，郭襄拜金輪國師為師後，心中想著：「可惜我遲生了二十年。倘若媽媽先生我，再生姊姊，我學會了師父教的龍象般若功和無上瑜伽密乘，在全真教道觀外住了下來，自稱大龍女，小楊過在全真教中受師父欺侮，逃到我家裡，我收留他，教他武功，他慢慢的自會跟我好了。他再遇到小龍女，最多不過拉住她手，給她三枚金針，說道：『小妹子，你很可愛，我心裡也挺喜歡你。不過我的心已屬大龍女了，請你莫怪！你有甚麼事，拿一枚金針來，我一定給你辦到。』唉，還有一枚金針，我要請他不管發生了甚麼事，無論如何不可自盡。他是天下揚名的神鵰大俠，千金一諾，不，萬金一諾，萬萬金一諾，答允了我的話不可不守信約，不能自盡就一生一世決不能自盡。」

郭襄的一番情意，楊過後來確實接受了，在下一回的故事裡，楊過於絕情谷苦候小龍女不至，心情激動而跳絕情谷自盡，郭襄隨之躍下。兩人在谷下，郭襄持第三枚金針，要楊過答應他不可自尋短見，楊過即心軟而答允了小妹妹的請求。新三版還增寫郭襄大喜，說道：「你是神鵰大俠，言出如山。」楊過則說：「是不是神鵰大俠，倒不打緊，小妹子自己跳下來叫我不可自盡，我必須聽話。」於是，這個原本除了小龍女，連程英都收服不了的「西狂」楊過，還當真乖乖聽了小郭襄的勸。

在郭襄對楊過「隱而不敢顯」的愛情裡，我們可以見到純情的「憂鬱男」，對多情的「母愛女」那可怕的吸引力，想來四肢癱瘓的殷梨亭尚且能吸引年紀小他一輩的楊不悔，更何況外表英俊，行事任俠的楊過？以南宋的時代背景而言，郭襄的年紀也可算是楊過的兒女一輩了，但她仍然自願與這「憂鬱大叔」生死相伴，更只恨自己投胎太晚，在愛情「先來後到」的排序上輸給了小龍女，除此之外，她竟還想效法北宋的阿朱老前輩，讓楊過一掌打死以消他對郭家的恨。

於郭襄而言，楊過的「黯然銷魂」，不只「掌力」嚇人，「魅力」更是驚人！

【王二指閒話】

小說作者創作經典的「情侶」時，幾乎都會遵循「水火原則」。所謂的「水火原則」是，從相識到相戀的倆人，往往一方如火，個性主動而熱情，另一方卻似水，個性較被動而冷沉，然而，水火兩方不僅不會「水火不容」，還會因個性上的兩相映照，喜歡彼此的優點，並進而成為天造地設的佳偶。

《紅樓夢》中，多情的賈寶玉是火，多心的林黛玉是水；《射鵰》中，機伶的黃蓉是火，穩重的郭靖是水；《天龍》中，熱情的段譽是火，無情的王語嫣是水。男女情愛與兄弟結義不同，《水滸傳》裡的眾兄弟人人都是火，一票兄弟邁開大步即是一片風風火火，不同於兄弟情義的是，男女情愛需要的不是一片風火，而是必須經由水與火的碰撞，才能擦出精彩的火花。

楊過的屬性就是一團火，若與楊過這團火相映照，在楊過結識的佳麗裡，自小龍女、陸無雙、程英、完顏萍、郭芙到郭襄，誰最有可能得到楊過的青睞呢？按照「水火原則」，越是冰冷沉練的「水系」女子，越能吸引性格屬「火系」的楊過，楊過將渴望搏她一笑，討她歡心。「火系」的女子雖與同屬「火系」的楊過較能一拍即和，輕鬆互動，卻很可能只被楊過當成異性好友，無法發展成男女愛情。因此，若把上列六位女子一字排開，讓楊過像皇帝一般擇后選妃，最可能進楊天子「後宮」的，應該會是最偏「水系」的小龍女與程英。於楊過而言，這兩個女子「最難搞」，也最能讓楊過放在心上。

楊過是心中充滿「俠慾」的男人，即使談起戀愛，還是對女人充滿了「俠情」。透過照顧喜歡的女人，楊過可以滿足自我的「俠癖」，因此，若再將小龍女與程英細細比較，小龍女還是勝過程英的。

程英太過體貼，太會以「楊過」的角度替楊過著想，反之，小龍女雖然也愛楊過，卻都是以「自己」的角度在替楊過著想，因此小龍女會想嫁給公孫止讓楊過另求良配、搞失蹤讓楊過可以娶郭芙、或是不告而別以勸楊過服食斷腸草。

楊過明白小龍女深愛自己，但小龍女這些深愛對方，卻將自己傷害得又苦又痛的決定，正巧激出楊過的「俠情」，使得楊過對小龍女又憐又愛，這是小龍女在愛情上勝過程英一籌的原因。只有小龍女的性格，才能與楊過畫出一個陰陽互補的太極。俠情男與傷情女，配對起來，正好完全契合。

至於郭襄有沒有機會成為大龍女呢？說來郭襄性格活潑，還會主動去牽楊過的手，可見她偏於「火系」。於楊過而言，郭襄與陸無雙同類，都是他較不接受的女孩類型。

楊過喜歡以他的巧思，打動他心儀的女子，郭襄因此不須自傷小龍女比她「來得早」，因為即使她與小龍女同時出現在楊過面前，小龍女依然會是楊過的首選，而若是郭襄嫁給楊過，楊過婚後才認識小龍女，以楊過那喜歡照顧「水系」女子的性格，只怕還是有可能跟小龍女發生「精神外遇」。

郭襄若想與楊過發展為情侶，下列兩種狀況是比較有可能讓同屬「火系」的男女晉升為情人的：

一、相互依存：若楊過與郭襄共同陷入絕境或險境，「火系」的兩人必須以腦力與體力相互支持，就有可能由依存關係進展成男女愛情，就像《連城訣》中，狄雲與水笙兩人被困雪山，處在雪崩與血刀老祖的威脅下，必須併肩抗敵，共謀生路，後來即發展出男女之情。

二、一方失意：「火系」的人也未必永遠都保持在熱情狀態，當事業或愛情不如意的時候，「火系男」也可能因為失志而轉成「水系」，這時就是「火系女」的機會。好比《笑傲江湖》的令狐冲與任盈盈原本都屬「火系」，後來令狐冲因失戀而轉為「水系」，任盈盈即得以用她的一團「火」，憐愛疼惜「水」樣的令狐冲，並進而成為佳偶。

說來郭襄還有的一絲希望，就是成為任盈盈，在楊過失意時，郭襄可以疼惜楊過、安撫楊過，再進而與楊過成為情人，但即使郭襄因此嫁給楊過，「火系」與「火系」的組合，依然不太牢靠。或許郭襄真能與楊過發展成情侶或夫妻，也能阻止楊過躍下絕情谷，但若小龍女還另有辦法從絕情谷回到人間，按楊過的個性，小龍女一現身，郭襄可能就會淪為「鍾萬仇」，楊過這「甘寶寶」將馬上飛奔到他最愛的「段正淳」小龍女身邊去。

第三十七回還有一些修改：

一．楊過送給郭襄的第三件大禮是準備仇殺霍都的達爾巴，二版郭襄見達爾巴，說的是「大哥哥送這和尚給我，我可不喜歡。」新三版改為郭襄說「大哥哥送這和尚給我，我要來沒用，又不喜歡。」至於擒捉達爾巴的眾高手，二版說其中的青靈子久居藏邊，會說藏語，他告訴達爾巴何師我就是霍都，新三版則配合達爾巴出身的改變，改為青靈子久居西夏，會說蒙語。

二·楊過將達爾巴當第三件生日大禮送給郭襄，二版說郭靖、黃蓉不明其中道理，猜不透楊過派這些人前來搗亂，到底是何用意，只是覺得楊過不應該有敵意，因此夫婦倆人袖手不動，靜觀其變，新三版因青靈子改說蒙古話，這段情節亦改成郭靖黃蓉已猜到幾份真相，因而吩咐梁長老不必阻攔達爾巴戰霍都。

三·為展現耶律齊的君子風度，二版說耶律齊雖被何師我使詐擊下高台，但耶律齊已決心繼承岳母大業，為丐幫出力，因此眼見何師我給達爾巴逼得手忙腳亂，不禁大聲喝道：「何兄勿慌，我來助你。」若非後來史叔剛力阻，耶律齊便要上台助何師我一臂之力。這一大段新三版全數刪去了。

四·青靈子將打狗棒交給郭襄後，二版說郭襄想起魯有腳，不禁心下黯然。新三版為讓郭襄的感情更豐沛，增寫郭襄眼眶中充滿了淚水。

五·二版黃蓉完全猜不出何師我就是霍都，因此在達爾巴打得何師我幾乎喪命時，黃蓉還心想：「何師我用兵刃打傷齊兒，他袖中明明藏有兵刃，何以到此危急關頭，仍不取出禦敵？」新三版因黃蓉已猜出何師我就是霍都，故此將這一段全數刪除。

六．達爾巴大戰霍都時，新三版增寫了郭靖、黃蓉對群雄的禮數，說郭黃二人向青靈子、趙老爵爺、聾啞頭陀等高手，以及史氏兄弟，西山一窟鬼等逐一致敬，隆重道謝，有的還斟了酒來敬酒。他二人知眾英奉楊過之召，有大惠於襄陽百姓及丐幫，而非僅為博郭襄一粲。

七．達爾巴與霍都之戰，二版說達爾巴向霍都擲金杵到第十八下，金杵如飛箭平射而出，霍都無法閃避，這才中杵而重傷。新三版刪去「第十八下」之說，改為霍都是因站在台口，沒法閃避，方才中杵。

八．達爾巴擊斃霍都後，二版青靈子告訴達爾巴：「神鵰俠饒了你，叫你回去西藏，從此不可再到中原。」新三版因達爾巴已由西藏改籍蒙古，青靈子的話也改為：「神鵰俠饒了你，叫你回去蒙古，清心禮佛，不可再來中原。」

九．霍都假死，本欲在死前盡全力奮擊達爾巴，但最後並未出手，二版說是因為達爾巴唸咒後，隨即下台而去，新三版改為達爾巴誠心念咒，助其轉世轉入善道，倒是一番美意，當時便下不了手。新三版的改寫比二版還不合邏輯，若照新三版的說法，達爾巴擊殺霍都後，只要再對霍都誦念佛經，霍都就會感動無已，但霍都的性格真有這般單純良善嗎？

十．黃藥師聽聞郭襄人稱「小東邪」後，心中大喜，新三版增寫黃藥師說「當真妙之極矣，老東邪有傳人了。」

十一．金輪國師自稱是「珠穆朗碼」，二版解釋說，「珠穆朗碼」是西藏境內一座高山之名，新三版改說「珠穆朗碼」是南宋時期「吐蕃」境內的一座高山之名。新三版另增說國師所學武功佛法源自吐蕃，因此才會隨口說自己是「珠穆朗碼」。

十二．楊過在黃藥師面前以「黯然銷魂掌」大戰瀟湘子三人，二版用的是「拖泥帶水」與「魂不守舍」兩招，新三版將「魂不守舍」這招改為發掌狀況更如其名的「徘徊空谷」一招。

十三．二版改寫為新三版時，為降低楊過目中無人的狂傲感，金庸屢次增寫楊過對長輩的禮數。如這一回楊過向黃藥師討教南海神尼的掌法時，新三版即增寫楊過還先恭敬地告訴黃藥師：「晚輩當年得蒙前輩指點『彈指神通』與『玉簫劍法』兩大奇功，終身受益不淺，當時便有師徒之份，一直感激在心。」

十四．楊過至嘉興王鐵槍廟，二版說此時是隆冬，遍地風雪，新三版改為是十月盡，但這一年冷得甚早，又連日大雨。

十五．柯鎮惡被沙通天「人串」截擊，二版說是因柯鎮惡武功不及沙通天四人，新三版加說柯鎮惡眼睛盲了，瞧不到他們，因而無法及早避開。

十六．達爾巴攻霍都，一版說達爾巴以「后羿射日」一招自下而上攻了上去，二版刪去了這招。此外，達爾巴的黃金杵，一版說是三十餘斤，二版改為五十餘斤。

十七．聞聽黃蓉與郭芙的對話，郭襄得知何師我就是霍都，一版郭襄自言自語：「那日我在羊太傅廟中祭奠魯老伯，他……他一定聽到了我的話。他知道我心裡難過，因為魯老伯被奸人害死了，於是便去捉這奸人。他自己呢，怎麼還不來啊？」二版將郭襄的自語改為：「那日大哥哥在羊太傅廟外，見到我祭奠魯老伯，知道我跟魯老伯是好朋友，因此千方百計去為我報仇，嗯，這件禮物可當真不小，他這番心意……」。

十八．大校場一番熱鬧為郭襄慶生後，一版說黃蓉命人取出銀子，打賞戲班伶人，二版將這段情節刪去了。

十九．金輪法王以郭靖之死試探郭襄，郭襄果然中計，向金輪澄清郭靖沒死。一版郭襄說：「我說沒死就沒死，他是我爹爹，難道我還會騙你嗎？」但這語氣比較像郭芙，二版將郭襄的話改為：「自然沒有死！我爹爹倘若死了，我哭也哭死了。」

二十．肚子餓的郭襄向金輪法王要食物，一版說金輪法王拿出乾糧，郭襄見盡是素食，入口無甚滋味，只是實在餓了，只得勉強吃個半飽，但如此的郭襄實在太挑嘴了，二版因此刪為只說郭襄吃了兩個麵餅。

二一．一版金輪法王與大頭鬼交手時，拉住大頭鬼的馬鞭，並暗加手勁，致使大頭鬼的坐騎脊骨折斷，軟癱在地，大頭鬼大怒，才躍下馬，二版改為金輪法王未傷馬，直接將大頭鬼拉下馬。

二二．金輪法王的「龍象般若功」功力，一版是練到第十一層，每一掌均具十一龍十一象的大力，二版改為練到第十層，每一掌均具十龍十象的大力。

二三．長鬚鬼抱住金輪法王兩腿，要郭襄快逃，一版說郭襄年紀幼小，卻生具一副俠義心腸，方不願捨長鬚鬼而逃命，二版刪去了這說法。

二四．楊過想問黃藥師南海神尼之事，先對黃藥師說，十多年來一直都探訪不到黃藥師的居所，一版黃藥師對楊過說：「我的脾氣是越老越邪，越是怪僻。」二版改為黃藥師說：「我隨意所之，行蹤不定，要找我確是不易。」

二五．一版楊過到王鐵槍廟，在楊康墓旁，見到了「楊門烈女穆氏之墓」，楊過還心下嘀咕：「這楊門烈女穆氏，卻又是誰？」，這個「不知是誰」的「穆氏」，修訂後竟成了他二版的媽媽。

二六・沙通天四人要打死柯鎮惡的原因，一版說是一來邪正異道，二來恐怕柯鎮惡洩露了自己行蹤，因而要殺柯鎮惡，二版刪掉「邪正異道」這奇怪理由，想來誰會以邪道自居呢？

二七・柯鎮惡讚揚楊過，說他在襄陽立下大功，可為父親楊康補過，一版柯鎮惡還說了一段歷史典故，他說：「我曾聽二弟朱聰言道，夏禹是大聖人，可是夏禹的父親是個惡人。」這段話實在大違柯鎮惡市井出身的話語習慣，二版因此刪去了。

二八・一版說程英、陸無雙住在菱湖鎮，二版改為住在嘉興。

二九・一版柯鎮惡參與了英雄大宴，郭襄離家出走後，柯鎮惡自稱：「我老瞎子在襄陽也出不了力，於是也出來找她。」二版改為郭靖沒邀恩師參加英雄大宴，柯鎮惡仍安住在桃花島，後來郭襄失蹤，有人找到桃花島來，柯鎮惡掛念郭襄，這才出桃花島協尋。

三十・柯鎮惡聽蒙古使臣說郭襄被擒到蒙古軍中，一版柯鎮惡一怒之下，給每個蒙古使臣各送了一枚毒蒺藜，隨即便要趕回襄陽報信，二版改為柯鎮惡本要送幾枚毒蒺藜給兩個蒙古韃子嘗嘗滋味，但急於趕去襄陽報信，不想旁生枝節，因而未發毒蒺藜。一版的作為似乎較符合柯鎮惡的莽撞性格。

聽殺人魔金輪國師高談佛法——第三十八回〈生死茫茫〉版本回較

《神鵰》的大反派金輪國師並不是純粹的武人，他還身兼「蒙古國師」的要職，但這位以他人性命當名利之途墊腳石的殘酷武士，還真能是開堂講法的一代佛教高僧嗎？單看他那取自殺人武器的法號「金輪」，就知其暴戾不仁，若是生在今天，他可能要自稱「手榴彈國師」、「衝鋒槍國師」、或「迫擊砲國師」了。

為了讓金輪國師改頭換面，金庸在改寫二版為新三版時，花了偌大的心血，著意要將金輪國師塑造成疼愛郭襄的慈悲出家人。

且來看金庸的生花妙筆，如何讓二版的殺人魔「金輪法王」褪去血衣，披上袈裟，再重新以「金輪國師」的高僧形象於新三版登場！

話說郭襄隻身離開襄陽，意圖勸阻楊過自殺，卻在還沒找到楊過前，先遇到了金輪國師。金輪國師試探出郭襄是郭靖的掌上明珠後，幾番以高深武功讓郭襄怎麼逃都逃不出自己的手掌心，而後，郭襄出掌打金輪，金輪則故意示弱裝傷，善良的郭襄因此不忍心再致他死命。

與郭襄相識後，金輪越來越喜歡這個聰明伶俐、心地善良的小姑娘，更打算收她為徒。

金輪回想起他的幾個弟子，大弟子文武全才，原可傳其衣缽，卻不幸早亡，二弟子達爾巴誠樸謹厚，但只徒具神力，三弟子霍都則是天性涼薄，無情無義。出家人沒有子女，一身本事全靠弟子傳承，因此對金輪來說，衣缽的授受實是頭等大事。

幾經考慮之後，金輪決定收郭襄為徒。新三版還增說，郭襄雖是女子，傳法不及男子，但藏傳佛法亦十分注重「白母」、「綠母」等女菩薩，因此女弟子亦受重視。

金輪國師收郭襄為徒一段，新三版大幅增寫，篇幅幾達四頁之多，增寫的故事是，金輪國師將郭襄帶回忽必烈的南大營，在這些時日中，金輪國師傾囊傳授郭襄本門內外功夫，郭襄長日無聊，便習以自遣，又想日後欲謀脫身，必須取得國師信任，於是假意拜金輪為師，誠心學習。金輪所見郭襄，竟比當年的大弟子學得更快更好，心中十分喜歡。

新三版還增說佛教出家人無子無女，一片慈愛之心，往往傾注於傳法弟子身上，國師此時之對郭襄，便如對親生愛女一般，連郭襄的飲食衣著也關心料理，不讓她受半點風寒，郭襄生性隨便豪爽，不喜國師這般關心溺愛，婆婆媽媽，有時撅起了小嘴生氣，國師必千方百計哄得她喜笑顏開方罷！

金輪國師為了討好郭襄，還常誇讚郭靖、黃蓉，亦說楊過、小龍女的「玉女素心劍法」天下無敵，密教武功中尚未有對抗的劍法。此外，金輪還說願跟楊過化敵為友，更說自己已練成第十層龍象般若功，一出手便可將楊過打死，但因捨不得郭襄悲傷，不會真的打死楊過。郭襄聞言，照密教的禮節，向金輪國師五體投地的叩拜。

金輪國師又說，郭襄痴愛楊過是沒有用的，因為楊過若找到小龍女，他倆便快快活活在一起，沒郭襄的份兒；而若楊過找不到小龍女，他一定橫劍自盡，變成幽鬼，還是沒郭襄的份兒。金輪國師告訴郭襄，要解決她一生一世的煩惱，密教有辦法。

於是，金輪國師開始講說佛法。他從帳篷角裡的包袱中取出一個卷軸，展開後，畫卷上是細絲線繡著一位站在雲霧中的神仙般人物，頭戴紅色法冠，左手持一朵粉紅色蓮花，右手持劍，斬向一團亂絲。金輪國師向郭襄介紹，這就是密教祖師爺蓮華生大士，而後郭襄即隨金輪向蓮華生祖師爺禮拜致敬。

金輪隨後講解，說蓮華生大士右手所持，是文殊菩薩的智慧之劍，要將煩惱妄想全部斬斷，左手的蓮花則是教人心裡清淨平和。郭襄見繡像中的蓮華生大士慈悲莊嚴，頓時肅然起敬。

而後，金輪國師又對郭襄說：「我從今天起，教你修報身佛金剛薩埵所說的瑜伽密乘，修成之後，再修法身佛普賢菩薩所說的大瑜伽密乘、無比瑜伽密乘，一直到最後的無上瑜伽密乘。」

郭襄問無上瑜伽密乘要修多少時間，金輪回她說是無窮無盡，永遠也說不上修成。郭襄又問金輪是否自己也沒修成，金輪說：「是啊！倘若我修得稍有成就，怎麼還會去苦練那龍象般若功？還會起心來和楊過、小龍女決一勝敗？」

接著，金輪國師先教郭襄「唵、嘛、呢、叭、咪、吽」六字大明咒，郭襄學著唸了，但郭襄說：「師父，祖師爺是好人，我早晚拜他，不過我不學驅除煩惱的法門。」國師問她為什麼，郭襄嘴上說：「我喜歡心裡有煩惱。」心中則說：「沒了煩惱，就沒了大哥哥，我喜歡心裡有大哥哥！」於是國師口念密宗真言，盼求上師慈悲加持，感化郭襄發心去學瑜伽密乘。

師徒授業一段時日，天時漸寒以後，郭襄算算楊過與小龍女的十六年之約已到，遂對金輪國師出言相激：「師父，你到底敢不敢去跟楊過、小龍女比武？你一個人打不過，我們師徒二人聯手，使幾招無上瑜伽密乘好了。」金輪聞言後，同意帶郭襄到絕情谷會會楊龍的「玉女素心劍法」，新三版還說，金輪與郭襄相處既久，對她甚為喜愛，早已改變初衷，不再想折磨郭襄，脅迫郭靖降順了。

新三版的金輪與郭襄既有了濃厚的師徒之情，兩人之間的互動當然與二版有所不同，因此隨後兩人前往絕情谷的情節，也是一番不同於二版的新景象。

前往絕情谷的路上，郭襄對金輪一直神色冷冷的，二版說是因為郭襄恨金輪掌斃長鬚鬼與大頭鬼，新三版改為是因郭襄掛念不知能否與楊過相遇，也不知能否求得他不可自盡，患得患失，心情奇差，才會對國師神情冷淡。

兩人至絕情谷後，郭襄旋即隨楊過躍下絕情谷。而後，周伯通問金輪為何害死郭襄，二版金輪說：「我有意收她為徒，傳我衣鉢，如何肯輕易加害？」新三版改為金輪說：「我已收她為徒，要她傳我衣鉢，如何肯輕易加害？」。

因為誤會郭襄是金輪所害，二版說黃蓉提竹棒撲向金輪，新三版改為黃蓉見國師黯然流淚，確是心傷愛女之喪，愛女多半不是他推落谷去，但此事定須有人承責，悲痛之際，不及細思細問，因而提手中竹棒攻金輪。

而後，白鵰背著郭襄，飛出了山谷。黃蓉一行聽郭襄說楊過還在谷下，便欲下谷尋楊過。黃藥師與周伯通在下谷之前，先將金輪國師閉穴點倒，新三版此處增說：國師正為郭襄生還而狂喜，心神大盪之際，冷不妨要害接連中招。

緊接著，黃藥師一行下了山谷，郭襄則被留下，單獨與金輪在山谷上。金輪假意呻吟作痛，要郭襄助其解穴，二版郭襄對金輪說：「你這是自作自受，誰叫你動不動便出手殺人？」，新三版因郭襄已拜金輪為師，不能這般沒上沒下，改為郭襄說：「幸虧我大哥哥沒上來，否則你逃也逃不走啦！」而後，國師出言要誘導郭襄來解穴，二版金輪說：「我這一路上這般待你，你卻如何報答？」新三版改為金輪說：「我當你親女兒一樣愛惜，你卻如何報答？」。受金輪一番懇求後，郭襄真的出手，並在無意間助金輪解了穴，而後即被金輪逼迫前往蒙古軍帳。

經過金庸的修訂，金輪國師從二版的殺人魔，脫胎換骨成新三版疼愛郭襄的好師父，但殺人魔變成好師父，確實是極端詭異的改變。

想來金輪國師那渾不知「殺戒」何物，與致一來就胡亂殺人的個性，再加上一見佳徒就要強迫對方納入門下的作為，還真是像極了南海鱷神，而新三版的金輪「光頭南海鱷神」竟還能打著蓮華生大士的名義講說佛法，並招搖成蒙古國師，儼然就是一代高僧。看來要跟金輪國師匹敵，漢人這頭倘不拜另一個光頭殺人魔成崑當國師，還真的沒法跟蒙古人一較高下！

【王二指閒話】

金庸創作俠士時，不論是溫柔直和型的郭靖、張無忌、令狐沖，或是狂俠猛士型的楊過、喬峰，只要是男性主角，金庸一定會賦予他們「和平愛好者」的性格。

金庸筆下的所謂「和平愛好者」，並不是怯鬥懼戰，而是在「不嗜殺人者」的原則下，俠士們「學武，卻不求戰」。俠士們只要出招，就必然是受對方逼迫，不得已才拔劍，又或者是聞見不平之事，才憤而挺身而出，總而言之，俠士們只有在「迫不得已」的狀況下，才會展露武功，壓制邪徒，以達成和平的最高目的。

金庸小説向來都有歷史與武俠兩個層面，在金庸筆下，主角俠士們除了必須制衡歐陽鋒、李莫愁、成崑、丁春秋等武林惡勢力外，還得在「為國為民」的民族大義上，協助國家正規部隊對抗敵國，因此，主角的對手有兩群，一群是江湖惡人，另一群是敵國的將領或武士。

金庸筆下的主角在江湖鬥爭中向來是「能戰，卻不求戰。」而在「抗敵護國」之時，主角們也都有「弔民伐罪」的正當理由，因此才能師出正義，抗敵有理，又為了讓主角對敵國的戰鬥有更光明正大的理由，金庸創作「侵略國」的敵方好手時，往往都會將其人格醜化。

被醜化的敵營猛士包括《書劍》張召重、《碧血》玉真子、《射鵰》完顏洪烈、以及《神鵰》金輪國師等人，這些高手的人格特質，歸納起來就是四個字：「非淫即暴」，他們不是貪慕女色的完顏洪烈、玉真子之輩，就是殘忍嗜殺的金輪國師、張召重之流。而既然敵人「非淫即暴」，主角就可以高舉「鋤奸鋤惡」與「護國衛民」兩面大旗，領導麾下的「正義之師」抗敵衛國，讀者們更會期待這支「正義之師」凱旋榮歸。

若以金庸小說比之《三國演義》，《三國演義》雖然號稱「揚劉抑曹」，以「蜀漢本位思考」看三國史事，但書中述及曹軍大將時，張遼依然是大敗東吳，威震逍遙津的猛將，許褚也仍然是能戰馬超的「虎痴」，羅貫中並沒有因為張遼、許褚身在曹營，是關羽、孔明的敵人，就把他們的武術或人格貶低。

金庸在《神鵰》書中談過三國時代羊祜與陸抗的典故，分屬晉營的羊祜與東吳的陸抗，雖然為了自己的國家，必須與對方敵對，卻仍深信彼此的人格。然而，在金庸書系裡，卻見不到像羊祜這樣，既與大俠為敵，人格又依然高潔的敵人。

或許金庸在修訂二版為新三版時，也有意將金輪國師修改為「羊祜」。說來金輪國師這個角色與西征花剌子模的郭靖是頗為相像的，他只是參與忽必烈南征的武林人物，金庸若要將他塑造成郭靖「可敬的對手」，也可將他寫成單純的敵國武人，而不須醜化其人格，如此一來，郭靖與金輪國師也可成為宋蒙兩國的羊祜與陸抗，或者更能譜出一段英雄間相敬相惜的佳話。

修訂二版《神鵰》為新三版時，金庸花最多心血，重新打造的人物就是金輪國師。透過金輪國師收郭襄為徒的增寫，金庸企圖扭轉二版金輪國師的形象，將他改造成慈祥且疼愛郭襄的長者。改寫之後，金輪國師雖仍身屬敵國，卻成了人格高貴的敵人。

第三十八回還有一些修改：

一．郭襄離家尋覓楊過，黃蓉隨後即出襄陽城找郭襄。二版說黃蓉出襄陽城後，眼見蒙古大軍並無即行南攻的跡象，新三版增寫為黃蓉探得蒙古大軍又在徵集糧草，因而知道並無即行南攻的跡象。

二．黃蓉至風陵渡尋找郭襄，二版說此時是二月下旬，新三版改為初冬。

三．二版黃蓉與程英、陸無雙尋郭襄，近百花谷時，程英指著一株桃花，對黃蓉道：「師姊，北國春遲，這裡桃花甫開，桃花島上的那些桃花卻已在結實了罷！」一面說，一面折著一枝桃花把玩。新三版將這段大幅改寫，改為三人見到的是秋海棠，陸無雙對黃蓉說：「師姊，這在我們江南叫『斷腸花』，不吉利的。」陸無雙稱黃蓉「師姊」，乃因程英叫黃蓉「師姊」，陸無雙硬要高郭芙一輩，便跟著也叫「師姊」。而後黃蓉問為什麼秋海棠叫「斷腸花」，陸無雙道：

「從前有個姑娘，想著她的情郎，那情郎不來，這姑娘常常淚洒牆下。後來牆下開了一叢花，葉子綠，背面紅，很是美麗，他們說，只在背後才紅，無情得很，因此叫它『斷腸花』。」程英摘了兩棵秋海棠，說：「秋海棠又叫『八月春』，那也是挺好看的。這時快十一月了，這裡地氣暖，還有八月春，可真不容易了。」這一段改寫真是神來之筆，原本在二版平淡無奇的故事，經過新三版一改寫，就道出了程陸二人內心的寂寞悲苦。

四．黃蓉一行見到老頑童，二版說老頑童「蒼髯童顏」，新三版改為「烏髮童顏」。

五．楊過抵達絕情谷的時間，二版是三月初二，新三版改為十二月初二。

六．楊過與小龍女十六年之約的日子，二版是三月初七，新三版改為十二月初七。

七．郭襄跳入深谷後，黃蓉一行來到絕情谷，二版說金輪國師見黃蓉一行，識得黃蓉、程英、陸無雙，新三版改為金輪國師只識得黃蓉，程英與陸無雙兩個年輕女子便不相識。

八．程英攻金輪國師的武器，二版是玉笛，新三版改為銀棒。

九．一燈大師戰金輪國師，周伯通未上前助陣，二版說是因周伯通顧全身份，不肯上前夾擊，只站在一旁監視。但以周伯通的性格，理當不會這麼自重身份。新三版改為周伯通如和國師單打獨鬥，定會興味盎然，但與一燈聯手夾擊，便覺無聊，因此只站在一旁監視。如此一改便合理得多。

十．郭襄對楊過說第三枚金針的心願，二版郭襄說：「我來叫你保重身子，不可自尋短見。」但這句話命令性太強，新三版改為：「我來求求你保重身子，不可自尋短見。」這才像郭襄的用語。

十一．金輪國師使出「推經轉脈，移宮換穴」，藉郭襄點穴之力解了穴道，新三版增說「移宮換穴」的功夫「練成之後也無多大用處，因此練者極少」。

十二．金輪國師準備弄斷繩索，叫黃蓉一行喪生絕情谷，二版郭襄大驚，一記肘搥撞向國師脅下，國師頓感半身酸麻，新三版增寫說，這是因郭襄隨金輪國師練過多日武功，雖無長足進展，卻也大大增了勁力。此外，郭襄未乘機將國師推落絕情谷，二版說是因郭襄不知時機稍縱即逝，新三版改為是因郭襄心軟，不忍當真置他於死命。

十三．郭襄方識金輪法王時，法王裝死戲耍郭襄，一版郭襄點法王「天鼎穴」、「秉風穴」、「神封穴」、「清冷淵」、「伏虎穴」，二版將「秉風穴」改為「身柱穴」，「伏虎穴」改為「風市穴」。

十四．金輪法王與郭襄到絕情谷後，郭襄隨楊過躍入谷底，一版說是因法王隨後郭襄二十餘丈，不及來救，但法王怎會跟郭襄距離這般遙遠呢？二版改為法王墮後七八丈。

十五・黃蓉以竹棒戰金輪法王時，一版還介紹說，竹棒不如打狗棒，黃蓉使起打狗棒法，確是凌厲難當。二版刪了這段說法。

十六・一燈大師戰金輪法王時，黃蓉哨雙鵰前來助陣，一版還說雙鵰跟了黃蓉日久，自已沾到了若干靈氣，二版刪了此說。

十七・為了擾亂正與一燈大師搏鬥的金輪法王心思，黃蓉高喊：「郭靖、楊過，你們都來了，合力擒他！」一版說黃蓉雖遭喪女之痛，仍是機智絕倫，方有此計，二版刪了此說。此外，一版還說郭靖是黃蓉的丈夫，黃蓉決不敢直呼其名，這般呼喝是為了要使法王吃驚，二版改說郭靖是黃蓉丈夫，她決不會直呼其名。一版的「不敢」與二版的「不會」，雖然只是一字之差，卻有著天差地別的含意。

十八・周伯通、黃藥師一行悉數下絕情谷尋覓楊過，一版說這是因為眾人一來關懷楊過，二來心中好奇，都要瞧瞧這深谷之底卻是何等光景。如此說來，一版的群俠們尋找楊過竟還附帶有旅遊探險的目的，二版刪去了這說法。

十九・黃藥師等人點了金輪法王穴道，金輪藉郭襄之力解開，一版又說：黃藥師等三人昨天所點穴道已過了十二個時辰，效力本已減弱，他運起內力真氣，乘勢一衝，剎時盡解。二版刪去了這說法。

二十・金輪法王穴道自解後，又要追抓郭襄，郭襄東鑽西躲，與他捉迷藏般兜圈子，一版還說郭襄漸漸覺得好玩，但此刻的郭襄怎還會有玩興？二版因此刪了此說。

金輪國師為救郭襄而死——第三十九回〈大戰襄陽〉版本回較

《神鵰》的故事終於到了尾聲，這一回要以「楊過殺蒙古大汗蒙哥」，將故事拉到最高潮。在楊過擊殺蒙哥前，還有一段蒙古大軍準備火焚郭襄的情節。

蒙古人的如意算盤是只要火燒郭襄，就能逼郭靖投降，然而，不知蒙古君臣是不是牛羊肉吃太多，已成「牛頭人身蠢腦袋」了？稍微動腦筋想想，就知道這一招要逼迫郭靖屈服根本是不可能的事，當真點火燒郭襄，只可能造成兩種適得其反的結局，一是郭靖、楊過或任何一位大俠為救郭襄，與金輪國師相鬥，死在高台上，二是郭襄自己被燒死。兩種結局造成的結果是一樣的，那就是宋軍的士氣將會團結起來，並且在同仇敵愾的心理下，決定與蒙軍一決生死。

說來蒙古在掌握郭襄這枚棋子後，若真想摧毀宋軍的鬥志，還不如先派細作到宋軍中散佈「郭靖長年謀劃奪軍權降敵，先把女兒送到蒙古輸誠去了。」再派金輪國師帶郭襄到軍前亮亮相，這樣或許還更能讓宋軍上下互相猜疑，也更能助蒙古不戰而勝。

且先看看蒙古君臣如何用計火燒郭襄。

話說蒙古大汗蒙哥御駕親征，親率從龍將士南征襄陽，但宋蒙首度交鋒，蒙軍就敗在郭靖手下。

一版接著說，為解大汗之憂，忽必烈親至御營，面稟蒙哥：「陛下不須憂慮，小臣已有一計，定須教郭靖束手歸降，襄陽指日可破。」忽必烈所獻之策，就是以火燒郭襄之計，逼迫郭靖投降。

二版刪去了忽必烈獻計之說，新三版卻又將火燒郭襄改回是忽必烈的謀略。

新三版先由金輪國師與蒙古王室的關係談起，說到蒙古朝貴本來多信薩滿教，那是兼信佛教及幽鬼的吐蕃舊教，以迷信為主，後來吐蕃由蓮華生大士自天竺傳入密宗佛教，而後傳入蒙古，蒙古自大汗親貴以至部族首領，直至牧人牧女，都改信密教。蒙古大汗皇后所以敕封金輪喇嘛為第一國師，即因宗教之故，軍政大事雖也諮詢其意向，卻未委以實際重任。

新三版接著增說，金輪國師擄得郭襄，攜入軍中，視作愛徒，慈愛眷顧。忽必烈知情後，便欲在城前當眾虐殺郭襄，以沮郭靖守城之志，但金輪國師堅決不允。而後大汗率軍攻打襄陽無功，左右有人又提及郭襄之事，大汗遂親自下旨，將郭襄綁上高台，逼迫郭靖降順。國師顧及其密宗寧瑪教在蒙古及西域的千百廟宇基業、千百信眾弟子的安危，只得順從。心下雖大為不忍，但大汗軍令如山，卻也無可奈何。於是蒙軍中架起高台，將郭襄綁在高台上的一根木柱上，台下滿堆柴草，準備焚燒。

說來二版的火焚郭襄一計，本是要擊垮郭靖的守城鬥志，但新三版增寫之後，卻變成金輪國師的心情拉扯竟不下於郭靖。

與郭襄同在高台上的金輪國師，二版是著黃色僧袍，新三版改為著大紅僧袍，頭戴紅冠。至於金輪國師對郭靖的心戰喊話，二版說的是：「你若有做父母的慈愛之心，便上台來束手受縛，一個換一個，我立時便放了令愛。」新三版再加上一句：「令愛是我愛徒，我本就捨不得燒死了她。」

非常疼愛郭襄的新三版金輪國師，當然不可能真的出手燒死郭襄，因此，二版說台下執火把軍士，只待金輪法王令下，便即點火，新三版改為軍士等待統兵元帥之命才放火。而為強化郭襄「大俠之女」的勇氣，郭襄對父母的吶喊，二版說的是：「爹爹媽媽，女兒不怕！」，新三版郭襄還增喊：「女兒名叫郭襄，為了郭家名聲，為了襄陽，死就死好了！你們千萬別顧念女兒，中了奸計。」

「火燒郭襄」之計果真不妥，畢竟以對方家人生命，威脅對方主帥投降，實在卑鄙下流。蒙古軍士見己方主將無恥，一股士氣先自衰了，宋軍卻同仇敵愾，人人奮勇，個個爭先。國師見情勢不對，告訴郭靖，他從「一」叫到「十」，郭靖若不投降，便燒郭襄，結果，新三版國師叫到「七」時，因憐惜郭襄，聲音竟然啞了，再也叫不下去。

火燒郭襄這檔戲，在郭靖與金輪國師都不知如何收場時，最後的解決者，當然就是身為男主角的楊過。楊過與小龍女絕情谷重逢後，回到襄陽前線，恰逢郭襄命懸一線，於是上台單挑金輪國師，最後還以「黯然銷魂掌」將國師打得口噴鮮血。

楊過大敗金輪國師後，二版與新三版的「火燒郭襄」戲碼，發展出兩種完全不同的結局。二版的故事是：金輪法王中了楊過掌力，翻下高台。此時楊過見高台將塌，將郭襄連人帶木樁抱起，再跳上配合躍起的神鵰背上，緩緩著地。

而金輪法王被楊過踢下台後，雖然身受重傷，卻還想死裡逃生，但身著軟蝟甲的周伯通又將他攔腰抱住，按在地下，接著，軟蝟甲上千針萬箭，一齊刺入體內。而後周伯通躍開，法王被壓在火柱之下，一命嗚呼。

見到楊過救了愛女，二版說黃蓉感激得難以言宣，便是為他死了亦所甘願。

新三版改為金輪國師被楊過打得口噴鮮血，摔倒高台。在高台將傾之時，金輪國師割斷郭襄身上繩索，將她抱起，還對她叫道：「再叫我一聲師父。」郭襄轉頭見他淚水涔涔而下，大聲叫他「師父」，國師隨後將郭襄拋給楊過，郭襄遂隨楊過躍上撲起的神鵰之背。而後楊過因見神鵰著地踉蹌，將郭襄輕輕拋出，郭襄使出一招「飛燕迴翔」落地，眼見已然脫險。

此時一根大火柱竟夾著烈燄濃煙壓到郭襄身上，郭襄大驚，軟倒在地，楊過、黃蓉都相救不及。在此危急之際，金輪國師由高台躍下，運起龍象般若功，垂死前盡平生之力，將大火柱打得如火龍般飛出。

郭襄死裡逃生，扶起軟癱的國師，連叫：「師父，師父！」國師緩緩睜眼，說道：「好，好！我終於救了你……」，而後眼望郭襄，微微含笑，瞑目而死。

金輪去世之後，郭襄扶在國師身上，又感又悲，哭叫：「師父，師父！」

新三版這一改寫，金輪國師的形象完全翻轉，接下來，不只楊過對他的遺體躬身行禮，黃蓉對他的感激難以言宣，連郭靖對他的義舉都大為欽敬。

但經過這番生死危難，不知郭襄內心感受如何？當她失蹤及受縛將死之時，她老爸郭靖總是認為「襄陽城重，女兒事小。」在郭靖「事業永遠比家庭重要」的心態下，身為女兒的郭襄彷彿也得跟老爸一樣，將生命完全奉獻給大宋襄陽城。

然而，這位如師父又如義父的金輪國師卻與她的親生老爸不一樣，當郭襄生命危急時，金輪國師可是「寧捨事業與生命也要救愛女」的，因此他願意捨棄一切，換回郭襄一命。

郭靖總是自認他對襄陽城非常重要，但金輪國師對密教難道就不重要？為什麼以此較彼，「事業與家庭」在兩人內心的天秤上會完全不同？

郭襄日後遠離郭家，未隨郭家一門身殉於兵敗城破的襄陽城，不知是否也因為當年郭靖期盼她殉國，金輪國師卻願意以命換命，保全她郭襄，讓她對人生有著更深的感慨？

【王二指閒話】

上一回討論的是金輪國師，這一回再談談金庸筆下的帝王。

金庸小說都是將武俠社會架構於中國歷史之上，然而，江湖中聲威震六合的大俠，豈能不名傳於皇室？這麼一來，小說中「虛構」的大俠，與歷史上「實存」的帝王必然會發生碰撞。

帝王無意招惹大俠，大俠卻勢必會撞進帝王的宮廷。為了增加故事的可看性，金庸將歷史上幾位帝王借將到他的小說裡，再透過「對照」的筆法，突顯大俠的重要性。然而，讀者必須明白，金庸小說中的帝王，並不是歷史上真正的帝王，他們只是金庸筆下的「桃莉羊帝王」。何謂

「桃莉羊帝王」？意思就是說，金庸把這些帝王「複製」到他的小說裡，但「複製」之後，形與名還是史上帝王的形與名，神就未必是真正帝王的神。

譬如《射鵰》成吉思汗與《天龍》耶律洪基，他倆都是史上真存實在的帝王，而小說虛構的情節是，《射鵰》成吉思汗意欲命郭靖南征大宋，先以錦囊密令拖雷等人，若郭靖違令即可擊殺之；《天龍》耶律洪基的故事也雷同，耶律洪基諭令喬峰南攻大宋，喬峰不從，竟被耶律洪基禁錮於獅籠中。

且先不談耶律洪基，畢竟耶律洪基在史冊中，並不算赫赫有名的明君大帝，但成吉思汗是橫跨歐亞的一代天驕，領導有方的他，豈能不知「人才必須放在適當的位置上，才是人才」？郭靖的武功兵法皆臻一流，以之西征花剌子模，攻城略地，均可竟功，但成吉思汗若強要他南征父母之邦大宋國，這豈非逼人逆倫違常？就算郭靖勉強同意，成吉思汗又當真能信他不會虛以委蛇嗎？

喬峰也是這樣，讓喬峰來降服楚王叛軍，那是銳不可擋，但若要喬峰攻取其「第二故鄉」大宋，耶律洪基豈不也是強人所難？

更何況郭靖、喬峰若真是亡故國以效新主的無情小人，成吉思汗、耶律洪基難道不會懷疑他們將來亦有可能當貳臣逆將，利之所趨，即奔他國嗎？

將成吉思汗寫成多疑雄猜，說來並不存在著符不符合史實的問題，畢竟歷史人物不是小說人物，小說人物性格單線，如郭靖一貫直魯，楊過一脈疏狂，歷史人物卻不像小說人物這麼單純，倘使真要從史料中蒐找成吉思汗、耶律洪基度小不能容人，或者猜忌臣下的史事，以為他們迫害郭靖、喬峰的佐證，相信絕對找得到相關史料。然而，且不說耶律洪基，以成吉思汗而言，成吉思汗已是舉世共尊，領土橫跨歐亞的大帝王，金庸卻在小說中將他寫得鳥肚雞腸，宛如猜忌文種的越王勾踐，這未免讓人感覺「不見人之長，臆測人之短」。更顯得作者心胸不夠寬宏。

金庸當然有其創作上的考量，而把成吉思汗寫得彷彿是容易犯疑的曹操，主要還是因為金庸創作上的「主角本位思考」。金庸筆下的主角往往都必須「從困難險阻中，努力突破難關，最後成為一代大俠。」因此小說中的帝王，不管是成吉思汗還是耶律洪基，也不管其史上評價如何，為了成就大俠，金庸就是必須將他們塑造成「迫害主角」的「桃莉羊帝王」。

無端被小說澆了一盆臭水，這些帝王若真地下有知，不知會不會大感冤屈？

金庸在改版時，一直努力要修正舊的版本中，「桃莉羊帝王」們的負面形象，譬如二版《神鵰》刪除了許多一版描述忽必烈行使鬼域技倆的故事，此外，新三版也一再透過成吉思汗與忽必烈言語行為的增寫，恢宏成吉思汗與忽必烈的襟懷，可知金庸期望藉由改版的增修，表達他對歷史的善意。只是在二版改成新三版時，為了將金輪國師改寫為疼愛郭襄的好師父，金庸又不得已把火烤郭襄的主謀推回忽必烈頭上。

「虛構人物」的重要性永遠勝於「真實人物」三分，這就是金庸小說的創作邏輯，而為了讓小說圓融好看，也為了成就金輪國師，一代大帝忽必烈也只能忍辱負重，多多擔待了。

第三十九回還有一些修改：

一・二版黃蓉一行於絕情谷尋楊過不遇，上谷又見郭襄失蹤，而後即追蹤郭襄而去，但這一行人難道已不管楊過死活了嗎？新三版於此處增寫說，一燈等人都說楊過倘若不死，以他本事，必能上來。如此一增寫，就能避免讀者以為黃蓉一行人棄楊過而去。

二・黃藥師等人關心襄陽戰局，二版說：「或漢或虜，在此一戰。」但「虜」字有污衊蒙古人之嫌，新三版因此將「或漢或虜」改為「或漢或胡」。

三・黃蓉一行闖入蒙古軍營後，周伯通笑道：「瞧來今日要把命斷送在這裡了。」二版說黃蓉聞言暗暗心驚，新三版增寫為黃蓉是因久經戰陣，又素知蒙古軍的厲害，因而聞周伯通洩氣之言，方才心驚。

四．群俠於蒙軍中一場混戰，二版說周伯通鬚眉頭髮，被火燒得乾乾淨淨。新三版改為周伯通鬚眉頭髮，給火燒了大半。

五．周伯通於襄陽養傷後，二版說周伯通耐不住休息，早已在庭園溜來溜去，新三版增說周伯通想找些事來胡鬧一番。

六．關於黃藥師發明二十八宿大陣的緣由，二版說是黃藥師當年瞧了全真教的天罡北斗陣，潛心苦修，參以古人陣法而創製，新三版改為當年全真教以天罡北斗陣對付黃藥師與梅超風，黃藥師戰後潛心苦修，佐以古人陣法而得。

七．楊過與小龍女在谷底重逢時，二版楊過見到的小龍女是「白衫女子」，但小龍女那一身白衣怎可能歷經十六年仍不破不損呢？新三版因此改為楊過見到的小龍女是「褐衫女子」。此外，楊龍兩人相見及摟抱後，楊過開始與小龍女說話，新三版增寫楊過先放聲大哭，宣洩鬱積已久的情緒。

八．楊過喜遇小龍女，喜極忘形地連翻觔斗，二版說楊過自然而然顯出了上乘輕功，新三版改為楊過使出了小龍女當年所教的「夭矯空碧勢」。

九・身處絕情谷底，小龍女想以寒玉床之法逆運經脈療傷，二版說小龍女因此潛回冰窖，新三版增寫為小龍女以《九陰真經》閉氣法潛回冰窖。

十・小龍女在玉蜂身上刺字，希望楊過發現，卻無法如願，二版說黃蓉先前見到玉蜂刺字，隱約猜到了其中含義，新三版改為黃蓉隱約猜到了其中含義，卻因一心掛念女兒，只想到郭襄身上。這段改寫真是把合理的情節變得矛盾了，按新三版的說法，黃蓉以為玉蜂上的字是郭襄所刺，但老頑童早說過刺字玉蜂已見數年，郭襄失蹤卻只是近幾個月的事，以黃蓉的聰明慧黠，怎可能推斷玉蜂上的字是郭襄所刺？

十一・黃藥師分派群俠至二十八宿大陣，周伯通領西路主將，二版說周伯通旗下八千兵士由瑛姑統率一千兵員，其餘七隊則由全真教李志常等第三代弟子分領，新三版改為瑛姑統率一千兵員，其餘七隊由宋道安等全真教弟子，包括李志常、王志謹、夏志誠、宋德方、王志坦、祈志誠、孫志堅、張志素等弟子分領。

十二・為了營救郭襄，楊過力戰金輪國師，楊過的長劍還因此為金輪的金銀雙輪截斷，二版說楊過暗驚，自覺未使用玄鐵重劍，未免托大，新三版增寫解釋說，楊過因要與小龍女雙劍合壁，不能使玄鐵重劍，用的是尋常長劍，但與國師劍輪初交，便即折劍。

十三．楊過以「黯然銷魂掌」力挫金輪國師，二版楊過共使過「拖泥帶水」、「魂不守舍」、「倒行逆施」、「若有所失」及「行屍走肉」五招，新三版將這五招中的「魂不守舍」改為「六神不安」，「若有所失」改為「窮途末路」。

十四．郭襄得救後，郭靖見蒙古軍攻襄陽城，攘臂大呼：「回救襄陽，去殺了那韃子大汗。」新三版增寫黃蓉隨後請楊過照料郭襄，自己則率領黑旗軍，隨著父親丈夫，回救襄陽。

十五．二版楊過出手救耶律齊前，曾對郭芙說：「耶律兄和我一見如故，焉有不救之理？」，新三版將「耶律兄和我一見如故」一句改為「耶律兄和我是生死之交」。

十六．楊過一人騎八匹馬，搶過一面大旗，衝入蒙軍，二版說楊過揮旗橫掃，將三名將官打下馬來，新三版增說為楊過將八韁套上肩頭，騰出左手揮旗橫掃，將三名將官打下馬來。

十七．蒙哥為楊過所殺後，二版說蒙哥之弟七王子阿里不哥在蒙古老家繼位為大汗，忽必烈得訊後，北歸爭王位，新三版於阿里不哥繼位一事，增寫解釋說，蒙古部族習慣，長子衝鋒陷陣作前鋒打仗，幼子看守老家，阿里不哥並無多大本事，但因看守老家，王公大將，后妃眷屬，積貯的牲口家產、後備部隊均受其統率，因此在部族大會中佔了優勢，才會被擁立為大汗。

十八・二版郭靖向楊過敬酒，說合城軍民，無不對楊過重感恩德，新三版郭靖還向楊過增說：「你更救了襄兒、齊兒，我和你郭伯母也深感大德。」二版楊過回郭靖：「郭伯伯，小姪幼時若非蒙你撫養教誨，焉能得有今日？」新三版增寫為楊過道：「郭伯伯，小姪幼時若非蒙你和郭伯母撫養教誨，焉能得有今日？」話中加上郭伯母，顯出楊過已放下了過去對黃蓉的心結。

十九・襄陽大捷後，郭靖提出前往華山為洪七公掃墓之想，二版郭靖說：「此間大事已了，明日我想啟程赴華山祭掃恩師之墓。」新三版改為郭靖認為蒙古兵退兵，或者又再來攻，須瞧明敵軍動向，以免上當，且周伯通等人的傷勢亦須休養，待到確知敵軍退兵，這才赴華山掃墓。修改後顯得郭靖的心思縝密許多。

二十・黃蓉一行由絕情谷欲回襄陽，見蒙軍如鐵桶般圍住襄陽，一版黃蓉說：「敵軍勢大，咱們雖有武功，卻也逼不近城去，只有挨到傍晚，再設法進城。」二版刪去了「咱們雖有武功，卻也逼不近城去。」這大減士氣的兩句話。

二一・黃蓉一行進襄陽城後，陸無雙因受傷而昏迷不醒，一版程英守在陸無雙床邊，暗暗垂淚，二版刪除了這段情節，因為陸無雙並未傷重至難癒的程度。

二二・郭靖所領宋軍與蒙哥所率蒙軍的襄陽首戰，一版說蒙兵折了三萬餘人，宋軍死傷一萬二三千人，二版改為蒙兵折損四萬餘人，宋兵死傷二萬二三千人。

二三．黃藥師欲佈二十八宿大陣，卻少了西路主持，一版黃藥師說「西毒歐陽鋒已死，後繼無人。」但即使西毒還活著，也不可能受他黃藥師指揮。二版因此刪去了黃藥師這段話。

二四．楊過跳入絕情谷後，在谷底見到玉蜂及蜂巢，一版說玉蜂巢比尋常蜂巢大了三倍，二版改說玉蜂巢比尋常的蜂巢大。

二五．楊過與小龍女重逢後，小龍女對楊過說她若不是從小在古墓長大，這十六年定然挨不下來，一版還說倘使楊龍兩人易地而處，換作楊過獨居谷底，他武功雖高，卻未必能活到兩三年，小龍女是因曾於古墓習慣長期獨居，才能在谷底過非旁人所能堪的日子。這一整段二版都刪了。

二六．一版曾評述楊過、小龍女的感情離合，談到若非小龍女天性淡泊，決難在谷底長時居住，而楊過如不是生具至性，也定然不會十六年如一日，至死不悔。這一大段在一版修訂為二版時，整段乾坤大挪移到「後記」中去了。

二七．黃藥師佈二十八宿大陣時，分派武林群豪，一版說：眾人心想東邪主軍東方，南帝主軍南方，北丐的弟子主軍北方，郭靖是中軍主將，又是中神通王重陽嫡傳弟子馬鈺的弟子，主軍中央以親救愛女，原也恰當。二版將這段「二十八宿大陣」依天下五絕方位分派的說明刪去了。

二八．黃藥師的二十八宿大陣造成蒙古兵死傷慘重，一版金輪法王心服黃藥師，心中想：「中原竟然有此奇人，從此我不敢小覷中土之士。」然而，金輪法王早就受挫於楊過等人，即使未見識「二十八宿大陣」，他也不當小覷中土之士，二版因此刪去了金輪的這個想法。

二九．宋蒙襄陽之戰，一版說耶律齊領二百來人殺敵，二版改為三百來人。此外，一版蒙軍使用的是五尺弧形長刀，二版改為四尺彎刀。

三十．在戰陣之中，郭芙忽然醒悟，原來她心中一直潛藏深愛楊過的心，只是因為愛之深恨之切，才會將楊過當作對頭，一版還說郭靖、黃蓉覺得郭芙與楊過是天生的冤家，一見面便合不來，直到後來揮劍斷臂，幾乎鬧到不可收拾，二版刪去了這段解說。此外，一版的郭芙還想過：「我現下當然不再愛他了，可是從前，為什麼我要這樣恨他呢？」這段心思將郭芙對楊過的愛寫得太過露骨，二版因此刪去了。

三一．楊過擲長矛射蒙哥未中，一版宋軍大叫「可惜！」二版將「可惜！」改為更傳神的「啊喲！」。

三二．楊過以石子擊斃蒙哥，一版說楊過使的是「彈指神通」，二版刪去這說法，想是金庸不願此時黃藥師又搶了楊過風彩。

三三・襄陽大捷後，郭靖提議前往華山為洪七公掃墓，一版呂文煥聞言，心道：「這些草莽之士果是不知輕重，今晚好好的慶祝大捷，怎地卻說起死人的事來。」這段心語顯出呂文煥頗瞧不起郭靖為首的江湖人物，二版整段刪去了。

絕世秘笈《九陽真經》竟不知是誰寫的

——第四十回〈華山之巔〉版本回較

這一回是《神鵰》的最終回，此回分成兩段，上半段是「封神之卷」，由黃蓉「黃子牙」改寫華山「封神榜」，重新進行「華山封神」，將原本的東邪、西毒、南帝、北丐、中神通武林五路神明，改為東邪、西狂、南僧、北俠、中頑童。這也是最後一次「華山論劍」，從《射鵰》延續到《神鵰》的整齣「華山傳」，到此畫下句點。

下半段是「新書預告」之卷，故事從尹克西、瀟湘子偷出「少林藏經閣」中秘藏的《九陽真經》開始，結局則是由《神鵰》楊過將「江湖聖火」傳給《倚天》張君寶。

彷彿電視劇一般，舊戲碼《神鵰》打出了「全劇終」字幕，原本《神鵰》的片尾曲亦換成了新戲碼《倚天》的片頭曲，讀者們也就順理成章地繼續觀賞張君寶領銜演出的《倚天屠龍記》了！

至於此回出現的《九陽真經》，究竟是本什麼樣的秘笈呢？從一版、二版到新三版，《九陽真經》各有不同的沿革，咱們且來品味其中妙趣。

《九陽真經》並非一本獨立卷冊，而是撰寫在四卷《楞伽經》的夾縫之中，這四卷《楞伽經》也頗有來歷，二版覺遠說此四卷《楞伽經》是達摩祖師東渡時所攜的原書，以天竺文字書寫，新三版改為覺遠說這四卷《楞伽經》是依據達摩祖師東渡時所攜貝葉經抄錄，又因是以天竺文字原文抄錄，一字不改，故此甚為珍貴。覺遠後來又向群俠講述《楞伽經》的四種漢譯本，新三版覺遠還較二版多告訴大家，劉宋時那跋陀羅所譯的《楞伽阿跋多羅寶經》，共四卷，世稱《四卷楞伽》，與達摩祖師所傳，文本相同，可以對照。

雖然達摩《楞伽經》鈔本的確是可以藏諸名山的珍本古籍，但群雄對這本《楞伽經》鈔本根本毫無興趣，大家關心的是與《九陰真經》書名相彷，寫在《楞伽經》夾縫中的《九陽真經》。

《九陽真經》是出自誰的手筆呢？一、二版的覺遠說《九陽真經》是「達摩祖師親手書寫的一部經書。」新三版則改為《九陽真經》是「昔年一位高人書寫的經書」。

新三版黃蓉問覺遠，達摩祖師是天竺人，《九陽真經》若是以天竺梵文書寫，尹克西等人不識梵文，偷書也是枉然，覺遠回答黃蓉時，詳細解釋說，達摩祖師最初到我中華，是在梁朝武帝時，其時我中華早有紙張，天竺卻還未有紙張，因此天竺的所有經文，全都是以針尖在貝葉上刻以梵文。達摩祖師攜來的《楞伽經》，就是刺在貝葉上的梵文。因貝葉易碎，達摩祖師到少林寺後，少林先輩僧侶便在白紙上抄錄梵文真經的原文，裝訂成冊後，就是四本梵文《楞伽經》。又不知何時，一位先輩高人在《楞伽經》的行間空白中以中華文字寫下了四卷《九陽真經》，說的是強身健體、修習內功的法門，甚為高深奧秘。

總而言之，新三版就是將《九陽真經》的作者從二版的達摩改成了「無名氏」。

群俠初識《九陽真經》神威，乃是見到張君寶與尹克西對打時，展現的《九陽真經》深妙武功，一版說得最為仔細，一版說張君寶出拳打尹克西，尹克西出指回敬，點張君寶臂彎的「曲池穴」，可怪的是，張君寶本該因穴位被點而垂軟的手臂，竟能發拳在尹克西臉上打了一拳。尹克西與旁觀群俠皆大為駭異，揣想張君寶小小年紀，莫非已練成封穴閉穴的神功？

一版解釋說，張君寶哪裡練過閉穴封穴的功夫？就算練過，沒有十年以上的功力，仍萬難生效，而要擋得住尹克西這種高手的點穴，更非二三十年以上的修為不能見功，只是張君寶有了《九陽真經》的紮根基功夫，鼓氣斂神，全身三十六處大穴之上，都似加了一層堅實的罩子。尹克西驚奇之下，又連點張君寶胸口「神封」、肩頭「肩井」、膝彎「環跳」三處大穴。張君寶大聲呼痛，但身子始終運動自如，經脈絲毫沒受阻滯。

一版又說，張君寶雖練了《九陽真經》的紮根基功夫，究屬不過數年之功，所能護住的只是週身三十六處大穴，尹克西若點他其餘小穴，那便應手而倒，偏生尹克西急於制敵，每一指都點在他的大穴之上，是以始終奈何他不得。

這一大段張君寶展演武功的一版故事，二版刪修成短短的一段，只說尹克西奈何不了張君寶一個小童，在群俠眾目睽睽之下，下殺手傷他有所不敢，想要提起他來遠遠摔出，卻又有所不能，只能不輕不重的發掌往他身上打去，只盼他忍痛不住，就此退開。

而後楊過教了張君寶「推心置腹」、「四通八達」、「鹿死誰手」三招，張君寶以之對抗尹克西，在「四通八達」一招逼得尹克西手忙腳亂時，覺遠出言指點尹克西，說「前後左右，全無定向，後發制人，先發者制於人。」二版楊過心想覺遠的話「深通拳術妙理，委實非同小可。」新三版改為楊過心想「大師的話定是引自真經，委實非同小可。」新三版是要藉楊過來捧高《九陽真經》的價值。

而對於身負「《倚天屠龍記》引介人」重責的張君寶，一版還頗有讚詞，說他堅持至尹克西身上搜書，不論受到如何痛楚辛苦，終是不屈不撓的堅挺，因而讚他「要知他若無沉毅不拔之心，後來如何得成一代大俠，開創一派，成為中國武學中最大門派之一武當派的開山祖師？」這段讚詞二版刪了，刪除的原因是金庸想賣個關子，等《倚天屠龍記》的情節正式開展後，再告訴讀者張君寶就是張三丰，也就是武當派的開山祖師爺。

從一版、二版到新三版，《九陽真經》的作者由達摩變成了「無名氏」。《九陽真經》中不只有高明的「外功」，還有自成一格的「內功」。武術高手往往能自創「外功」，比如天下五絕就曾創造出「桃華落英掌」、「蛤蟆功」、「黯然銷魂掌」等「外功」，然而，自成一格的「內功」，可就沒有任何一「絕」能創造得出來。可見能寫出《九陽真經》的高人，武功只有在天下新舊五絕之上，絕不能在其之下，然而，這般舉世無敵的高手，竟偷偷摸摸到少林寺藏經閣，還彷佛害怕被人發現似的，將畢生心血悄悄寫進幾乎沒人會翻閱的《楞伽經》抄錄本中。

倘使這位高人不想作品被後人看到，他何必寫下真經？而若真想被人看到，他又何必費盡苦心躲躲藏藏？看來這位寫下《九陽真經》的高人，根本就是「悶騷」到極點！

【王二指閒話】

在一版「射鵰三部曲」中，達摩祖師曾寫過兩本曠世武功秘笈，那就是《九陰真經》與《九陽真經》。

一版改寫為二版時，金庸考慮陰陽之說屬於道家用辭，而非佛教用語，因此將《九陰真經》的作者由達摩改為道教的黃裳。但為維持經典秘笈的震撼性，二版仍維持《九陽真經》創自達摩之說。

改寫二版為新三版時，金庸在《倚天》中又說，為考慮陰陽之說的妥適性，他再將《九陽真經》的作者由達摩改為「無名氏」。

於是，經過兩次修訂，在新三版「金庸作品集」裡，《九陰真經》與《九陽真經》已經與禪宗初祖達摩完全無關了。

將兩部經書的作者進行更換，表面上是完成了兩場成功的偷天換日，然而，修改當真能做到毫無破綻嗎？我們且由三種版本黃藥師、周伯通等人首度聽聞《九陽真經》的反應，品味《九陽真經》抽換作者的玄機。

聽聞《九陽真經》一書後，一版說黃藥師等人「那想到除了《九陰真經》之外，達摩祖師還著有一部《九陽真經》，陰陽相濟，這部經書想必與《九陰真經》威力相仿，且有互發互輔之妙。」一版的《九陽真經》是《九陰真經》的姊妹作，黃藥師等人對《九陽真經》感到震撼，實屬自然。

二版的《九陰真經》已改成是黃裳的作品，黃藥師等人聽到《九陽真經》的反應也隨之改為：「那想到除了《九陰真經》之外，達摩祖師還著有一部《九陽真經》。」眾人又想：「少林寺的武功為達摩祖師所傳，他手寫的經書自然非同小可。」經過改寫，震攝眾人的就不再是陰陽相濟的《九陽真經》之名，而是達摩祖師的赫赫威名。

新三版再革去達摩祖師創作《九陽真經》之說，因此黃藥師等人聽聞《九陽真經》，反應也改為「《九陰》與《九陽》並稱，如內容各有千秋，自然非同小可。」可知新三版的群俠聞聽《九陽真經》，驚異的竟是《九陽真經》那相彷於《九陰真經》的書名。

一版的情節是最合理的，同屬達摩創作的武學秘笈，珍貴性自當等量齊觀；二版改為《九陰》與《九陽》雙經出自兩大高手，書名互相輝映，群俠因此興趣盎然，這也屬自然；新三版再一改，《九陽真經》根本不知何人所寫，而群俠竟因《九陰》與《九陽》的書名陰陽相類，就臆測《九陽真經》也是絕世秘笈，這般想法著實既天真又樂觀。

好比喬峰的絕技是「降龍十八掌」，倘使喬峰還有另一絕技「伏虎十八掌」，群俠自當對「伏虎十八掌」產生好奇，但若「伏虎十八掌」是武林不知名人物的創作，群俠又怎能因「降龍」與「伏虎」名字並稱，就認為「伏虎十八掌」也是絕世武功呢？又好比丐幫以「打狗棒法」

威震江湖門派，若有人另創「驚貓棍法」，難道江湖各門派也得因「打狗棒法」而敬畏「驚貓棍法」？

看來這就是偷天換日留下的一些破綻了。

此外，這一回是《神鵰》的終卷，《神鵰》的故事進行到這回，已堪稱功德圓滿了。金庸接下來要開展的是《倚天》的故事，倘使《倚天》能延續《神鵰》的氣勢與讀者群，當然就能旗開得勝，然而，若是複製《神鵰》銜接《射鵰》的模式，將《倚天》當作《神鵰》的續集，《射鵰》與《神鵰》兩書的舊情節將會限制《倚天》的發展路線，《倚天》的新人物也會被《射鵰》與《神鵰》的舊人物綑手縛腳，因此，金庸決定讓《射鵰》到《神鵰》一脈相傳的「華山論劍英雄群傳」，在此告一段落。

為了不使「前朝餘孽」進入《倚天》干擾張無忌，金庸還讓襄陽城像被原子彈轟炸過一般，郭靖家族後代竟然一個都不存；楊過家族則被編派成全體窩回古墓，當「活死人」。

《倚天》是《神鵰》的續集，但金庸這次的寫作技巧，不再以「人」來連貫兩書，而改成是以「秘笈」來連貫。在《神鵰》書末，金庸神來一筆的創作出一部《九陽真經》，此經還是《九陰真經》的姊妹作，藉由《九陰真經》的吸引力，金庸要讓讀者們好奇，《九陽真經》的內容究竟是什麼？又是誰學了《九陽真經》？如此一來，《倚天》就有了基本的讀者群，也能順利地開展成一部好看的新小說！

第四十回還有一些修改：

一．郭靖一行上華山掃墓，二版是於襄陽大捷次日清晨，新三版改為清明節近，哨探查明白，蒙古大軍果真退兵，郭靖一行才出門前往華山。新三版還增解釋說，國人習俗，向來上墳掃墓，若非清明，便是重陽，此所謂春秋兩祭。

二．郭靖一行見一群僧俗男女在華山「論劍」，二版說距第二次華山論劍數十年，又有武林好手在此第三次論劍，然而，「數十年」一詞讓人感覺至少超過三十年，這與實情明顯不符，新三版因此將「數十年」改為「再隔多年」。

三．二版尹克西告訴瀟湘子的話中有一句「這華山林深山密，到處可以藏身」。其中的「林深山密」一詞，新三版改為「壑深崖險」。

四．因尹克西、瀟湘子二人堅不肯吐露偷竊經書之實，武修文說：「咱們來用一點兒刑罰，瞧他們說是不說。」二版黃蓉回了句：「這些亡命之徒，便是斬去了他一手一足，他也決計不肯說，刑罰是沒有用的。」新三版將黃蓉這幾句不見得是實情的話刪了。

五・楊過問覺遠，尹克西二人所盜的那部《楞伽經》可有特異之處時，二版楊過還說：「諒這兩個奸徒決不會當真潛心學佛。」但楊過怎能如此武斷？新三版因此將這句話刪了。

六・神鵰追趕蒼猿，蒼猿啾啾哀鳴，二版郭襄告訴神鵰：「鵰大哥，就饒了這猿兒罷。」新三版刪了郭襄此話。

七・楊過攜小龍女，帶同神鵰，揮別眾人而去，新三版增寫楊過還和程英、陸無雙執手告別，又轉頭對郭襄說：「小妹子，你好生保重，你如有何為難之事，雖無金針，仍可來要我為你辦到。」其意是說，不論多少難事，一概皆允，全不推辭，郭襄嗚咽道別後，楊過再與耶律齊、郭芙、武氏兄弟夫婦揮手相別，而後才帶小龍女與神鵰下山。

八・楊過縱聲長嘯，將華山論劍的一干僧俗男女掏下山，一版眾人下山前，還隱隱聽得有人說：「快走！快走！那是神鵰大俠。」這句話二版刪了，想來這些井蛙之輩，焉能見識過神鵰大俠？而若是見識過神鵰大俠，又豈敢相約華山論劍？

九・黃蓉排定「新天下五絕」，向周伯通提到郭靖時，一版黃蓉稱郭靖為「我外子」，二版改為讓周伯通覺得更親切的「你義弟」。

十・小龍女見郭襄淚光瑩然，心想郭襄不知懷著什麼心事，希望能幫郭襄辦到，一版還說：「唉！可是她那裡知道，天下便是有許多事情，終不能使人心願得償。」二版將這段話刪去了。

十一・一版覺遠喚尹克西二人為「竊書之徒」，二版改為較文雅的「借書不還的兩位朋友」。

十二・覺遠要張君寶向楊過諸俠請教武功，張君寶答「是」，一版張君寶心中卻想「該當先取回被竊之書，再向各位居士請教。」只是他一直唯師言是聽，心中雖如此想，嘴裡卻不說出。二版將張君寶的這段心思刪了。

十三・談到《九陰真經》時，一版說王重陽當年得到經書並不翻閱，然而，王重陽當年不僅翻閱，還將之刻在古墓中，二版因此將這句話刪了。

十四・一版覺遠答尹克西的話時還引經據典，說：「唐時生公說法，連頑石也要點頭，你兩位雖然愚頑，總比石頭強些，原也不必動武。」而後覺遠才告訴張君寶禦敵之術。二版刪去了覺遠「生公說法」的一段話語。此外，張君寶聽覺遠說武後，心下頓有所悟，一版還解釋說：要知少林寺僧眾在佛家中屬於禪宗，師徒間授受法要，不注重口耳相傳，而是求人心中自明，往往一位高僧窮年苦思，茫然莫適，卻在片刻之間恍然大悟，那便是所謂「頓悟」。二版刪去了這段描述。

十五．一版群雄看到張君寶的閉穴神功後，周伯通問大小武，若尹克西點穴功夫招呼在他們身上，他們躺不躺下？武敦儒說他們沒練過封穴閉穴的功夫，自是抵擋不住，武修文則趁機要周伯通傳授他們一招半式，周伯通聞言哈哈大笑，還回憶起歐陽鋒封穴閉穴的功夫舉世無匹，黃蓉亦附和說，當年她跟郭靖將歐陽鋒埋在沙中、封於冰中，歐陽鋒仍不死，可見他封閉要穴之功已達化境，郭靖還想起金輪法王也會「移宮換穴」的功夫。一版改寫為二版時，因張君寶閉穴的一段故事已刪除，這一大段情節亦隨之刪去。

十六．尹克西受挫於楊過教張君寶的第一招「推心置腹」後，張君寶再使出第二招「四通八達」，一版說尹克西「半守半攻」，二版改為「發掌便打」。

十七．瀟湘子以苦練內勁打向覺遠胸口，卻被覺遠彈回，一版說瀟湘子所使為「長生功」，二版刪去了功法之名。

十八．蒼猿出現後，一版的蒼猿先扶尹克西，再扶瀟湘子，兩人夾著一猿下山去，二版改為尹克西扶起瀟湘子，再招呼蒼猿過來，二人一猿走下山而去。

從「情書」到「真情之書」

每當想起「大俠」，浮現在我心中最清晰的兩具身影，一位是《天龍八部》的喬峰，另一位則是《神鵰俠侶》的楊過。在喬峰與楊過身上，我見到了屬於「俠士」的陽剛美感，也知曉了什麼是真正的「英雄」。

喬峰與楊過又是不同類型的英雄，喬峰偏剛，楊過偏柔。若以一個畫面來形容喬峰，那就是在杏子林裡，喬峰正與丐幫眾兄弟品論天下英雄；而若以一個影像來代表楊過，相信許多讀者會跟我一樣，想到的就是楊過與小龍女在古墓中師徒練功，兩情繾綣，真愛不渝。

喬峰身上寫著的，是一個「義」字，楊過身上則有著大大的「情」字。喬峰總在把酒結義，楊過則常在說愛談情。

然而，「情」這個字，隨著《神鵰》三種版本的演變，金庸也有著不同的詮釋，簡單說來，一版《神鵰》較「濫情」，二版《神鵰》偏「斂情」，三版《神鵰》才最像「真情」。

一版楊過幾乎是「逢花必採」的，在離開古墓與小龍女後，他既曾想過輕薄陸無雙，也曾將一縷情絲纏到完顏萍身上，這樣的楊過彷佛就是段正淳，只要美女當前，來一個調戲一個，來兩個輕薄一雙。

或許金庸並不希望楊過「濫情」如段正淳或韋小寶，因此一版改寫為二版時，楊過對待異性的尺度大為收斂，與一版相較，二版楊過是比較「斂情」的。

楊過彷彿是一台車，一版改寫為二版時，金庸為楊過的情感踩了煞車，然而，踩了煞車的楊過，內心藏著太多無法恣意顯露的情感，或許連金庸都覺得這樣的楊過太過苦悶，因此二版改為新三版時，金庸又幫楊過加速，讓楊過的情感可以更自由奔放地展現。

從金庸創作《神鵰》的歷程來看，一版《神鵰》自一九五九年開始創作，那年金庸三十五歲，二版《神鵰》修訂於一九七〇年到一九八〇年間，那時金庸五十多歲，新三版《神鵰》出版於二〇〇三年，這一年金庸已經七十九歲。因為有了人生的歷練，金庸在新三版重新讓楊過的感情外顯，卻又不是一版那般的「濫情」。擁有豐沛感情的新三版楊過，依然能保持「專情」的一貫形象，這樣的楊過因為感情收放自如，顯得更自然，也更可親。

好比在古墓中與小龍女「亭亭如蓋」這一招時，因為肢體親密接觸，楊過渴望一親小龍女的芳澤，卻又在禮教的束縛下，必須懸崖勒馬。掙扎在慾望與理智之間，正是青春期男孩的苦惱。

新三版楊過擁有青春期男孩的自然渴望，即使理智束縛著他的行為，屬於青春期男孩的慾望仍是蠢蠢欲動的。這樣的楊過當然會比二版更真情流露，也能讓讀者讀來更順暢。

除了楊過之外，新三版《神鵰》的許多重要角色也都比二版更能展露真情，就像小龍女會告訴楊過，她希望楊過每天都想念她；又像郭襄希望自己是「大龍女」，並與少年楊過發展出戀情；再像金輪國師對郭襄百般疼愛，渴望郭襄拜自己為師。

情感描寫得越豐富，人物的刻畫就越立體，讀者也越能陪著書中的人物哭、陪著書中的人物笑。這樣的閱讀能讓讀者更輕易進入書中，與小說的情節融合在一起。

而我們也就從這裡，見識到了金庸的改版功力。

寫作《神鵰》這系列回較文章時，我決定分析得比《射鵰》系列更透徹而深入，但這麼一來，我的體力與腦力都受到極大的考驗，幾度想要收手，都因為部落格格友的鼓勵，才有動力繼續完成。時隔幾年，現在的我還喜歡讀一讀格友們當年的回應與鼓勵，在每一則回應裡，我感受到了最有力的支持。

這本書之所以能夠順利完成，就是因為我擁有如此強大的後盾。因此，在全書的最後，我要致上我最深的感恩，謝謝所有好朋友們的陪伴，也謝謝你們和我一起完成這本書。

心一堂 金庸學研究叢書

《金庸武俠史記〈射鵰編〉三版變遷全紀錄》 王怡仁
《金庸武俠史記〈神鵰編〉三版變遷全紀錄》 王怡仁
《金庸武俠史記〈倚天編〉三版變遷全紀錄》 王怡仁
《金庸武俠史記〈天龍編〉三版變遷全紀錄》 王怡仁
《金庸武俠史記〈笑傲編〉三版變遷全紀錄》 王怡仁
《金庸武俠史記〈鹿鼎編〉三版變遷全紀錄》 王怡仁
《金庸群俠身心靈診療室——蝴蝶谷半仙給俠士俠女的七十七張身心靈處方箋》 王怡仁
《金庸武俠史記〈書劍編〉〈碧血編〉——探尋金庸的修訂心路》 辛先軍
《金庸武俠史記〈白・雪・飛・鴛・越・俠・連〉編——探尋金庸的修訂心路》 辛先軍
《金庸商管學——武俠商道（一）基礎篇》 歐懷琳
《金庸商管學——武俠商道（二）成道篇》 歐懷琳
《金庸小說中的佛理》 鄺萬禾

金庸版本的奇妙全界

寒柏、愚夫

寒柏、鄺萬禾、潘國森、許德成

《金庸雅集——武學篇》

《金庸雅集——愛情篇影視篇》　潘國森

《金庸與我——雙向亦師亦友全紀錄》　潘國森

《金庸命格淺析——斗數子平合參初探》　潘國森

《金庸詩詞學之一：雙劍聯回目　附各中短篇詩詞巡禮》　潘國森

《金庸詩詞學之二：倚天屠龍詩　附射鵰三部曲詩詞巡禮》　潘國森

《金庸詩詞學之三：天龍八部詞　附天龍笑傲詩詞巡禮》　潘國森

《金庸詩詞學之四：鹿鼎回目　附一門七進士叔姪五翰林》　潘國森

《話說金庸》（增訂版）　潘國森

《總論金庸》（增訂版）　潘國森

《武論金庸》（增訂版）　潘國森

《雜論金庸》（增訂版）　潘國森

《金庸家族》（足本增訂版）　蔣連根

《金庸的江湖師友——影視棋畫篇》（足本增訂版）　蔣連根

《金庸的江湖師友——作家良朋篇》（足本增訂版）　蔣連根

《金庸的江湖師友——師友同業篇》（足本增訂版）　蔣連根

《金庸的江湖師友——學界通人篇》（足本增訂版）　蔣連根

《金庸的江湖師友——明教精英篇》（足本增訂版）　蔣連根

《金庸的江湖師友——金學群豪篇》（足本增訂版）　蔣連根